해설이 있는

트리스탄과 이졸데

와우라이프

해설이 있는
트리스탄과 이졸데
Tristan & Isolde

와우라이프
WOWlife

해설이 있는
트리스탄과 이졸데
Tristan & Isolde

발행일 · 2011년 3월 15일 초판 인쇄
저 자 · 조제프 베디에
역 자 · 최복현
발 행 · 임창섭
출 판 · 와우라이프
본문 디자인 · 포인
표지 디자인 · 포인

주 소 · 서울 마포구 연남동 223-102호 유일빌딩 3층
전 화 · 02) 334-3693
팩 스 · 02) 334-3694
등 록 · 제406-2009-000095호
e-mail · nausica@wowbooks.kr
· mumongin@wowbooks.kr
ISBN · 978-89-963688-3-0   13860

정 가 · 9,800원

해설이 있는
트리스탄과 이졸데
Tristan & Isolde

역자 서문

이 사랑은
운명적으로 사랑해야만 하는 이 사랑은
이 사랑은 슬프다.
이 사랑은 비극이다.

사랑할 수 없으면서도 사랑해야만 하는 이 사랑은
아픔이다.
죽음마저도 달게 느껴지고
고통마저도 달게 느껴지는 이 사랑은
그 어떤 쓴잔도 달게 마실 수 있는 이 사랑
그래도 사랑할 수밖에 없는 이 사랑
너무나도 비극적이어서
너무나 슬퍼서 이 사랑
이 사랑은 아름답다.

I

 사랑의 시라 할 만큼 아름다운 글귀들로 채워져 있는 이야기, 진정한 사랑, 아름다운 사랑이란 진정 무엇인지 아주 잘 드러난 이야기, 순결한 연인들의 사랑, 여인들의 얼음장처럼 차가운 질투, 아름다운 우정과 신의, 정의와 불의, 중세적인 사랑의 기교 등, 사랑의 이야기에 있어야 할 모든 소재들이 들어 있는 이야기, 이 소설이야말로 사랑을 소재로 한 소설의 진정한 원형, 이야기의 전개 및 구성 등에 있어서도 완벽하고 훌륭한 텍스트라 할 수 있다.

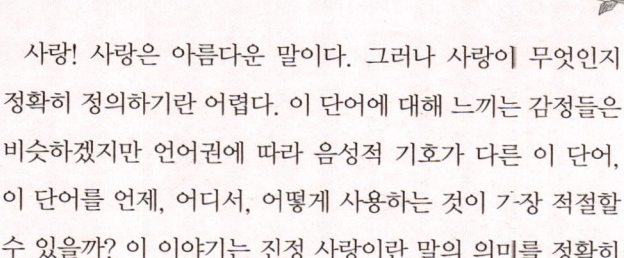

　사랑! 사랑은 아름다운 말이다. 그러나 사랑이 무엇인지 정확히 정의하기란 어렵다. 이 단어에 대해 느끼는 감정들은 비슷하겠지만 언어권에 따라 음성적 기호가 다른 이 단어, 이 단어를 언제, 어디서, 어떻게 사용하는 것이 가장 적절할 수 있을까? 이 이야기는 진정 사랑이란 말의 의미를 정확히 정의해 주고 있는 듯하다.

　역자는 이 이야기를 번역하며 가슴 벅차게 아름다운 사랑을 체험할 수 있었다. 이 글을 읽게 될 독자들 또한, 역자와 마찬가지로 때로는 트리스탄이 되거나, 때로는 이졸데가 되어 이 이야기가 끝나는 순간까지, 행복감, 슬픔, 마음 조임을 함께 나누게 될 것이다. 진정 이 이야기는 역자가 읽은 많은 이야기 중 가장 아름다우면서도 슬픈 이야기였다. 사랑이 얼마나 아름다우며, 그 사랑이 죽음과 바꿀 수 있을 때, 얼마나 우리에게 가슴 아린 슬픔과 감동을 주는지 알게 해준다. 누구나 이 이야기를 읽으면 지난날의 애련한 사랑을 떠올리거나, 후일 이와 같은 사랑을 나눌 수 있는 꿈을 꾸게 할 것이다.

　어쩌면 사랑이란 한순간 끝나버리는 말인지도 모른다. 사랑이란 추상명사이므로 보이는 순간엔 이미 사랑이 아닐지도 모른다. 그 말을 듣지 않아도 서로를 느끼고, 그 말을 하지 않고도 그윽한 눈길로 바라볼 수 있는 마음, 그 순간까지가 사랑이 아닐까?

이 이야기는 참으로 순수하면서 지고지순한 사랑의 전설이라 말할 수 있다. 이 세상에 이토록 아름다운 사랑의 이야기가 또 있을까? 한 날 한 시에 태어난 것은 아니지만 숙명적인 만남을 통해 서로의 가슴에 그리움으로 살아서 결국 죽음의 순간에는 한 날 한 시에 죽게 되는, 눈물 나도록 시리고 아프면서도 아름다운 사랑 이야기, 못다 나눈 사랑, 아쉬움이 남는 사랑, 무덤에 갇혀서도, 그렇게 서로가 육체적으로 함께 있지 못함을, 가슴 저리며 식물 줄기를 통해 다시 만나려는 애틋한 사랑의 전설……. 사랑은 아름답다. 죽음까지 나눌 수 있는 이 사랑은 아름답다.

II

이 이야기는 프랑스인들의 선조라 일컬어지는 켈트족의 전설이다. 12세기 음유시인이라 할 수 있는 토마스(Thomas)와 베룰(Beroul)의 글들 중에서 이제 20세기 초, 조제프 베디에가 재구성한 이야기이다. 조제프의 서문에 의하면, 1장은 토마스의 글에서, 2·3·4·5장은 엘리엇 Eilhait d'Oberg의 글을 토대로 해 발췌했고, 6장은 베룰의 글에서, 7·8·9·10·11장도 베룰의 글인데 엘리엇 Eilhart의 글을 토대로 해서 변형을 가했고, 13장은 돔네이

데 아망즈 Domnei des Amanz의 교훈적인 시에서, 14장은 고트프리드 드 스트라스부르그Gottfried de Strasbourg에서 뽑았다. 15 · 16 · 17장은 토마스에서 차용했고, 18장은 프랑스의 단시를 고쳤으며, 19장은 토마스의 번역을 참조했다고 밝히고 있다..

Ⅲ

물론 이 이야기는 세련된 문체로 되어 있지는 않다. 이 글은 원래가 8음절로 된 산문체의 시였다. 이 글의 배경이나 이 글이 생겨난 계기는 역자가 굳이 서술할 필요를 느끼지 않는다. 이는 프랑스 문학사의 중세 부분을 참즈하는 것이 좋을 듯하다. 이 이야기와 함께 중세 문학에 있어서 다른 풍의 작품들과의 연관성 또한 살펴보는 것도 흥미 있는 일로, 랑송은 그의 문학사에서 이렇게 적고 있다.

"소멸되고 죽게 되는 정열, 이는 또한 트리스탄의 모든 전설이기도 하다. 서로를 향한 존경이나 찬사에서 생겨나는 열정, 트리스탄의 용기나 이졸데의 아름다움이나 트리스탄과 이졸데의 개인 자신에 이르게 되는 열정, 너무나 운명적이며, 너무나 급작스럽게 전사 자신과 그가 호위하는 금발의 약혼녀에게 실수로 인해 쏟아진 미약의 마력으로 진한 사랑의 열정에 빠지게 되었음을 상징적으로 보여주고 있을 뿐이다."

(12세기의) 토마스의 이 시는 감동적인 이 이야기의 가장 훌륭한 프랑스어 고본이다. 하지만 어쩌면 이 위대한 사랑은 프랑스인들을 위해 지어진 것이 아닐지도 모른다. 그들은 흥분하지도 않고 감동하지도 않으면서도 이 섬세하고 짧은 시에 만족한다. 꿈으로 가득 차 있는 켈트인의 시정은 프랑스에 들어오게 되면서 빈약함을 채우고 변형되었다. "원탁의 이야기"라고 일컬어지는 모험의 이야기 중에서 단연 백미라 할 수 있다.

IV

「트리스탄과 이졸데」의 이야기는 중세의 전형적인 연애담이다. 처음에는 음유시인들에 의해 구전으로 전파되다가 로망어로 점차 옮겨지게 되어 기록문학이 되었다. 따라서 이 이야기는 소설의 원형이다. 켈트족의 전설을 로망어로 쓰게 된 데에서 소설이란 말이 로망어로 쓰이게 되었다. 물론 이 이야기는 영국, 이탈리아, 스페인, 독일 등의 중세 문헌에도 등장하고 있다. 그만큼 이 이야기가 사랑이야기 중에 매력이

있고, 그 원형이라 할 만하다는 반증이기도 하다. 이 이야기는 신화적인 요소뿐 아니라 남녀 간의 사랑에 있어서 텍스트라 할만한 요소들이 있어서 후일 사랑을 다룬 작품의 좋은 모델로 작용하고 있다. 「로미오와 줄리엣」의 사랑이야기, 현대 소설에 등장하는 비극적이면서도 숙명적인 사랑의 테마도 이 이야기에서 비롯된다고 할 수 있다.

이 소설에서 트리스탄이라는 이름은 원래 프랑스어로는 '트리스땅'으로 발음되며, '슬픔'이란 의미이다. 트리스탄은 영웅적인 주인공이었다가 말년에는 인간이 극복할 수 없는 숙명의 한계에 굴복하는 나약한 인간으로 추락한다. 한 여인에게 희망을 거는 보통의 남자, 그 이상이 아닌 범부로 돌아간다. 오히려 그것이 우리에게 친근감을 준다.

숙명적인 사랑의 다른 한 축을 이끄는 이졸데는 프랑스어로는 '이죄'이다. 공교롭게도 두 명의 '이졸데'가 등장한다. 한 명의 이졸데는 '금발의 이졸데', 다른 한 명은 '흰 손의 이졸데'이다. 금발의 이졸데는 자기가 사랑하는 사람을 죽인 원수를 치료하는 운명의 여인이다. 그녀는 사랑할 수 없는 사람이지만 트리스탄의 용모와 지략에 끌려 주저하다 복수의 기회를 잃는다. 그녀는 잘못 나눠 마신 미약으로 인해 복수의 대상이었던 남자를 숙명적으로 사랑하는 여인이 된다. 그 사랑은 지고지순한 아름다운 사랑으로 끝을 맺는다.

반면 흰 손의 이졸데는 질투 때문에 남자를 죽게 만드는 비련의 여인이다.
　이들의 사랑은 그 어떠한 힘으로도 나눌 수 없게 만든다. 사랑은 이제 그 무엇에 대해서도 두려움을 느끼지 않게 하는 힘을 부여해 준다. 이는 사랑의 힘이 위대함을 보여준다.
　사랑에는 질투의 화신이든 시기이든 방해요소가 개입되게 마련이듯이 이 이야기도 예외는 아니다. 그러한 방해와 장애적인 요소들이 있기에, 사랑에는 미움, 시기, 질투, 아픔, 의혹 등이 동반되기에 더욱 아름다운지도 모른다.
　인간은 유한한 존재이다. 그러므로 이승에서의 사랑도 유한하다. 그 유한은 죽음을 넘어선 이후에 영원으로 이어진다. 식물의 줄기가 경계를 넘어 무덤 속으로 들어가면서 말이다. 사랑은 인간을 변화시키는 강한 힘을 가지고 있으며, 그 선택에 의해 엄청난 대가와 희생을 필요로 하는 것도 사랑임을 이야기해 준다. 그렇다, 사랑은 아름다우면서 뼈아픈 슬픔이다.

V

　이 외에도 이 이야기 속에는 반란, 배신의 이야기가 있다. 또한 기사도다운 용기와 그 반면에 비열함, 그리고 아름다운

우정이 나타난다.

결국 이 이야기를 읽으며 우리는 중세의 아름다운 풍경화와 그 속에 나타나는 사람들의 모습을 머릿속에 그릴 수 있으며, 그 속에서 직접 체험하는 듯한 아름다운 혼상을 가질 수도 있다.

이 글에는 작위들이 나타나는데. 오등작 즉, 공작, 후작, 백작, 자작, 남작 등의 순서로 등급이 나뉜다. 이들은 각 지역을 분할하여 그곳에 영주로 군림하거나 기사토 출정하는 이들로 중세의 사회를 지배하고 있던 봉건제의 면모를 들여다볼 수 있다.

그 옛날 음유시인들의 입에서 입으로 전해지던 이 이야기를 한 편의 소설로 접하게 되어서 무척 반가웠다. 그리고 순수한, 지고한 사랑을 잃어가고 있는 이 시대에 지고지순한 이 아름다운 사랑의 이야기를 바치고 싶었다. 이 아름다운 사랑의 이야기를 읽게 될 독자들 모두 아름다운 사랑의 주인공들이 되기를……. 모쪼록 독자들에게 잔잔한 감동으로 다가가서 오래도록 기억되는 아름다운 사랑의 전설이 되기를 바란다.

역자 최 복 현

Contents 차례

역자 서문 _04

책머리에 _14

01 | 트리스탄의 어린 시절 _21

02 | 코르누아유로 온 로알 르 프와 트낭 _35

03 | 아일랜드의 모로 _38

04 | 금발의 미인을 찾아서 _51

05 | 사랑의 미약을 나눠 마신 두 사람 _72

06 | 노예들에게 넘겨진 브랑지앙 _80

07 | 큰 소나무 _89

08 | 난쟁이 프로생 _106

09 | 예배당에서 뛰어 도망치다 _115

10 | 모로와의 숲 _131

11 | 오그랭 은자 _149

12 | 회담장소 _158

13 | 빨갛게 단 쇠의 재판 _171

14 | 밤 꾀꼬리의 목소리 _182

15 | 아주 멋진 방울 _193

16 | 흰 손의 이졸데 _199

17 | 카에르댕 _214

18 | 리당의 디나 _224

19 | 미쳐버린 트리스탄 _238

20 | 죽음 _258

해설 _275

책머리에

트리스탄과 이졸데의 아름다운 전설들 중 가장 최근의 이야기를 독자들에게 소개하게 되어 기쁘다. 이 시는 짤막한 산문체로 쓰였다. 하지만 사랑의 모든 것을 담고 있는 너무도 아름다운 이야기이다. 조제프 베디에는 코르누아유의 연인들이 사랑과 죽음을 맛보게 되었던 미약을 우리 언어의 산뜻한 결정체 속에 옮겨 부으려 애썼던 음유시인들의 진정한 계승자이다.

그는 2세기의 프랑스인들이 심취했던 이야기, 마치 켈트인의 심오한 꿈에서 나왔던 연인들의 환희, 그들의 기쁨, 그들의 고통과 죽음 등의 너무나도 아름다운 그 이야기를 다시 재현하려 애썼다. 그는 대단히 감성적인 상상력과 끈기 있는 고증학적 지식의 소유자이다. 그래서 그는 미묘한 감정으로

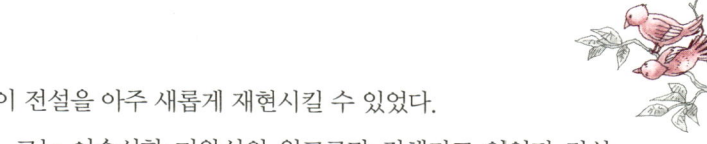

이 전설을 아주 새롭게 재현시킬 수 있었다.

   그는 어수선한 미완성의 원고로만 전해지고 있었던 전설들을 학자로서가 아니라 시인의 감성으로 이 이야기를 완성시켰다. 트리스탄의 이야기들, 트로이와 셰부르의 이야기들은 완전히 사라졌다. 그리고 베룰이 쓴 이야기는 이제 3,000편 가량의 시로 남아 있고, 토마스의 시도 그 정도 된다. 그리고 익명으로 된 시가 1,500여 편, 외국어 판 번역본들이 있는데, 이 번역본 3본은 내용적으로 제법 완벽하다. 하지만 형식적으로는 그렇지 못하다. 토마스의 작품 중 한 편은 우리가 보기에 베룰의 작품과 아주 유사하다. 즉 군데군데 아주 자세한 암시, 삽화적인 자질구레한 시들, 편집자들이 계속해서 추가시켜 늘어난 원고들, 체계화되지 못한 산문체의 이야기들, 소실된 옛 시들 중 몇 편의 시들을 보건대 이를 알 수 있다.

   무너진 건물들 중 하나를 복원시키기를 원한다면 그 시 더미 속에서 무엇을 해야 할까? 두 가지를 취할 수 있을 것이다. 즉 토마스에 중점을 두거나, 베룰에 중점을 두거나 일 것이다. 토마스 쪽에 중점을 두면 외국어 번역 덕분으로 확실하고 완벽에 가까운 이야기의 복원에 이르는 장점이 있을 것이다. 하지만 이는 트리스탄에 관한 이야기들 중 원래의 맛을 잃은 것만 복원하게 되는 셈이 된다. 왜냐하면 트리스탄의 이야기 속에는 부정확하지만 옛 영국-프랑스적인 기사도 정신이 녹아 있기 때문이다.

베디에는 베룰의 작품들을 선호했다. 그 이유는 그의 예술과 지식에 대한 흥미가 베룰의 작품과 맞아떨어지기 때문이기도 하고, 그가 의도하는 목적에 적합한 때문이기도 하다. 그는 가장 고전적인 형태로 트리스탄의 전설을 되살리려 했다. 그래서 그는 이 이야기의 중요한 부분을 점하고 있는 베룰의 시편을 그가 할 수 있는 한 충실하게 옮기는 것으로 이 작업을 시작했다.

그렇게 옛 콩트 작가들의 정신을 이어받아 그가 느끼는 순수한 방법과 단순한 사고의 방법을 일치시킴으로써 그는 이 작품을 복원시켰다. 훼손된 것들을 영감을 빌려 완벽한 형태로 우리에게 소개한 셈이다. 그는 베룰의 시편으로 이 이야기의 복원에 성공을 거두었다. 그는 때로는 그다지 어울리지 않는 요소를 이 작품에 위치시켰지만 그 요소들의 부조화는 나름대로의 매력을 주고 있다. 그는 그 요소들에 표상적인 동질성을 부여하는 것으로 만족했던 것이다. 그러므로 베룰의 의도와 취향은 현대인들이 접하는데 어렵지 않게 되었다.

그가 보존된 3,000편의 시를 위해 기울였던 정성을 높이 평가한다. 그가 현대 프랑스어로 옮기기 위해 가능한 한 베룰의 시들과 유사하게 운문으로 고쳐 썼을 수도 있을 것이

다. 만일 옛 시인이 오늘날 다시 태어난다면, 자신의 작품이 이렇게 복원된 것을 보고 경탄할 것이다. 그가 옛날에 썼던 이야기보다 분명 더 완벽하고, 더 훌륭하게 복원도는 행운을 가졌기 때문이다.

2세기 중반에 발견되었던 프랑스 시는 결국 베디에의 덕분으로 19세기 말에야 제대로 구성된 셈이다. 현대 독자들에게 트리스탄과 이졸데의 이야기를 소개하는 것은 즐거운 일이다. 왜냐하면 그 이야기가 모든 상상력을 독점했던 2세기의 프랑스적인 모습을 보여주기 때문이다.

주인공인 트리스탄은 인간이기보다는 반은 신(神)이라고 할 수 있다. 그는 주인으로 또는 모든 원시예술의 창조자, 사슴과 멧돼지의 사냥꾼, 사냥거리를 잘게 썰 줄 아는 사람, 투사이며 훌륭한 곡예사, 하프와 로트를 연주하는 옹감하고 솜씨 좋은 뱃사람으로 소개되기도 한다. 주인공은 아주 훌륭하게 모든 새들의 노래를 흉내 낼 줄 알고, 싸움에서도 그 재주를 가지고 괴물을 퇴치한다. 그는 그의 적들에게는 무자비한 반면, 자기의 충신들에게는 보호자로 열망과 경애심과 부러움의 영원한 대상, 거의 초인간적인 삶을 살아간다.

이 유형은 켈트 사회에서는 아주 고대적인 테마, 즉 사랑으로 완벽하다는 것을 가리킨다. 나는 여기 트리스탄과 이졸데의 전설에서 그들을 속박하는 열정이 무엇이며, 다양한 형식으로 이 전설을 어떻게 사랑의 훌륭한 서사시적 구조로 재현할 수 있었는가를 다시 언급하지는 않겠다.

나는 단지 무의식적이며, 저항할 수 없고, 영원한 사랑을 이어가려는 생각이 전 생애 동안 연장되며, 심지어 사후까지 지속된 행위가 몰약 −평범한 미약과는 다른 재료로 되어 있는− 에 의해서였다고 생각한다. 그리고 연인들의 이야기에 숙명적이며 신비스러운 특성을 부여하는 이 생각은 분명히 켈트족의 마법사용에 기원을 두고 있다고 생각한다.

물론 베디에는 베룰의 작품을 보증하기 위해 멋진 모자이크 작업을 했다. 베디에는 유독 베룰의 이야기를 수집했던 것이다. 독자들은 그것들을 쉽사리 주목하며, 느끼게 될 것이다.

트리스탄과 이졸데의 이야기는 8음절로 된 서사시이다. 이 이야기는 난해성에도 불구하고 그들의 시도가 성공했다는 것을 알게 된다. 이야기가 알려지자마자 이 이야기는 전무했던 대중성을 갖게 된다. 이는 처음부터 끝까지 이 이야기를 생명력 있게 하는, 두 주인공의 혈관 속에서 사랑의 음료처럼 순환하는 정신이 내재되어 있었기 때문이다.

이 정신은 모든 법칙보다도 그것을 고양시키는 사랑에 대한 운명의 사상인 것이다. 특별한 두 존재 속에 육화된 이 사상, 그토록 많은 남성들, 여성들의 은밀한 감정에 부응하는

이 사상은 고통에 의해 정화되었으며 죽음으로 희생된 것처럼 보인다.

  인간 감정의 일상적인 나약함, 언제나 변화하는 환상이 일으키는 일신된 절망, 그 가운데서 뭔가 알 수 없는 관계로 어쩔 수 없는, 온갖 뇌우에 의해 공격당하는 트리스탄과 이졸데, 그들은 거기에 저항하면서 자유로워지려 애쓴다. 그리고 결국 마지막 영원한 포옹을 한 채 등장한다. 아직도 인간은 현실을 초월하여 행복을 향해 집요한 열망을 갖는다. 이 이야기도 다양한 표출일 뿐인 이 사상의 형태들 중 하나로 나타나고 있다.

  이 형식은 매혹적이며 감동적인 것들인 동시에 위험한 것들 중 하나이기도 하다. 세이렌(반은 인간, 반은 물고기인 요정)의 동굴 앞을 지날 때는 죽은 사람들로 하여금 초인적인 천복을 엿보게 한다. 열정은 유사한 영혼들 속에 그들이 나타났던 것과 마찬가지로 흔히 나타난다.

  그러나 한 시기의 특별한 흔적으로 점철된 이 영상 뒤에는 유리창 뒤에서 빛나는 태양처럼 그것을 조명하고, 그것이 전체적으로 부각되게 하는, 늘 그 자체에 동화된 열정이 빛나는 것을 보게 된다.

  예사로운 말이지만 그 자체가 흥미로운 묘사가 되며, 명상하는 영혼의 영원한 주제가 된다. 거기에는 이미 이야기와 시로 동시대 독자들을 매혹시키는 것이 있다. 그러나 그것은 내가 말할 수 없는 것, 세세한 일들의 매력이다. 또한 그것은 몇몇 에피소드들의 신비스럽고 신화적인 아름다움이며, 더 현대적인 행복한 창작, 상황과 감정에 대한 놀랄만한 이야기이다.

  그는 이 시를 가지고 기록할 수 없는 배합을 만들고, 언제나 새로운 신선함, 켈트적인 우수, 프랑스적인 우아함, 강렬한 자연주의의 섬세한 모습을 보여주었다. 십자군 시절의 조상들 주위에서 그가 얻었던 성공을 우리 동시대인들의 주위에서 되찾고 있는 것이다.

  이는 진정으로 괴테가 말했던 "이 세계의 문학"에 속한다. 즉 분에 넘치는 못된 행운으로 인해 그것은 사라지게 마련이다. 이 이야기를 다시 되찾게 해준 조제프 베디에에게 무한한 감사의 뜻을 표한다.

-프랑스-

1
트리스탄의 어린 시절

> "아들아, 네가
> 얼마나 보고 싶었는지 모른단다.
> 난 여자가 가질 수 있는 그 무엇보다도 가장
> 아름다운 창조물을 보게 되었구나.
> 슬픔에 잠긴 채 아이를 낳았으니,
> 슬픔으로 내가 너를 만든 첫 번째 기념일이구나.
> 너 때문에 죽고 싶을 만큼 슬프구나.
> 네가 슬픔 때문에 이 땅에 온 것처럼
> 너를 트리스탄이라 불러야겠구나."

여러분은 물론 가장 유명한 사랑 이야기들, 말하자면 클로에, 안토니우스와 클레오파트라, 로미오와 줄리엣의 눈물 나도록 아름다운 사랑 이야기들을 알고 있을 것이다. 어쩌면 당신 자신도 그처럼 낭만적인, 하지만 그만큼 유명하지는 못한 사랑 이야기의 주인공이었을 수도 있다.

그런데 신비로우면서도 기적 같은 사랑의 이야기, 다른 어떤 사랑의 이야기보다도 더 아름다운 사랑의 이야기가 하나 있으니 바로 '트리스탄과 이졸데'의 이야기이다. 이 이야기는 아더 왕과 원탁의 기사시대 초기에 있었던 이야기로, 오랜 세월이 지난 12세기 중엽 궁정 문학의 시대에 이르러서야 완성을 보게 되었다.

그 시대, 프랑스의 귀족 부인들은 남편들이 십자군 원정에 출전했으므로, 자신들의 성에서 지루한 생활을 하고 있었다. 그녀들에게는 기분을 전환할 일이 필요했다. 이따금 음유시인들이 그곳을 지나다가 얼마 동안 성에 머무르곤 했다. 이들은 긴 머리를 한 매우 아름다운 젊은 남녀들로, 비파·피리·퉁소 및 이 외에도 오늘날에는 사용되지 않는 여러 악기들을 연주하는 음유시인들, 즉 음악가·시인들이었다. 이들은 모든 사람들이 성의 큰 거실에 모여 앉으면 겨울 저녁 동안 긴긴 신비한 이야기들을 하면서 스스로 반주를 했다.

기사들이시여, 트리스탄과 왕비인 이졸데의 이야기를 들어보시라. 사랑과 죽음의 아름다운 이야기를, 한 날 한 시에 죽게 된 그들이 얼마나 환희롭고, 얼마나 큰 슬픔으로 사랑을 나눴는지를.

마크 왕은 코르누아유 지방을 통치하고 있었다. 적군이 싸움을 걸어왔다는 것을 알게 된 루누와의 왕 리발랑은 마크 왕을 돕기 위해 바다를 건넜다. 당시 리발랑 왕은 평소에는

자신의 나라를 다스리다 코르누아유에 전쟁이 일어나면 마크 왕의 참모로서 그를 도왔고, 또는 검을 들고 마치 마크 왕의 신하처럼 마크 왕을 섬겼다. 리발랑 왕의 지극한 충성심에 감동한 마크 왕은 자신의 누이로 리발랑에게 보상했는데, 그녀의 이름은 '블랑슈플레르(흰꽃)'였다. 그녀는 매우 아름다웠으며, 리발랑 왕 또한 그녀를 무척이나 흠모하고 있었다.

탱타젤 수도원에서 리발랑 왕은 블랑슈플레르를 아내로 맞았다. 하지만 그들이 결혼하자마자 그의 옛 원수인 모르간 공작이 루누와를 기습하여 마을과 주둔부대들, 그리고 그의 도시들을 파괴하고 있다는 소식이 들렸다. 리발랑은 서둘러서 범선에 무장을 갖추고 임신 중인 블랑슈플레르를 싸움터에서 멀리 떨어진 자신의 영토로 데려갔다.

그리고 그는 카노엘 성 앞에 이르러 로알 르 프와 트낭('프와'는 충성, 신의의 뜻이며, '트낭'이란 말의 뜻은 기마시합에서 어느 누구와도 겨루는 기사를 뜻한다) 기마관리 호위병에게 아내를 맡겼다. 로알 르 프와 트낭, 이 이름은 리발랑 왕이 자기에 대한 충성심이 지극한 그 호위병에게 붙여준 이름이다. 왕비를 맡긴 리발랑은 전쟁을 지원하기 위해 곧바로 남작들을 소집하여 출정했다.

리발랑이 전쟁하러 나간 후, 블랑슈플레르는 오랫동안 그를 기다렸다. 하지만 유감스럽게도 그는 돌아올 수 없었다. 어느 날 그녀는 모르간 공작이 배반하여 리발랑을 죽였다는 사실을 알게 되었다. 그녀는 겉으로는 전혀 애도하지도 않았고, 소리를 지르거나 비탄에 빠지지도 않았다. 그렇지만 그녀는 팔다리에 힘이 빠져 쓰러질 지경이었다. 그녀는 강렬한 욕망 때문에 심지어 육체에서 영혼이 빠져나가는 것 같은 느낌이었다. 로알은 그녀를 위로하려 애썼다.

"왕비, 아무리 슬퍼하고 슬퍼한다 해도 아무것도 얻어지는 건 없어요. 이 세상에 태어나는 모든 사람들은 결국 언젠가는 필연적으로 죽는 것 아니오. 신이여, 죽은 자를 영접하고 산 자를 보호하소서……"

그러나 그녀는 그런 말은 들으려조차도 않았다. 그녀는 리발랑 왕이 죽었다는 소식을 듣고도 꼬박 사흘 동안 사랑하는 사람을 다시 만나리라 기대했다. 그리고는 나흘째 되던 날 그녀는 아들을 낳았다. 그녀는 아이를 품에 안고는 말했다.

"아들아, 네가 얼마나 보고 싶었는지 모른단다. 난 여자가 가질 수 있는 그 무엇보다도 가장 아름다운 창조물을 보게 되었구나. 슬픔에 잠긴 채 아이를 낳았으니, 슬픔으로 내가 너를 만든 첫 번째 기념일이구나. 너 때문에 죽고 싶을 만큼 슬프구나. 네가 슬픔 때문에 이 땅에 온 것처럼 너를 트리스탄(슬픔이란 뜻)이라 불러야겠구나."

그녀는 말을 마치고 아이에게 입을 맞추고는 이내 숨을 거
뒀다.

로알 르 프와 트낭은 그 고아를 왕비의 품에서 받아들었
다. 그러나 이미 모르간 공작의 병사들은 카노엘 성을 포위
하고 있었다. 어떻게 로알이 싸움에서 오래 견딜 수 있겠는
가? 누군가 곧바로 말했다.

"정도를 벗어나는 일은 영웅이 할 일이 아니오.'

그는 모르간 공작에게 항복할 수밖에 없었다. 하지만 그
는 모르간이 리발랑의 아들을 죽일까봐 염려되었다. 그래서
그는 아이를 자신의 아들로 삼아 자신의 아이들과 함께 길
렀다.

로알은 7년 후 여자들에게 아이들을 맡기러 갔다. 로알은
착하고 젊은 남작 고르브날에게 트리스탄을 부탁했다. 고르
브날은 트리스탄에게 남작들이 갖추어야 할 재즈를 단시일
내에 가르쳐 주었다. 그는 그에게 창과 칼의 사용법과 방패
와 활을 다루는 법을 가르쳤고, 돌 원반을 던지는 법, 아주
넓은 도랑을 훌쩍 뛰어 건너는 법도 가르쳐 주었다.

고르브날은 그에게 어떠한 거짓말이나 반역행위도 미워하
게끔 가르쳤다. 뿐만 아니라, 자신의 약점을 감추는 방법과
한 번 한 약속은 반드시 지키도록 가르쳤다. 또한 온갖 종류

의 노래, 하프를 연주하는 법이라든가, 사랑에 대한 기술도 가르쳤다.

그 결과 트리스탄이 말을 타고 젊은 마술교관들 사이를 지날 때면 마치 말과 병기와 트리스탄은 한 몸이 되어 움직이는 것처럼 보일 만큼 능숙해 보였다. 트리스탄의 용모는 아주 귀티가 나고, 어깨가 떡 벌어지고, 허리가 날씬하며 힘차고, 성실하고 용감해 보였다. 트리스탄의 그런 모습을 본 사람들은 모두들 로알을 칭송하곤 했다.

하지만 로알은 리발랑과 블랑슈플레르가 젊은 날에 베풀

어주었던 그 은총을 회상하면서 트리스탄을 자신의 아들과 마찬가지로 소중히 여겼고, 은근히 그를 자신의 영주처럼 공경했다.

 그가 훌륭하게 성장한 트리스탄을 지켜보며 넋을 잃을 정도의 행복감에 빠져 있을 때 예기치 않은 일이 일어났다. 그날 트리스탄은 노르웨이의 상인들에게 호감을 가졌다. 그런데 그들은 마치 멋진 먹잇감이나 찾은 것처럼 트리스탄을 자신들의 배로 데려갔던 것이다.

 그들이 미지의 땅을 향해 항로를 잡고 있는 동안 트리스탄은 함정에 빠진 어린 늑대처럼 몸부림쳤다. 트리스탄이 그들의 계략에 빠진 것이다. 모든 사공들은 그 사실을 알고 있었다.

 그러나 바다의 신은 유괴나 배반행위를 그냥 내버려두지 않았다. 바다는 분노로 파도를 일으키며 암흑으로 배를 둘러쌌다. 바다의 분노는 8일 밤낮이나 배를 따라 다녔다. 결국 뱃사람들은 안개 사이로 절벽과 암초들이 비죽비죽 늘어서 있는 곳에 이르렀다. 그곳에서 바다의 분노는 배 밑바닥을 부수려는 것 같았다. 뱃사람들은 뉘우쳤다. 넋을 잃고 있는 그 아이 때문에 바다가 분노하여 불행이 일어난 것을 알게 된 뱃사람들은 아이를 구해 줄 것을 기원했다.

 그러고 나서 물가에 아이를 내려주기 위해 작은 배 한 척을 준비했다. 그러자 즉시 바람이 가라앉는 듯하더니 물결이 잔잔해지고 하늘이 빛나기 시작했다. 노르웨이 사람들의 배가 멀리 사라지는 동안 물결은 고요해졌고, 물결은 경치 좋은 모래톱의 모래 위로 트리스탄의 작은 배를 실어갔다.

트리스탄이 힘겨운 노력 끝에 낭떠러지 위로 올라가자 굴곡이 심하고 황량한 광야 저편으로 끝없이 펼쳐진 숲이 그의 시야에 들어왔다. 소란스러운 사냥 소리와는 다른 소리가 그의 마음을 기쁘게 했지만 그는 고르브날과 그의 아버지 로알, 그리고 루누와 땅을 그리워하며 슬픔에 잠겼다.

이때 숲 근처에서 멋진 사슴 한 마리가 뛰쳐나왔다. 한 떼의 사냥개와 사냥꾼이 소리치면서 나팔을 불며 발자국 소리도 요란하게 내려오고 있었다. 하지만 가죽 끈에 묶인 사냥개들과 사냥꾼이 도착하기도 전에 그 짐승은 트리스탄으로부터 몇 발짝도 안 되는 곳에서 이미 무릎이 꺾인 채 숨을 거두고 말았다. 그 중의 한 사냥꾼이 그 짐승을 창으로 찔렀다. 사냥꾼들은 주위에 빙 둘러서서 나팔을 불어 사냥의 성과물을 알렸다. 그러는 동안 이 광경에 놀란 트리스탄은 수렵꾼 중의 우두머리로 보이는 사람이 사슴의 목구멍을 대담하게 베어서 얇게 잘라내는 것을 보았다.

"영주님, 당신은 무엇을 하시는 건가요? 목이 잘린 짐승을 상스럽게 대하듯 자르는 것은 어울리지 않는 일입니다. 이것

이 이 나라의 풍습이란 말인가요?"

수렵꾼이 대답했다.

"형제여, 내가 여기서 그대를 놀라게 한 것이 무엇이 있는가? 그래, 난 우선 이 사슴의 머리를 자른 다음 몸을 네 쪽으로 갈라서 우리가 타고 온 말안장에 매달고, 우리의 주인 마크 왕에게 가져가려는 것일세. 그래서 우리는 이렇게 하는 거라네. 이 방법은 코르누아유 사람들이 아주 오랜 수렵시절부터 늘 해오던 일이지. 하지만 만약 그대가 더 칭찬받을 만한 멋진 풍습이 있다면 그걸 우리에게 보여주게. 자 형제여, 이 칼을 들게. 우리는 흔쾌히 그걸 배우겠네."

트리스탄은 무릎을 꿇고는 사슴의 껍질을 벗기고 사슴의 몸을 해부했다. 그리고 구부러진 뼈를 예의를 갖추듯이 펴놓고는 머리를 잘랐다. 그 다음, 그는 오른쪽 부분, 코·혀·이빨·심장의 혈관을 차례로 들어올렸다.

그러자 그를 향해 몸을 기울여 들여다보는 수렵꾼들과 개를 붙들고 있는 하인들은 얼빠진 듯 그 광경을 바라보고 있었다.

"자네, 그 풍습은 멋지군. 그대는 어느 나라에서 그것을 배웠는가? 너의 나라와 이름을 말해주게."

그 수렵꾼의 대장인듯한 사람이 말했다.

"영주님, 저는 트리스탄이라고 합니다. 내 조극인 루누와에서 이 풍습을 배웠습니다."

"트리스탄, 신이 이토록 훌륭하게 키워준 아버지에게 복을 내리시기를! 틀림없이 너의 아버지는 부유하고 강대한 영주이시겠지?"

그 수렵꾼이 물었다.

하지만 트리스탄은 말을 잘하지만, 말을 아낄 줄도 알았기 때문에 거짓으로 대답했다.

"아니오. 영주님, 나의 아버지는 상인이라오. 나는 멀리서 암거래를 하려고 떠난 배를 타고 아무도 모르게 집을 떠났지요. 왜냐하면 나는 외국 사람들이 어떻게 행동하는지를 배우고 싶었기 때문입니다. 하지만 만약에 당신이 당신의 수렵꾼들 가운데 받아준다면 내 기꺼이 당신을 따라갈 것이오. 당신에게 사냥개와 함께 말을 타고 즐기는 색다른 사냥놀이를 가르쳐 드리겠소."

"훌륭한 트리스탄, 난 그런 나라가 있다는데 놀랐네. 기사들의 아들이 모르고 있는 것을 상인의 아들이 알고 있다니, 그러니 네가 원하는 이상 우리와 함께 가세. 환영하네. 우리의 주인 마크 왕에게 자네를 인도하겠네."

트리스탄은 사슴의 해부를 마쳤다. 그는 개들에게 심장과 고깃덩이와 내장을 주었다. 그리고 사냥한 짐승의 고기를 어떻게 개들에게 나누어주는지, 개를 불러들이려면 어떻게 나

팔을 불어야 하는지를 그들에게 가르쳐 주었고, 사냥개들을 훈련시키는 방법도 가르쳐 주었다.

그러더니 그는 갈퀴 위에 잘 나눠진 조각들을 꽂았다. 그리고 그것들을 다른 사냥꾼들에게 건네주었다. 한 사람에겐 머리를, 다른 사람에게는 투구의 꼭대기에 장식하도록 아주 얇게 썬 고기를 맡겼다. 한쪽에 있는 사람들에게는 어깻죽지를, 다른 사람들에겐 넓적다리를, 또 다른 사람에겐 가장 굵은 부분을 주었다. 그는 사냥해서 잡은 짐승의 부분들을 멋지게 잘 정리한 다음, 말을 타고 갈 때는 어떻게 가지런히 서야 하는지를 그들에게 가르쳐 주었다.

덕분에 그들은 한가로이 이야기를 나누면서 길을 가기 시작했다. 그러는 동안 마침내 그들은 화려한 성곽에 당도했다. 주위에 과수원과 생수, 어장과 경작지로 이루어진 목장이 그 성을 둘러싸고 있었고 수많은 돛단배들이 항구에 들어와 있었다. 성은 튼튼하면서도 아름답고 어떤 공격에라도 방어할 수 있는 온갖 병기를 갖춘 채 바다 위로 우뚝 솟아 있었다. 옛 거인들이 올린 으뜸가는 그 성의 탑은 수정빛과 푸른빛의, 바둑판처럼 크고 잘 다듬은 돌무더기로 쌓아 올려졌다.

트리스탄은 성의 이름을 물어보았다.

"훌륭한 가신, 이 성은 탱타젤이라고 하네."

"탱타젤, 너에게 신의 가호가 있기를! 너의 주인들에게 가호가 있기를!"

트리스탄이 외쳤다.

이곳이 바로 옛날에 트리스탄의 아버지 리발랑이 블랑슈플레르와 아주 기쁜 결혼식을 올렸던 곳이다. 하지만 유감스럽게도 트리스탄은 그 사실을 모르고 있었다.

그들이 성의 큰 탑 아래에 이르자 트리스탄은 화려한 취주를 연주한 다음 기사들과 마크 왕에게 모험을 이야기했다. 그러자 마크 왕은 그 기마 여행의 멋진 행렬이며, 잘게 자른 사슴과 사냥의 관습에 담겨진 의미를 감탄의 눈으로 바라보았다. 그는 특히 잘생긴 이국적인 아이를 감탄어린 눈으로 바라보았다. 그는 트리스탄에게서 눈을 뗄 수가 없었다. 첫눈에 애정을 느껴지는 이유는 무엇일까? 왕은 자신의 마음을 의아하게 생각했지만 이해할 수 없었다. 그의 피는 끓어오르고 있었으며, 무엇인가 생각날 듯 했다. 그것은 그가 자신의 누이인 블랑슈플레르에게 품고 있던 애정이었다.

저녁에 식탁이 치워진 후에는 마술(말 타는 기술)선생을 맡고 있는 웨일즈의 음유시인은 하프를 들고 소집된 남작들 가운데로 걸어 나가서 단시를 연주했다. 트리스탄은 왕의 발치에 앉아 있었는데, 하프를 켜는 사람이 새로운 곡조를 준비하고 있는 동안, 트리스탄은 하프를 켜는 사람에게 말했다.

"선생님, 그 단시는 어느 단시보다도 아름답군요. 옛날에 고대 브레타뉴 사람들은 그랄랑의 사랑을, 이를테면 그 사랑을 축하하기 위해 시를 노래했다지요. 그 곡조는 감미롭고, 가사 또한 감미롭군요. 선생님, 선생님 목소리는 탁월하고, 하프 연주를 정말 잘 하시는 군요."

웨일즈인은 노래를 부르고 나서 이렇게 대답했다.

"얘야, 너는 악기를 다루는 법을 알고 있니? 루누와 나라의 상인들이 아들에게 하프와 로트(현악기의 일종)와 비올라 연주를 가르쳐 주었다니 놀라운 일이군. 일어서 보렴. 자, 이 하프를 들고 솜씨를 보여 다오."

트리스탄이 하프를 들고 노래를 불렀는데 어찌나 아름다웠던지 남작들은 그 노래를 들으며 감동하고 있었다. 마크 왕은 옛날에 리발랑이 블랑슈플레르를 데려갔던, 루누와 나라에서 온 하프 연주자를 감탄의 눈으로 바라보았다.

단시연주가 끝나고도 왕은 오랫동안 말을 잊었다. 마침내 그가 말했다.

"아들이여, 그대를 가르친 선생에게 가호가 있기를, 그리고 그대에게 신의 가호가 있기를! 신은 훌륭한 음유시인들을 사랑할지라. 그들의 목소리와 하프에서 울리는 소리는 심금을 울려서 사람들의 소중한 추억을 되살아나게 하며, 그들로 하여금 많은 슬픔과 많은 실패를 잊게 하리라. 그대는 이렇게 머물러서 우리를 기쁘게 하려고 온 것이니, 오래도록 내 옆에 있어주게, 친구!"

"폐하, 당신의 하프 연주자로, 당신의 수렵꾼으로, 당신의 충성스러운 가신으로 저는 기꺼이 당신을 섬길 것이오."

트리스탄이 대답했다.

이렇게 해서 3년 동안 그들의 마음속에는 서로의 애정이 지속되었다. 트리스탄은 낮에는 마크 왕을 따라 궁궐에 있거나 사냥에 따라다녔고, 밤이면 자유롭게 친구들과 함께 화려한 방에서 잠자는 생활로 지냈으며, 왕이 슬퍼하면, 그는 왕의 불안을 진정시키기 위해 하프를 연주하곤 했다.

남작들도 그를 귀여워 해주었다. 하지만 왕은 남작들, 이를테면 리당의 디나보다도 더 큰 애정으로 그를 사랑했다. 그들의 사랑에도 불구하고 트리스탄은 아버지 로알과 스승 고르브날, 그리고 루누와 땅을 잃은 일로 슬픔에 잠기곤 했다.

2
코르누아유로 온 로알 르 프와 트낭

로알 르 프와 트낭은 자신을 아껴주었던 리발랑 왕이 남겨준 트리스탄이 어디론가 납치되자 마음이 너무 아팠다. 백방으로 트리스탄의 행방을 찾았지만 소식조차 알 수 없었다. 그는 어떻게든 트리스탄을 찾기 위해 결국 모르간 공작의 눈을 피해 코르누아유에까지 오게 되었다. 마크 왕과는 리발랑 왕을 따라다닐 때부터 잘 알고 있었던 터였다. 그런데 그곳에 그토록 찾아 헤매던 트리스탄이 있었다.

트리스탄은 그를 보자 뛸 듯이 기뻐했다. 로알도 무척 기뻤다. 로알은 그러면서 트리스탄에게 실제의 트리스탄의 정체에 대해 자세히 알려주었다. 사실은 자신이 그의 아버지가 아니라는 것과, 마크 왕이 외숙부라는 것까지 알려주었다.

그리고는 그를 데리고 마크 왕 앞에 섰다.

소중한 결혼 선물로 마크 왕이 블랑슈플레르에게 옛날에 주었던 옥보석을 왕에게 보여주면서 로알 르 프와 트낭은 말했다.

"마크 왕이여, 이 사람은 루누와의 트리스탄으로 당신의 조카입니다. 당신의 누이인 블랑슈플레르와 리발랑 왕의 아들이니까요. 모르간 공작은 아주 부당하게 그의 땅을 차지했지요. 그 땅은 이제 올바른 상속인에게 돌아가야 할 때입니다."

그렇게 하여 트리스탄은 자신의 삼촌인 왕으로부터 기사들이 쓰는 무기들을 받아들어, 코르누아유의 범선을 타고 바다를 건넜다. 그는 아버지의 옛 신하들을 만나게 되었고, 리발랑의 살인자에게 도전하여 그를 죽이고 자신의 나라를 회복했다.

트리스탄은 마크 왕의 군대를 이끌고 모르간 공작의 나라를 공격하여 승리를 거두고 원수를 갚았다.

그는 마크 왕이 이제는 자기 없이는 행복하게 살 수 없다고 생각하기에 이르렀다. 그는 의젓해서 언제나 슬기로운 결정을 내릴 줄 알았기 때문에, 백작들과 남작들에게 이렇게 말했다.

"루누와의 영주님들, 나는 이 나라를 다시 얻었소. 그리고

신과 당신들의 도움으로 내 아버지 리발랑 왕의 원수를 갚았소. 나의 아버지께 그 권한을 돌려주었소. 하지만 로알과 코르누아유의 왕 마크, 이 두 분께서 고아이자 떠돌이였던 나를 후원해주었던 것이오. 그래서 나는 그분들을 아버지라 불러야만 하오. 마찬가지로 내가 그분들에게 권한을 돌려드려야만 하지 않겠소? 그런데 어떤 왕족께서 나에게 두 가지를 주었는데 이 나라와 이 몸이오. 그러므로 여기에 있는 로알에게 나는 내 땅을 줄 것이오. 아버지, 당신은 그것을 가지십시오. 그러면 당신의 아들은 당신 이후에 그것을 상속받을 것입니다. 마크 왕께는 내 몸을 드리겠소. 나는 이 나라를 떠나려하오. 아버지가 내게 소중하다고 할지라도 나는 코르누아유에서 나의 주인 마크를 섬길 것이오. 이것이 내 생각이오. 하지만 루누아 왕의 영주들이시여, 당신들은 나의 충성스러운 신하들이니 내게 조언을 해주시오. 자, 그러니 당신들 중 한 분이 나에게 다른 방법을 알려주고 싶으면 일어서서 말해주시오!"

하지만 남작들 모두 할 말을 잊고, 모두 눈물을 흘리며 그를 칭송했다. 트리스탄은 출범준비를 갖추고 고르브날만 데리고 코르누아유를 향해 출발했다.

3
아일랜드의 모로

'사랑스런 아들들아
내가 너희들을 노예 일을 시키려고 길렀으며,
사랑스런 딸들아
내가 기쁨조의 처녀들로 그대들을 길렀단 말이냐?
하지만 내가 죽는다고 너희들을 구할 수는 없을 테지.'

트리스탄이 코르누아유에 입성했을 때, 마크 왕과 그의 지배하에 있는 지방들은 큰 비탄에 잠겨 있었다. 왜냐하면 마크가 그의 조상들이 옛날에 아일랜드에 바쳤던 조공을 15년 전과 마찬가지로 다시 거절하게 될 경우 아일랜드 왕은 함대를 이끌고 코르누아유를 침략한다는 경고를 받았기 때문이다.

옛날에 맺었던 평화조약에 의하면 아일랜드인들은 코르누아유에 세를 징수하도록 되어 있었다. 첫해는 구리 300파운드를 바쳤고, 2년째는 순동 300파운드를, 3년째는 순금 300파운드를 조공으로 내야만 했다. 그러나 4년째가 되었을 때 그들은 코르누아유에서 제비뽑기로 15세의 소년 300명, 소녀 300명을 볼모로 데려간 일이 있었다.

그런데 지금 아일랜드의 왕이 탱타젤 쪽으로 전갈을 보냈

다. 그 임무를 맡은 사람이 모로이며, 그의 누이가 아일랜드 왕비였다. 모로는 결투를 벌인다 해도 당해낼 사람이 아무도 없을 정도로 장대하고 초인적인 힘의 소유자다. 그러나 마크 왕은 조언을 구하기 위해 봉인된 편지를 보내어 자기 나라의 모든 남작들을 궁정으로 소집했다.

정해진 날 남작들이 궁정의 궁륭형의 방에 모이자 마크 왕은 닫집(침대, 제단 따위의) 아래 앉아 있었다. 그 때에 모로는 이렇게 말했다.

"마크 왕, 마지막으로 나의 주인이신 아일랜드 왕의 교서를 들으시오. 왕께서는 그대가 내야하는 조공을 바치도록 말씀하셨소. 당신이 조공을 너무 오랫동안 거절했기 때문에 왕께서는 그대에게 오늘 내로 코르누아유의 가정들 중에서 15살 나이의 소년 300명과 소녀 300명을 뽑아 나에게 인도하도록 명령하시었소. 탱타젤 항에 정박해 있는 나의 배로 그들을 실어갈 것이오. 우리는 그들을 노예로 삼을 것이오. 하지만 이렇게 합의되었으니 마크 왕 당신만은 내가 예외로 하겠소. 만약 당신의 남작들 중 누가 결투로서 아일랜드 왕이 조공을 징수했다는 것을 증명한다면, 나는 그의 인질을 수용할 것이오. 당신들 코르누아유의 남작들 중 누가 이 나라의 자치권을 위해 나와 결투를 벌일 사람이 있는가?'

남작들은 은근히 서로 쳐다보고만 있었다. 그리고 나서 모두들 머리를 숙였다. 그중 한 사람이 중얼거렸다.

 "불행하지만 아일랜드 모로의 신장을 보라고, 건장한 네 명의 장정을 당해내고도 남을 만큼 힘이 세단 말이야. 그자의 검을 보라고, 마법의 그 검은 아일랜드 왕이 이 거인을 자기나라에 대한 도발의도를 꺾으려고 보낸 거야. 저자는 아무리 용감한 투사들이 대항한다 해도 머리를 날리기 쉬운 일이 아니겠는가? 허약하기 짝이 없는 그대는 정녕 죽음을 맞고 싶은가? 신의 권능이 나타나기를 애원한들 무슨 소용이 있겠는가?"

 또 다른 사람은 이렇게 생각했다.

 '사랑스런 아들들아 내가 너희들을 노예 일을 시키려고 길렀느냐. 사랑스런 딸들아 내가 기쁨조의 처녀들로 너희들을 길렀단 말이냐? 하지만 내가 죽는다고 너희들을 구할 수는 없을 테지.'

 그리고는 모두들 말이 없었다.

 모로가 다시 말했다.

 "코르누아유의 기사들 그대들 중 누가 나와 결투를 하고 싶은가? 나는 그와 멋진 결투를 하겠다. 오늘부터 3일 후에 우리는 배를 타고 탱타젤의 넓은 바다에 있는 쌩-삼손 섬(성서에 나오는 삼손의 이름을 따서 지은 섬)을 침범할 것이다. 거기서 그대들의 기사와 나는 일대 일로 싸울 것이다. 결투를

성사시키고 나면 찬사는 그의 온 일족에게 파급될 것이다."

남작들은 여전히 말이 없었다. 모로는 마치 새장 속에 갇힌 작은 새들과 함께 있는 큰 새매와 같았다. 그가 들어가면 모두들 주눅이 들어 벙어리가 되었다.

모로는 세 번째로 이렇게 말했다.

"자, 코르누아유의 멋진 기사들이여, 이 방식이 그대들에게는 가장 고상한 것 같으니, 그대들의 아이들을 제비뽑아라. 그리고 내가 그들을 데려가겠다. 하지만 난 이 나라가 오로지 노예로만 살고 싶어 하리라고는 생각하고 싶지 않다."

그 때에 트리스탄이 앞으로 나서더니, 마크 왕의 발 앞에 무릎을 꿇고 말했다.

"폐하, 당신이 그 은총을 저에게 부여해 주신다면 제가 결투를 하겠습니다."

헛된 일이라 생각한 마크 왕은 그에게 결투를 시키고 싶지 않았다. 그는 어린 기사였던 것이다. 그의 용맹이 무슨 소용이 있겠는가? 그러나 트리스탄은 모로와 결투를 신청했다. 모로도 그의 결투를 받아들였다.

정한 날이 되자, 트리스탄은 주홍빛 갑옷을 입고 엄청난 모험을 위해 무장을 했다. 그는 그 위에 쇠사슬로 된 갑옷을 받쳐 입고 투구를 썼다. 남작들은 한편으로 그 용사가 측은해서 눈물을 지었으며, 다른 한편으로는 자신들을 생각하며 수치의 눈물을 흘렸다.

"아, 트리스탄! 용감한 남작이로다. 훌륭한 젊은이로다! 어

찌하여 내가 트리스탄 대신 결투를 신청하지 않았단 말인가! 나는 죽는다 해도 이 나라에 그다지 슬픔을 안겨주지 않을 것이거늘……"

그들은 혼잣말로 중얼거릴 뿐이었다.

결투의 시간을 알리는 종이 울렸다. 남작들, 서민들, 노인들, 아이들, 여인들, 남녀노소 할 것 없이 모두들 울며, 기도하며 뭍까지 트리스탄을 전송했다. 그래도 그들은 아직 희망을 갖고 있었다. 희망은 사람들의 마음속에 허약한 음식처럼, 마음속에 살아 있기 때문이다.

트리스탄은 혼자서 배에 올랐다. 그리고 쌩 샴손 섬을 향해 항로를 잡았다. 모로는 돛대에다 자줏빛의 화려한 돛을 달았다. 모로는 먼저 섬에 자기 배를 뭍에 매어두었다. 이번에는 트리스탄이 육지에 배를 대고는 발로 자신의 배를 바다 쪽으로 밀어버렸다.

"봉신((Vassal)이란 왕에게 충성을 맹세한 자유민으로 영주에게서 봉토를 받는 대신에 충성의 의무를 진다. 일반적으로 봉신이라고 부르며 모로와 트리스탄은 서로 영주의 대리자로 결투를 벌인다.), 그대는 무슨 짓을 하는 건가? 어째서 나처럼 밧줄로 그대의 배를 고정시키지 않고 밀어버리는가?"

모로가 말했다. 그러자 트리스탄이 대답했다.

"봉신, 그런들 무슨 소용이 있겠소? 우리 중 한 사람만이 여기서 살아 돌아갈 텐데 배 한 척이면 충분하지 않소?"

그리고는 두 사람 모두 모욕적인 언사에 격분하며 섬 깊숙이 들어갔다.

그 맹렬한 결투를 보는 사람은 아무도 없었다. 그러나 그들이 겨룬 세 번에 걸친 대결에서 일어나는 격노한 외침은 바다의 미풍에 실려 기슭으로 실려 갔다. 그러자 슬픔의 표시로 여인들이 목소리를 맞추어 손뼉을 쳤다. 모로의 패거리들은 자신들 막사 앞에서 옆으로 나서서 한 덩어리가 되어 웃음을 터뜨렸다.

결국 오후 3시경에 멀리서 자줏빛 돛이 올라가는 것이 보였다. 아일랜드인들의 배는 섬에서 떨어져 나왔다. 그들의 환호 소리가 메아리치고 있었다.

"모로! 모로!"

물결 위로 배가 크게 보이자 뱃머리에서 몸을 일으킨 기사가 보였다. 그는 양손에 하나씩 위협적인 칼을 휘두르고 있었다. 그러나 그 기사는 모로가 아니라 트리스탄이었다. 즉시 20척의 배가 그를 맞이하러 달려 나갔다. 그리고 젊은이들은 신이 나서 바다로 몸을 던져 헤엄쳐 나갔다. 그 용사는 모래사장 위로 힘차게 달려 왔다. 그 때에 여인들은 그의 앞에 무릎을 꿇고 갑옷바지에 입을 맞추었다. 트리스탄은 모로

의 패거리들에게 외쳤다.

"아일랜드의 영주들, 모로는 훌륭하게 싸웠소. 자, 보시오. 내 칼은 이가 빠졌소. 칼날의 조각이 그의 두개골 속에 박힌 채로 있소. 강철로 된 칼 조각을 가져가시오. 이것이 코르누아유의 조공이오."

트리스탄은 그 말을 마치고는 탱타젤 쪽으로 올라갔다. 그가 지나가자 풀려난 아이들은 크게 소리를 지르면서 초록색 나뭇가지를 흔들었다. 창가마다 화려한 커튼이 드리웠다. 환희의 노랫소리가 울려 퍼졌고, 그 가운데서도 종, 나팔, 고동소리는 어찌나 우렁찼던지 천둥소리도 들리지 않을 정도로 요란스러웠다. 트리스탄은 성에 이르러, 마크 왕의 품에 안겼다. 트리스탄의 상처에서는 피가 철철 흘러내리고 있었다.

모로의 패거리들은 크게 낙담한 채 아일랜드로 돌아갔다. 모로 일행이 웨일즈포르 항에 막 도착했을 때 상처입고 죽어 가는 모로는 무리를 지어 그에게 환호를 보내며 모여 있는 사람들을 다시 보게 되어 기뻐했다. 왕비인 그의 누이 그리고 그의 조카인 금발의 이졸데, 그녀들의 아름다움은 어느덧 밝아오는 여명처럼 빛나고 있었다. 그녀들은 다정스럽게 그를 맞이했다.

그가 비록 어떠한 상처를 입었다고 해도 그녀들은 그를 치료할 수 있을 것이다. 왜냐하면 그녀들은 진통제를 알고 있고, 이미 썩은 상처라도 되살리는 몰약을 알고 있기 때문이다. 하지만 그 순간에 마법의 비결들이 무슨 소용이 있을까? 약효가 좋다는 시간에 딴 약초들, 미약들이 무슨 소용이 있겠는가? 그는 사슴가죽에 꿰매진 채 죽어 있었다.

그리고 적의 칼의 부러진 부분이 아직 그의 두개골에 꽂혀 있었다. 금발의 이졸데는 칼의 부러진 부분을 끄집어내어 유물처럼 소중히 작은 상자 속에 넣어두었다. 그리고 그 커다란 시체 위로 몸을 숙인 채 어머니와 딸은 끝없이 그의 죽음을 슬퍼했다. 그녀는 한없이 살인자를 저주하면서, 하녀들에 둘러싸인 채 한탄하고 있었다. 그날부터 금발의 이졸데는 루누아의 트리스탄을 증오하게 되었다.

탱타젤에 있는 트리스탄도 점점 쇠약해져 갔다. 독이 핏속으로 침투되어 그의 상처에서 피가 뚝뚝 떨어졌다. 의사들은 모로가 독을 묻힌 창으로 그를 깊숙이 찔렀다는 것을 알고 있었다. 그리고 그들의 음료와 테리아카(아편 성 해독제)로는 그를 구할 수 없었기 때문에, 그들은 신의 가호를 빌며 그를 치료할 뿐 달리 방법이 없었다. 아주 지긋지긋한 악취가

그의 상처에서 발산했기 때문에 그의 가장 소중했던 친구들도 모두 그를 떠나버렸다. 하지만 마크 왕과 고르브날, 리당의 디나는 옆에 남아 있었다. 그들만이 그의 머리맡에서 지키고 있었다. 그들의 사랑으로 그는 그 공포를 극복해냈다. 결국 트리스탄은 진동하는 냄새 때문에 사람들로부터 버림받다시피 하여 기슭에 따로 지어진 오두막집에서 치료를 받게 되었다. 그는 누운 채로 바닷물을 내려다보면서 죽음만을 기다려야 했다. 그는 생각했다.

'마크 왕이여, 당신은 당신의 나라의 명예를 구한 나를 이렇게 버리는 건가요? 아니, 삼촌 나는 그것을 알고 있어요. 당신이 나의 목숨을 위해 당신의 생명을 바치려 한다는 것을요. 하지만 당신의 애정이 이렇게 할 수 있나요? 나는 죽게 될 거예요. 하지만 태양을 본다는 것은 행복한 일이죠. 그리고 내 마음엔 아직은 용기가 있어요. 나는 위험스러운 바다에서 시련을 겪고 싶어요. 바다 멀리 떠내려가고 싶어요. 단 혼자서, 어느 나라로? 나도 몰라요. 하지만 거기서 아마도 나를 치료해주는 사람을 만날 수 있을 것 같아요. 그리고 어쩌면 어느 날인가 다시 당신을 섬기게 될 것 같아요. 좋은 삼촌, 당신의 하프연주자이자 사냥꾼이며 당신의 좋은 시종으로서 말예요.'

그는 그토록 하고 싶은 일을 마크 왕에게 승낙해달라고 애원했다. 왕은 그를 닻도 없고, 노도 없는 배 위에 태웠다. 그리고 트리스탄은 단지 자신의 옆에 하프만 놓아달라고 부탁했다. 그가 팔로 들어 올릴 수도 없는 닻이 무슨 소용이 있으며, 노가 무슨 필요가 있겠으며 검이 무슨 소용이 있겠는가?

긴 항해를 하는 도중에 뱃사공이 배 위로 시체가 되다시피 한 옛 동료를 떨리는 손으로 던졌을 때, 고르브날은 그가 사랑하는 트리스탄이 실려 있는 배를 멀리 밀었다. 그래서 그는 그렇게 바다로 실려 갔다.

7일 밤낮 동안, 바다는 조용히 그를 실어가기만 했다. 이따금 트리스탄은 슬픔을 달래려 하프를 켰다. 결국 바다는 그가 모르는 사이에 그를 어떤 기슭으로 밀어냈다.

그런데 그날 밤, 때마침 어떤 낚시꾼들이 밤바다에 그물을 던지기 위해 항구를 떠났다. 그들은 노를 저었다. 그 때에 그들은 감미롭고 웅장하고 힘찬 가락을 들었다. 가락은 물결의 수면 위를 스치며 울리고 있었다. 파도 위에서 갈팡질팡하는 노를 놓아둔 채 그들은 꼼짝 않고 하프 소리를 듣고 있었다. 마침내 그들은 첫 새벽의 하얀 빛 속에 떠돌고 있는 배를 발견했다.

'배가 우윳빛처럼 하얀 바다 위에 떠 있는 행운의 섬을 향해 항해하고 있을 때, 쌩 브랑 당의 배를 둘러싸고 있는 음악은 정말로 신비롭게 들리는 구나.'

그들은 배에 가까이 가려고 노를 저었다. 배는 물결 따라 물결치는 대로 가고 있었다. 거기에는 살아 있는 것이라곤 아무 것도 없는 것 같았고 단지 하프소리만 들려 왔다.

하지만 그들이 가까이 다가감과 동시에 곡조는 약해지더니 잠잠해져 버렸다. 그들이 재빨리 다가갔을 때, 트리스탄의 양손은 아직도 진동하고 있는 현 위에 맥없이 놓여 있었다.

그들은 그를 맞았다. 그리고는 어쩌면 그를 치우할 수 있을 것 같다는 생각이 들어, 심성이 고운 그들의 귀부인에게 부상자를 맡기려고 협로 쪽으로 돌아갔다.

아! 슬프게도! 그 협로는 웨일즈포르였는데 모로가 살고 있던 곳이었다. 그리고 그들의 귀부인은 금발의 이졸데였다. 미약을 능숙하게 쓸 수 있는 그녀만이 트리스탄을 구할 수 있었다. 다행히도 여자들 가운데서 그녀만이 그 죽은 듯한 트리스탄을 받아주었다.

트리스탄이 그녀의 기술로 인해 다시 소생하여 정신을 차렸을 때는, 그는 위험한 나라에 버려졌던 셈이었다. 그러나 그는 아직은 생명을 지킬 수 있을 만큼은 용기가 있었으므로 재빨리 재치 있고 멋진 말을 찾아냈다.

그는 자신은 상선으로 떠돌아다니는 음유시인으로, 스페인에서 점성술을 익히기 위해 스페인으로 항해하는 중이었노라고 이야기했다. 그리고 해적선이 배를 습격했으며 부상을 당한 채 그 배에서 도망쳤다고 이야기했다.

그들은 그의 말을 믿었다. 독약이 그토록 추하게 그의 얼굴을 변하게 했기 때문에, 모로의 동료들 중 어느 누구도 쌩삼손 섬의 그 멋진 기사를 알아보는 사람은 없었다.

하지만 40일 후에 금발의 이졸데가 그를 거의 치료하게 되었을 때는 예전처럼 부드러워진 그의 팔 다리에서 젊은이다운 의젓함이 다시 엿보이기 시작했다. 그는 도망쳐야만 한다는 것을 알아차렸다.

그는 슬며시 달아났다. 그 후 여러 번의 위험을 겪고 난 후에 그는 어느 날 마크 왕 앞에 다시 나타났다.

4
금발의 미인을 찾아서

> "그렇게 해서 그대가 칭송과 영광을
> 얻을 수 있다고 생각한다면
> 자, 나를 죽이시오.
> 분명히 그대가 그 용감한 가신의
> 품에 눕게 될 때, 그대를 쟁취하고
> 그대를 정복하기 위해
> 목숨을 걸었던 부상당한 그대의 손님을
> 생각한다는 것이……"

 마크 왕의 궁정에는 왕이 트리스탄에게 품고 있는 부드러운 애정과, 용맹을 시기하여 못된 증오로 트리스탄을 미워하는 사람들이 있었다. 그 중 가장 불충한 4명의 남작들이 있었다.

 그들의 이름은 앙드레, 그넬롱, 공도인느와 드노알랑이었다. 그런데 앙드레 공작은 트리스탄과 마찬가지로 마크 왕의 조카였다. 왕은 아이 없이 자신이 늙는다는 것을 심각하게 생각했다. 그는 자기의 나라를 용감하고 충성스런 트리스탄에게 넘겨주려 했다. 그 사실을 알게 되자, 그들의 시샘은 더욱 커졌다. 그래서 거짓말로 트리스탄에 대해 코르누아유의 귀족들을 선동하기 시작했다.

"그가 살아 있다는 건 얼마나 경탄할 일이오! 그러나 여러분은 지각 있는 분들이오. 영주들이여, 여러분은 아마도 그 이유를 설명할 수 있을 거요. 모로와 싸워서 승리한 사람, 멋지고 비범한 사람이 여기 있소. 하지만 뭔가 마법에 의해서 거의 죽게 된 그가 바다 위를 단지 혼자서 항해할 수 있었을까요? 영주들이여, 우리 중 누가 노도 없고 닻도 없는 배를 인도할 수 있겠소? 마법사들은 할 수 있다고들 말하오. 그리고 어느 나라에서 그가 상처에다 바를 마법의 약을 구할 수 있었겠소? 분명히 그는 마법사요. 그래요, 그의 배는 요정이고, 그의 칼과 하프는 마술에 걸린 게 분명 하오. 누가 날마다 마크 왕의 심장에 독약을 부었단 말이오! 그는 정말로 마법의 힘과 마력으로 그 심장을 길들일 줄 알았단 말 아니겠소! 영주들이여, 그는 왕이 될 것이며 여러분은 한 마법사에게 여러분의 나라들을 빼앗기게 될 것이오."

반역자들이 말했다.

그들은 대부분의 남작들을 납득시켰다. 다시 말하면 많은 사람들은 마법사들의 능력이 어떤 것인지 모르고 있기 때문에 그 말을 믿었던 것이다. 또한 사랑과 용기의 힘으로 그것을 완수할 수 있다는 생각도 들었다.

그래서 남작들은 상속자를 낳아줄 아내를 맞이하라고 마

크 왕을 재촉했다. 그들은 만약에 마크 왕이 거절하면 각자 자신들의 강한 성에서 왕과 싸우기 위해 은거할 생각이었다. 왕은 반대했다. 왕은 마음속으로 그가 사랑하는 조카가 살아 있는 동안에는 어느 왕녀든 자신의 침실에 들어오지 못하게 하리라 맹세했다.

하지만 이번에는 트리스탄이 계산적으로 숙부를 사랑하는 척한다는 의혹을 수치스럽게 감내해야 했고, 그들은 그 이유로 트리스탄을 위협했다. 왕이 남작들의 의사에 따르던가, 아니면 궁정을 포기하든가 선택해야 하는 처지에 놓이게 되었다. 그렇게 되면 트리스탄은 가부와의 부유한 왕을 섬기기 위해 갈 것이다. 그러자 마크 왕은 남작들에게 기한을 정했다. 말하자면 그날로부터 40일 안으로 자신의 생각을 밝힐 참이었던 것이다.

정해진 날, 자신의 방에서 단지 홀로 그들이 오기를 기다렸다. 그리고 구슬픈 마음으로 생각했다.

'그러니 어디서 그토록 멀리 있는 왕녀를 찾는단 말인가? 내가 그녀를 아내로 맞고 싶어 하는 체한다는 말인가? 단지 그러는 척 할 수는 없는 일이 아닌가?'

그 순간에 바다 쪽으로 열려 있는 창문을 통해 둥지를 짓고 있는 두 마리의 제비가 서로 앞다퉈 들어오다가 갑자기 겁을 먹고는 사라져버렸다. 그러나 그 새들의 부리로부터 명주실보다 더 가느다란 여자의 긴 머리카락이 빠져나와서 마치 햇살처럼 빛났다.

마크는 그것을 집어 들고는 남작들과 트리스탄을 들어오게 한 다음, 이렇게 말했다.

"영주들이여, 어쨌든 여러분이 내가 선택한 여자를 찾는다면, 나는 여러분의 비위를 맞추기 위해서라도 아내로 맞을 것이요."

"분명히 우리는 그렇게 되기를 바랍니다. 폐하, 자 그러니 폐하가 선택한 여자가 누구입니까?"

"난 금발의 여자를 택했소. 다른 여자는 전혀 원치 않는다는 걸 알아주길 바라오."

"폐하, 어디에서 당신은 그 금발의 여자를 보았습니까? 누가 당신에게 그 금발을 가져왔습니까? 그리고 어느 나라에선가요?"

"영주들, 그건 금발의 미인으로부터 나에게 온 것이오. 제비 두 마리가 나에게 그걸 가져왔소. 그 새들은 어느 나라인지 알고 있을 것이오."

남작들은 자신들이 놀림을 당하고 속고 있다는 것을 알아차렸다. 그들은 분해서 트리스탄을 쳐다보았다. 왜냐하면 그들은 트리스탄이 계략으로 조언을 한 것이라고 생각하고, 트리스탄을 의심했기 때문이었다. 그러나 트리스탄은 금발머

리를 곰곰이 생각하더니, 금발의 이졸데가 떠올랐다. 그는 미소를 머금고는 이렇게 말했다.

"마크 왕이시여, 당신은 아주 잘못 처신하고 계십니다. 그리고 남작들의 의심이 나를 중상하고 있다는 것을 모르십니까? 그러니 왕께서는 쓸데없이 그 조롱거리를 생각해낸 것이오. 나는 금발의 미녀를 데리러 갈 것이오. 그 여인을 찾아온다는 것은 위험하오. 내가 모로를 죽였던 숲에서 돌아오는 것보다 그 미녀가 있는 나라에서 돌아오는 것이 내겐 더 어렵다는 걸 알아주십시오. 하지만 삼촌, 나는 다시 당신을 위해 이 모험에 내 몸과 내 생명을 걸고 싶어요. 당신의 남작들이 내가 신실한 사랑으로 당신을 사랑했는지를 알도록 하기 위한 맹세로 나의 신앙을 걸겠어요. 나는 모험으로 죽든지 탱타젤의 성으로 금발머리의 왕비를 데려오든지 할 것이오."

그는 멋진 배 한 척에다 모든 장비를 갖추었다. 그는 배에다 밀, 포도주, 꿀, 그리고 온갖 좋은 식료품을 실었다. 그는 고르브날 이상으로 가장 용감한 사람들 가운데서 선출한 귀족 출신의 100명의 젊은 기사들을 그 배에 태웠다. 그리고 그들에게 거친 모직물로 짠 상의와 거친 면직물로 짠 제복을 입혔다. 그들을 상인들로 변장시켰다. 그리고 배의 갑판 밑에다가 금빛 양탄자, 진홍색 피륙으로 된 화려한 복장들을 숨겨두었다. 그 복장은 권세가 강한 왕의 사신에게 어울리는 복장들이었다.

그 배가 먼 바다에 나갔을 때 물길 안내인이 물었다.

"나리, 어느 나라로 항해할까요?"

"이보게, 웨일즈포르, 항구 오른쪽에 있는 아일랜드 쪽으로 항로를 잡게"

물길 안내인은 한숨을 지었다. 트리스탄은 모로가 죽은 후로 아일랜드 왕이 코르누아유인들의 배를 악착같이 추격하고 있다는 것을 모르고 있단 말인가? 아일랜드 왕은 사로잡힌 사공들을 갈고리에 매달아 교수형에 처하곤 했기 때문에 물길 안내인은 두려웠던 것이다. 그렇지만 그는 순순히 위험한 땅에 배를 댈 수밖에 없었다..

우선 트리스탄은 웨일즈포르 사람들에게 그의 동행인들은 평화롭게 교역하러 온 영국 상인들이라고 말했다. 그렇게 그 외국 상인들은 날마다 카드놀이와 장기놀이로 세월을 보내고 있었다.

그래서 먹을 것을 인색하게 주기보다 주사위 놀이로 시간을 보내는 것이 더 쉬운 것처럼 보였다. 트리스탄은 발각될

까봐 두려웠음에도 불구하고 어떻게 금발미인을 찾아야 할지 궁리했다.

그런데 어느 날 아침 날이 샐 무렵, 그는 어떤 목소리를 들었는데, 목소리가 어찌나 무서운 소리였는지 악마가 울부짖는 것 같았다. 그는 이제껏 한 번도 그토록 소름끼치고, 그토록 굉장하게 울부짖는 날카로운 짐승의 소리를 들어본 적이 없었다. 그는 항구 위로 지나가고 있는 어떤 여자를 불렀다.

"나에게 얘기해주시오, 부인. 내가 들은 이 목소리가 어디서 들려오는 것인지 얘기해주시오. 그 얘기를 나에게 감추지 마시오."

"나리, 분명히 말씀드리건대 저는 당신에게 거짓 없이 말씀드리겠어요. 그 소리는 용맹스럽고, 이 세상에 존재하는 가장 무시무시한 짐승의 소리예요. 날마다 그 괴물은 동굴에서 내려와서 이 도시의 문 중 어느 한 집 문 앞에 멈춘 다오. 사람들이 처녀를 괴물에게 바치지 않는다면. 어느 누구도 문으로 나올 수도 없고 들어갈 수도 없어요. 그리고 그 괴물이 발톱 사이에 그 여자를 끼우면, 기도할 시간도 없을 정도로 순식간에 여자를 게걸스럽게 먹어치운답니다."

"부인, 나를 놀리지 마시오. 하지만 여자의 몸에서 태어난 사람이 그 짐승과 결투하여 죽이는 것이 가능한지 말해주시오."

트리스탄이 말했다.

"멋지고 부드러운 나리, 분명히 저는 알고 있어요. 분명한 건 20명의 기사들이 이미 모험을 시도했지만 불행을 당하고 말았어요. 왜냐하면 아일랜드의 왕이 자신의 딸, 이졸데를 괴물을 죽이는 자에게 주겠노라고 선언했으니까요. 그러나 괴물은 기사들을 모두 먹어치워 버렸어요."

트리스탄은 여자와 헤어져서 배로 돌아왔다. 그는 남몰래 무장을 했다. 상선에서 아주 화려한 군마와 아주 용맹한 기사로서 나간다는 것은 기분 좋은 일이었다. 그러나 항구에는 인적이 없었다. 왜냐하면 간신히 새벽빛이 새어드는 때였던 것이다.

괴물에게 재물로 낙점된 여자의 문 앞까지 용사가 말을 타고 가는 것을 본 사람은 아무도 없었다.

갑자기 길에서 다섯 명의 사나이가 급히 달려 내려갔다. 그들은 말에게 재갈을 물리지도 않은 채 급히 말을 몰았다. 그들은 도시 쪽으로 달아났다. 트리스탄은 지나는 길에 붉은색 머리로 엮은 줄로 그들 중 한 사람을 낚아챘다. 어찌나 세게 잡았던지 그는 말 엉덩이 위로 넘어졌다.

"좋으신 나리, 신이 당신을 구했구려! 그 괴물은 어떤 길로 옵니까?"

트리스탄이 말했다.

그리고 그 달아나던 사람이 트리스탄에게 그 길을 가리키자, 트리스탄은 그를 놓아주었다. 괴물이 다가오고 있었다. 괴물의 머리는 뱀의 모양이고, 눈은 타고 있는 목탄처럼 빨갛고, 이마에는 뿔이 두 개가 달려있었다. 또 몸뚱이가 길고, 털투성이였으며, 사자의 발톱을 하고, 뱀의 꼬리에, 반은 사자이고 반은 독수리로, 괴물의 비늘처럼 꺼칠꺼칠한 몸을 하고 있었다.

트리스탄은 온힘을 다해 괴물을 향해 창을 던졌다. 무서움으로 머리털이 곤두서는 것 같았지만, 그는 괴물을 향해 뛰어 올랐다. 트리스탄의 창은 괴물의 비늘에 부딪쳐 섬광을 내며 날아올랐다. 용사가 검을 겨누고는 이내 검을 쳐들어 용의 머리에 심한 타격을 가했다. 하지만 괴물은 전혀 상처를 입지 않았다. 다만 타격을 느끼는 듯 했다. 괴물은 방패에 대고 발톱을 날렸다. 그리고는 발톱을 방패에 박았다. 괴물은 발톱으로 방패를 날려버렸다.

가슴이 드러난 트리스탄은 다시 검으로 위협했다. 그리고 괴물의 옆구리를 가격했는데, 어찌나 세었던지 공중에서 메아리쳤다. 그러나 헛수고였다. 그는 괴물에게 상처를 입히지 못했다. 그때에 괴물은 콧구멍으로 독이 있는 불꽃을 두 줄기로 분출시켰다. 트리스탄의 갑옷은 숯처럼 검게 변했고, 그의 말은 쓰러져서 죽었다. 그러나 이내 다시 일어난 트리스탄은 명검으로 괴물의 입속을 깊게 찔렀다. 검은 아주 깊이 목 속으로 들어가서 괴물의 심장을 두 갈래로 갈랐다. 괴물은 마지막으로 무시무시한 고함을 지르고는 죽어 버렸다.

트리스탄은 괴물의 혀를 잘라서 바지 주머니에다 넣었다. 그러고 나서는 아주 매캐한 연기에 현기증을 느꼈다. 그는 물을 마시려고 그곳에서 좀 떨어진 곳에 고여 있는 물 쪽으로 걸어갔다. 물은 그곳에서 빛나고 있었다. 하지만 괴물의

혀에서 방울방울 떨어지는 독은 그의 몸을 뜨겁게 했다. 그는 소택지의, 가장자리가 둘러진 키가 큰 풀 속에 정신을 잃고 쓰러졌다.

달아났던 사람은 머리를 땋아 내린 붉은 머리의 아쟁그랑르 루였다. 그는 아일랜드 왕의 가신으로 금발의 이졸데를 탐내고 있었다. 그자는 금발의 이졸데를 너무나 사랑했기 때문에 용기는 없었지만 매일 아침 그 괴물을 공격하기 위해 무장을 하고 매복하곤 했다. 하지만 그는 아주 먼 곳에서 괴물이 울부짖는 소리만 듣고도 겁에 질려 달아나곤 했던 겁쟁이였다.

그날 그는 동료 4명의 뒤를 따라 다시 되돌아왔다. 그는 쓰러진 괴물과 죽어있는 말, 부서진 방패를 발견하자 승리자가 가까운 곳에 죽어있을 거라고 생각했다. 그리고는 괴물의 머리를 잘라서 왕에게 머리를 가져갔고, 그는 약속했던 충분한 보상을 요구했다.

왕은 그의 용맹을 별반 믿지 않았지만 그의 요구에 응하려고 했다. 왕은 신하들에게 그때로부터 3일 후에 궁정으로 모이도록 명을 내렸다. 모여든 남작들 앞에서 가신 아쟁그랑은 승리의 증거물을 제시하게 될지도 모를 일이었다.

금발의 이졸데는 자신이 겁쟁이에게 넘겨질 것을 알게 되자 처음엔 한동안 비웃었지만 나중에는 슬퍼했다. 그 다음 날 그녀는 그 비겁자가 괴물을 퇴치했다는 사실에 의혹을 가졌다. 그녀는 충실한 자신의 하인인 금발머리의 페리니와 젊은 하녀 브랑지앙을 불러 함께 현장으로 향했다. 그리고는 세 사람 모두 비밀리에 괴물이 숨어 있던 굴을 향해 말을 타고 달려갔다.

이졸데는 도중에 길 위에서 이상한 모양의 자국들을 알아차렸다. 분명히 그곳을 지나간 말은 그 나라에서 편자를 박은 게 아니었던 것이다. 그녀는 결국 머리가 잘린 괴물과 죽어 있는 말을 발견했다. 그런데 말은 아일랜드의 관습에 따라 마구를 달고 있지 않았다. 어떤 외국인이 괴물을 죽인 것이 분명했다. 하지만 그가 아직 살아 있을까?

이졸데, 페리니, 그리고 브랑지앙은 오랫동안 외국인을 찾았다. 결국 브랑지앙은 키가 큰 풀밭 가운데서 용사의 투구가 빛나고 있는 것을 보았다. 그는 아직 숨을 쉬고 있었다. 페리니는 용사를 말 위에 태워서 비밀리에 여인들의 방으로 데려갔다. 그곳에서 이졸데는 자신의 어머니에게 그 모험담을 이야기했다. 그리고는 어머니에게 외국인을 맡겼다.

왕비는 용사의 갑옷을 벗겼다. 괴물의 독기 있는 혀가 용사의 바지에서 떨어져 나왔다. 그러자 아일랜드의 왕비는 약초의 효력을 이용하여 부상자를 깨어나게 했다. 그리고는 그에게 말했다.

"외국인이여, 난 그대가 진정으로 괴물을 죽인 용사라는 것을 알고 있소. 하지만 우리의 가신이자 역적이며 겁쟁이가 용의 머리를 베어 와서는, 내 딸 금발의 이졸데를 보상으로 달라고 요구하고 있소. 그대는 오늘부터 이틀 내로 그자와의 결투로서 그의 잘못을 증명해 줄 수 있겠소?"

"왕비님, 기한이 가깝군요. 그러나 분명히 당신은 이틀 내로 나를 치료할 수 있을 겁니다. 나는 괴물로부터 이졸데를 쟁취했소. 틀림없이 그녀를 가신에게서 빼앗을 수 있을 것이오."

그러자 왕비는 그를 융숭하게 대접하여 유숙시켰다. 그리고 그를 위해 효과가 뛰어난 약을 조제했다. 다음 날, 금발의 이졸데는 그에게 욕조를 준비해 주었다. 그녀는 어머니가 만들어 준 향유를 그의 몸에 부드럽게 발랐다 그녀는 부상자의 얼굴에서 시선을 멈추었다. 그녀는 그가 잘 생겼다는 것을 알았다. 그녀는 생각하기 시작했다.

'분명히 그의 무훈이 미인을 받을만한 가치가 있다면 내 용사는 용감한 결투를 벌일 수 있겠어!'

따뜻한 물의 열기와 향료의 효력으로 생기를 얻은 트리스탄은 그녀를 쳐다보았다. 그는 금발머리의 이졸데를 얻게 되었다고 생각하고는 미소를 지었다.

'어째서 외국인이 미소를 지었을까? 내가 웃을만한 일을 한 것이 아무것도 없지 않나? 처녀가 손님에게 해야 하는 시중드는 일 중의 하나라도 소홀히 했음일까? 그래, 아마도 그가 웃은 건 내가 독으로 인해 희미해져서 무장을 꾸며주는 것을 잊고 있었기 때문일 거야.'

그래서 그녀는 트리스탄의 갑옷이 벗겨져 있던 곳으로 갔다.

'이 투구는 좋은 강철로 되어 있어. 긴급한 경우에는 그에게 필요할지도 모르겠군. 그리고 이 쇠사슬 갑옷은 강하면서 가볍고 용사가 입으면 잘 어울리겠는걸.' 그녀는 그렇게 생각했다.

그녀는 검을 움켜쥐었다.

'틀림없이 이건 훌륭한 칼일 거야. 이 검은 용감한 기사에게 어울리겠어.'

그녀는 검을 닦기 위해 화려한 칼집에서 피로 물든 칼날을 당겼다. 그러나 그녀는 칼날이 넓게 이가 빠져 있는 것을 보았다.

'혹시나 이건 모로의 머리에 박혀 칼날이 부러졌던 칼이 아닐까?'

그녀는 주저하면서 다시 보고는, 그 의혹을 확인하고 싶어졌다. 그녀는 전에 모로의 두개골에서 끄집어낸 파편조각을 그녀가 보관해 두었던 방으로 달려갔다. 그녀는 이 빠진 부

분에다 파편을 맞추어보았다. 그러자 간신히 금이 난 모양이 보일 정도로 꼭 들어맞았다.

그녀는 서둘러서 트리스탄을 향해 달려갔다. 그녀는 그 큰 칼을 부상자의 머리에서 휘둘렀다. 그리고는 이렇게 외쳤다.

"너는 루누와의 트리스탄이지? 내가 사랑하는 모로의 살인자, 그러니 이번에는 네가 죽을 차례다!"

트리스탄은 그녀의 팔을 멈추려 애썼다. 하지만 그의 몸은 뜻대로 움직이지 않았다. 그러나 그의 정신만은 민첩했다. 그는 그래서 재치 있게 이렇게 말했다.

"좋소, 나는 죽겠소. 하지만 그대에게 두고두고 후회하지 않도록 하기 위해서이니 들어보시오. 공주여, 그대는 권력만 있을 따름이지. 나를 죽일 권리는 없다는 걸 아시오. 그렇소. 내 목숨은 그대에게 달려 있소. 두 번이나 그대가 나의 목숨을 지켜 주었으며 돌려주기도 했기 때문이오. 첫 번째는 최근의 일이었소. 그때 나는 그대가 구해주었던 부상당한 음유시인이었소. 그대는 그때 독을 이용해서 사냥을 했었소. 모로의 창은 나의 몸을 독으로 독살했던 것이오. 그 상처들을 치유시켰던 일로 얼굴 붉히지는 마시오. 공주여, 난 그 영예로운 싸움에서 그 상처를 받았던 것이 아닐까요? 내가 배신으로 모로를 죽였단 말이오? 그가 나에게 도전한 게 아닌가요? 나는 내 몸을 방어해야만 하지 않았겠소? 두 번째는, 공주여, 내가 괴물을 쓰러뜨렸을 때…… 하지만 그 얘기는 그만둡시다. 난 그대에게 그대가 나를 두 번이나 죽음의 위험으로부터 구해주었기 때문에, 그대가 내 생명을 마음대로 할 권리가 있다는 것을 얘기하고 싶었을 뿐이오. 그렇게 해서 그대가 칭송과 영광을 얻을 수 있다고 생각한다면, 자, 나를 죽이시오. 분명히 그대가 그 용감한 가신의 품에 눕게 될 때, 그대를 쟁취하고, 그대를 정복하기 위해 목숨을 걸었던 부상당한 그대의 손님을 생각한다는 것이 그대에게는 유쾌한 일이 될 테니까. 욕실에서 무방비 상태인 사람을 그대가 죽였다는 것을 말이오."

이졸데가 소리 질렀다.

"해괴망측한 말을 듣는구나. 모로의 살인자가 나를 갖고 싶어 한다고? 아! 아마도 모로가 코르누아유의 처녀들을 배 위에서 겁탈하려 했기 때문에, 이번엔 네놈이 멋진 보복으로 모로 가의 아가씨 중에서도 모로가 특별히 사랑했던 아가씨를 너의 노예로 데려가는 식으로 복수를 할 참이란 말이지……."

"아니오, 공주여, 하지만 어느 날인가 제비 두 마리가 그대의 금발머리카락 중 하나를 물고서 탱타젤까지 날아왔소. 난 제비들이 나에게 사랑과 평화를 알리러왔다고 생각했던 것이오. 그래서 난 바다 저쪽에서 그대를 데리러 온 것이오.

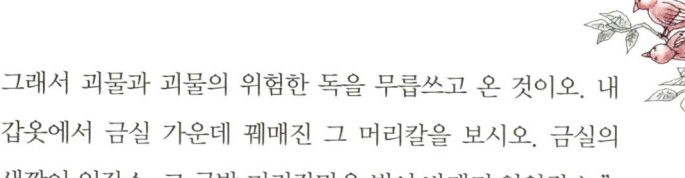

그래서 괴물과 괴물의 위험한 독을 무릅쓰고 온 것이오. 내 갑옷에서 금실 가운데 꿰매진 그 머리칼을 보시오. 금실의 색깔이 있잖소. 그 금발 머리칼만은 빛이 바래지 않았잖소."

이졸데는 장검을 바라보았다. 그리고는 손으로 트리스탄의 갑옷을 잡았다. 그녀는 그 갑옷에서 금발머리칼을 보고는 오랫동안 말이 없었다. 그러더니 그녀는 화해의 표시로 그에게 키스를 하고는 그에게 화려한 옷을 입혔다.

남작들이 모인 날, 트리스탄은 금발의 이졸데의 하인을 페리니의 배로 보내어 부유한 왕의 사신에 어울리는 것처럼 치장하고 궁정에 오도록 동료들에게 명령했다. 왜냐하면 그는 그날로 모험을 끝내고 싶었던 것이다.

고르브날과 100명의 기사들은 4일 전부터 트리스탄을 잃고는 비탄에 잠겨 있었다. 그러다가 그들은 그의 소식을 듣고는 기뻐서 어쩔 줄 몰랐다.

이미 셀 수 없을 만큼 많은 아일랜드 남작들이 모여 있는 방에서 그들은 한 사람 한 사람씩 들어와서 같은 줄에 줄지어 앉았다. 그리고 그들은 진홍색 피륙, 자줏빛의 화려한 복장에 번쩍거리는 보석들을 달고 있었다.

아일랜드 사람들은 이렇게 수군거렸다.

"이 훌륭한 영주들은 어떤 분들일까? 누가 그들을 알고 있소? 검은 담비모피와 금은으로 장식한 화려한 외투를 보라고! 칼끝에 그리고 외투의 골쇠에서 루비며 녹주석, 에메랄드, 우리가 뭐라고 이름 붙여야 할지도 모를, 저토록 많은 보석들을 보라니까! 그러니 누가 저와 같은 멋진 복장을 본 적이 있나? 이 영주들은 어디서 온 거지? 누구의 신하일까?"

그러나 그 100명의 기사들은 잠자코 있었다. 그들은 누가 들어오든 자리에서 움직이지도 않았다. 아쟁그랑 르 루는 증거를 보면서, 결투로서 자신이 괴물을 퇴치했으니 금발의 이졸데는 자신에게 넘겨주어야만 한다고 버텼다. 그러자 금발의 이졸데는 아버지에게 인사를 하고는 이렇게 말했다.

"왕이시여, 당신의 가신이 거짓말과 반역으로 설득하려 한다는 것을 밝혀줄 사람이 여기 있나이다. 그가 재앙에서 당신의 나라를 구했고, 당신의 딸이 비열한 사람에게 넘어가지 않도록 증명할 준비가 된 이 사람에게 이전의 그의 잘못을 용서받을 수 있도록 허락하시고, 그 옛날의 죄가 크다 하더라도 당신의 자비와 평화를 베풀어 줄 수 있도록 그에게 허락해 주시렵니까?"

왕은 생각에 잠긴 채 주저하고 있었다. 하지만 남작들 모두 이렇게 외쳤다.

68

"그것을 승인해주십시오. 폐하, 승인해주십시오."
왕이 말했다.
"그러면 나는 공인하겠노라."
하지만 이졸데는 왕의 발아래 무릎을 꿇었다.
"아버지, 우선은 아버지께서 그 사람에게도 그렇게 승인해주는 표시로서 자비와 평화의 키스를 저에게 해주십시오!"

그녀는 키스를 받자 트리스탄을 찾으러 갔다. 그녀는 이내 그의 손을 잡고 집회 장소로 그를 데려 왔다. 그를 보고 난 100명의 기사들은 동시에 일어서서 가슴에다 팔로 성호를 그으며 인사했다. 그러자 아일랜드 인들은 트리스탄이 그 기사들의 주인이라는 것을 알게 되었다. 그런데 마침 그 모인 사람들 중 몇몇이 그가 모로의 살인자라는 것을 알아차렸다. 이내 큰 소요가 일어났다.

"이자는 루누와의 트리스탄이다. 모로를 죽인 자야!"
그들은 번쩍이는 칼을 빼들고는 화난 목소리로 외쳐대기 시작했다.
"그를 죽여라!"
하지만 이졸데가 외쳤다.
"왕이시여, 이 사람에게 키스하소서. 그렇게 당신은 그와 약속하셨나이다!"
왕은 그에게 키스했다. 그러자 소란이 가라앉았다. 그때에 트리스탄은 보관하고 있던 용의 혀를 보여주었다. 그리고 가신에게 결투를 신청했다. 가신은 차마 결투를 수락할 용기가 없었으므로, 자신이 지은 죄를 인정했다. 그러자 트리스탄은 이렇게 말했다.

"영주님들! 난 모로를 죽였소. 하지만 난 여러분들에게 상당한 벌금을 물기 위해 바다를 건넜소. 실수를 보상하기 위해 나는 내 몸을 죽음의 위험 속에 내맡겼소. 그리고 나는 여러분을 괴물로부터 구해냈소. 자, 나는 금발의 이졸데 이 미녀를 얻었소. 이 미녀를 얻었으니, 나는 나의 배에 태워 내 나라로 돌아갈 것이오. 하지만 아일랜드와 코르누아유의 땅에 더 이상 증오가 없도록 하기 위해, 그리고 사랑만이 있도록 하기 위해서 내가 사랑하는 주인, 마크 왕이 그녀와 결혼할 것이라는 것을 알려 드리는 바이오. 여러분에게 평화와 사랑을 고하며, 마크 왕이 소중한 아내로서 이졸데를 존경하며, 코르누아유의 모든 사람들은 그녀를 귀부인으로, 여왕으로 섬길 것을, 성자들의 유골 위에 맹세하기 위해 함께 온 이들이 있소. 여기 100인의 귀족 가문 출신의 기사들을 보십시오."

그들은 아주 기뻐하며 성체를 가져왔고, 그 100인의 기사들은 트리스탄이 진실을 말했다는 것을 맹세했다.

왕은 이졸데의 손을 잡고 트리스탄에게 인도했다. 그리고

왕은 트리스탄에게 그녀를 융숭하게 대우하여 마크 왕에게 인도할 것인지를 물었다. 100인의 기사들과 아일랜드의 남작들 앞에서 트리스탄은 그렇게 하겠노라고 맹세했다.

금발의 이졸데는 수치와 고뇌로 몸을 떨었다. 트리스탄은 그녀를 차지하고 나서는 그녀를 업신여긴 것이다.

금발 미인의 이 아름다운 이야기는 꾸며낸 이야기인 것만은 아니다. 그가 그녀를 인도한 것은 다른 사람에게…… 그러나 왕은 트리스탄의 오른손에 이졸데의 오른손을 놓게 했다. 그리고 트리스탄은 코르누아유의 이름으로 그녀를 차지했다는 표시로서 그녀의 손을 다시 잡았다.

그래서 마크 왕에 대한 사랑으로, 계략과 힘으로 트리스탄은 금발머리의 여왕을 찾은 것이다.

5
사랑의 미약을 나눠 마신 두 사람

연인들은 서로 껴안았다.
그들의 아름다운 몸속에서
욕정과 생명이 전율하고 있었다.
트리스탄이 말했다.
"그래, 죽음이여 올 테면 오라!"

이졸데를 코르누아유의 기사에게 인도할 시간이 다가오자 금발의 이졸데의 어머니는 여러 가지 풀, 꽃, 뿌리 등을 따고, 꺾고, 캐서 포도주에 그것들을 섞어 강력한 미약을 만들었다. 마술과 기술로 만든 약을 그녀는 단지에 부었다. 그리고는 비밀리에 브랑지앙에게 이렇게 말했다.

"얘야, 너는 이졸데를 마크 왕의 나라에까지 수행해야 한다. 넌 이졸데를 진실한 사랑으로 사랑해야 하고, 이 단지를 들어라. 그리고 내 말을 잊어선 안 된다. 어느 누구도 눈치채지 못하게, 그 누구도 입에 대지 못하도록 그걸 감추어라. 하지만 첫날밤이 되어 부부가 되면 잔에다 풀빛이 바랜 그 포도주를 따라서 그들이 함께 잔을 비울 수 있도록 마크 왕과 이졸데에게 그 잔을 내주어라. 내 딸아! 그들만이 그 약을

맛볼 수 있도록 주의해야 해. 왜냐하면 그 약을 함께 마시는 사람들은 몸과 마음을 다하여 영원히 삶과 죽음까지도 사랑하게 된단 말이다."

브랑지앙은 여왕에게 분부대로 할 것을 약속했다.

이졸데를 실은 배는 깊은 물살을 가르면서 가고 있었다. 그러나 갇혀 있었던 막사 아래에 앉은 금발의 이졸데, 그녀는 아일랜드 땅에서 멀어지면 멀어질수록 더욱더 자신이 두고 온 나라를 그리워하면서 울었다. 이 외국인들은 그녀를 어디로, 누구에게로 데려가는 걸까? 그녀는 어떤 운명에 놓일 것인가?

트리스탄이 그녀에게 다가가서 다정스런 말로 안심시키려고 했으나, 그녀는 화를 내며 그를 밀어 젖혔다. 증오가 그녀의 마음속에서 부풀어 오르고 있었던 것이다. 그녀가 보기에는 그는 강탈자요, 모로의 살인자로 왔던 셈이었기 때문이었다. 그는 그녀의 어머니와 그녀의 나라에서 술책을 써서 그녀를 강취한 셈이었다. 그는 그녀를 지켜주려는 것이 아니다. 그는 그녀를 마치 포로처럼 물결 따라 적의 나라로 데려가고 있는 셈이 아닌가!

"가엾은 것! 나를 싣고 가는 바다는 저주를 받으라! 그 나라에 가서 사느니보다 차라리 내가 태어난 땅에서 죽는 것이 나으리라……!"

바람이 불고 돛들이 돛대에 따라 늘어진 채 매달려 있던 어느 날, 트리스탄은 이름 모를 섬에 배를 닿게 했다. 바다에 싫증이 난 100인의 코르누아유의 기사들과 뱃사람들은 뭍에 내렸다. 배에는 이졸데와 어린 하녀만이 그대로 있었다.

트리스탄은 이졸데에게로 다가갔다. 그리고는 그녀의 마음을 달래주려 애썼다. 햇살이 빛나고 그들은 목이 말랐으므로, 마실 것을 청했다. 음료수를 찾았던 것이다. 어린 하녀는

이졸데의 어머니가 브랑지앙에게 맡겼던 단지를 발견했다.

"포도주를 찾았다!"

그녀가 그들에게 소리쳤다.

아니다. 그것은 포도주가 아니었다. 그 음료수는 열정이고, 맹렬한 환희이며, 끝없는 고뇌이자 죽음이었다. 그러나 이를 모르는 하녀는 큰 잔을 가득 채워서 자기의 여주인에게 내놓았다. 그녀는 천천히 그것을 마시고는 트리스탄에게 내밀었고, 트리스탄도 잔을 비웠다.

그 순간 브랑지앙이 들어왔다. 그런데 그녀는, 이미 정신이 나간 듯, 넋을 잃은 듯이 서로 조용히 바라보고 있는 그들을 보게 되었다. 그녀는 그들 앞에서 거의 비어버린 단지와 큰 잔을 보았다. 그녀는 그 단지를 들고 뱃머리까지 달려가서는 그 단지를 바닷물에 던져버렸다. 그리고는 탄식했다.

"불행하게도! 내가 태어난 날은 저주 받아라! 내가 배에 탄 날은 저주 있어라! 이졸데, 그대여, 그리고 당신 트리스탄, 당신들은 바로 죽음을 마신 것이오!"

다시 배는 탱타젤을 향해 항로를 잡았다. 트리스탄은 날카로운 가시가 돋친 꽃들이 향기를 내며 피어있고, 생명력이 강한 나무들이 자신의 가슴속에 끓고 있는 피 속에서 싹을 틔우고 있는 것 같은 느낌이 들었다. 마치 강한 줄로 이졸데의 아름다운 몸에 자신의 몸과 자신의 온갖 생각, 그리고 자신의 모든 욕망이 서로 얽혀 있는 것 같았다.

그는 생각했다.

"앙드레, 드노알랑, 그넬롱, 공도인느, 마크 왕의 땅을 탐내고 있다고 나를 비난하는 반역자 놈들, 아! 나는 더 야비한 놈이로구나. 그리고 내가 탐내는 것이 그의 땅이 아니라니! 고아인 나를 사랑해주었던 좋으신 삼촌, 당신의 누이 블랑슈플레르의 혈통을 인정했다 할지라도, 나를 사랑스럽게 울게 하는 당신, 당신의 팔이 노도 없고 닻도 없는 배에까지 나를 태웠던 당신, 왜 당신은 첫날부터 당신을 배반하기 위해 와서 떠도는 이 아이를 쫓아버리지 않으셨습니까? 아! 내가 무슨 생각을 한 거지? 이졸데는 당신의 아내이고, 나는 당신의 가신인 것을, 이졸데는 당신의 아내이니, 나를 사랑할 수 없는데."

이졸데는 그를 사랑하고 있으면서도 한편으로는 미워하고 싶었다. 그가 그녀를 얼마나 천하게 업신여겼던가? 그래서 그녀는 그를 증오하고 싶었다. 그러나 증오보다 더 고통스러운 사랑, 그 사랑으로 인해 그녀의 마음은 흥분되어 그를 미워할 수가 없었다.

브랑지앙은 그들을 걱정스러운 눈으로 주의 깊게 바라보았다. 그렇게 바라보는 것은 더욱 더 잔인한 고통스러움이었다. 왜냐하면 그녀만이 저들이 변하게 된 것이 어떤 악의 원

인이 되었는지를 알았기 때문이었다. 이틀 동안이나 그녀는 그들의 동태를 살폈다.

그리고 그녀는 그들이 서로 먹을 것, 음료수를 서로 권하며, 서로 위로하는 것을 보았으며, 서로가 더듬거리며 걷는 장님처럼 서로를 찾고 있는 것을 보았다. 그들이 서로 떨어져 있을 때는 몹시 애타게 기다리고, 서로가 만나게 되면 그들은 처음에는 사랑의 고백을 하려다가 두려워하며 소스라치게 놀라는 듯 했으며, 그때마다 그들은 더욱더 불행해 보였다.

세 번째 날, 트리스탄이 이졸데가 앉아 있었던 배의 갑판 위에 있는 막사 쪽으로 왔을 때 이졸데는 서 있다가 그가 다가오는 것을 보았고, 그에게 겸손하게 말했다.

"들어오세요, 주인님."

"이졸데! 왜 나를 주인이라 부르시오? 나는 당신에게 충성을 맹세한 당신의 남자가 아니라, 그와는 반대로 당신을 공경하고 당신을 섬겨야 하는, 나의 여왕, 나의 귀부인으로 당신을 사랑하기 위한 당신의 가신이 아니오?"

이졸데가 대답했다.

"아니에요. 당신은 알고 있어요. 당신이 내 주인이며 내 임자라는 것을! 당신의 힘이 나를 지배하며, 나는 당신을 섬기는 사람이라는 것을 당신은 알고 있어요! 아! 일전에 부상당한 음유시인의 상처를 정말 더 심하게 하지 않았을꼬! 왜 내가 괴물의 살인자를 늪의 풀밭에서 죽도록 내버려두지 않았을꼬! 그가 욕조에 누워있을 때, 이미 날이 빠져 있는 칼을 휘둘러서 그를 공격하지 않았더란 말인가! 아, 슬프구나! 오늘 내가 무슨 일을 만날지 그때는 알지 못했음이!"

"이졸데, 그래서 당신은 오늘 무엇을 알았단 말이오? 그래서 뭐가 당신을 괴롭힌단 말이오?"

"아! 내가 알고 있는 모든 것이 나를 괴롭게 해요. 내가 본 모든 것, 이 하늘이 나를 괴롭히고, 이 바다, 그리고 나의 몸, 나의 생명까지도 나를 괴롭혀요!"

그녀는 트리스탄의 어깨 위에 팔을 올려놓았다. 그녀의 눈에 눈물이 말라가고 있었다. 그녀의 눈빛과 그녀의 입술이 파르르 떨렸다. 그는 다시 말을 반복했다.

"이졸데, 무엇 때문에 당신은 괴로워하는 거요?"

그녀가 대답했다.

"당신의 사랑이……."

그러자 그는 그녀의 입술에 입을 맞췄다. 하지만 두 사람 모두 처음으로 사랑의 기쁨을 맛보고 있을 때, 브랑지앙은 그들의 동정을 살피고 있다가 고함을 쳤다. 그리고는 팔을 축 늘어뜨리고, 눈물로 얼룩진 얼굴로 그들의 발아래 무릎을 꿇었다.

"불행하게도! 멈추세요. 아직 당신들이 할 수 있다면 돌아서세요! 천만에요. 되돌아올 수 없게 되었군요. 이미 사랑의 힘이 당신들을 이끌어가고 있으니 말예요. 이제 다시는 결코 당신들은 고통이 없이는 기쁨을 가질 수가 없어요. 당신들을 억제하고 있는 것은 바로 약초로 만든 술이에요. 이졸데 공주님, 왕비님이 내게 맡겼던 사랑의 미약이에요. 오직 마크 왕이 당신과 함께 마셔야만 되는 약이란 말예요. 하지만 원수가 우리 세 사람을 우롱한 셈이군요. 그 잔을 비운 것은 바로 당신들이니까요. 그대 트리스탄, 그대 이졸데! 내가 잘못 보호한 벌로 나는 당신들에게 내 몸과 생명을 닡기겠어요. 나의 죄로 인해 저주의 술잔에서 당신들은 사랑과 죽음을 마셨으니까요!"

연인들은 서로 껴안았다. 그들의 아름다운 몸속에서 알 수 없는 욕정과 생명이 전율하고 있었다. 트리스탄이 말했다.

"그래, 죽음이여 올 테면 오라!"

그리고 저녁이 오자 마크 왕의 나라를 향해 더 속도를 내어 가고 있는 배 위에서 영원히 맺어진 그들은 사랑에 마음껏 빠져있었다.

6
노예들에게 넘겨진 브랑지앙

"살인자들 같으니라고!
나의 소중한 하녀 브랑지앙을
나에게 돌려주어라!
너희들은 그녀가 나의 하나밖에 없는
친구라는 걸 모른단 말이냐?
살인자들! 그녀를 나에게 돌려주어라."

마크 왕은 금발의 이졸데를 바닷가에서 맞았다. 트리스탄은 그녀의 손을 잡고 그녀를 왕 앞에 인도했다. 이번에는 왕의 마음이 그녀에게 사로잡혀서 그녀의 손을 잡았다. 어느 여자와도 결혼할 생각이 없다던 그였지만 금발의 이졸데의 아름다움에 취해 그녀를 사랑하게 되었다. 마크 왕은 그녀를 아주 영예롭게 맞이하여 탱타젤 성으로 데리고 갔다. 궁정에 있는 가신들 가운데에 그녀가 나타났을 때, 그녀의 미모는 떠오르는 태양처럼 인상적이어서 마치 궁정이 환해지는 것 같았다.

마크 왕은 아주 정중하게 자신을 위해 금발머리를 가져왔던 제비들을 칭송했다. 그리고 그는 위험한 배 여행으로

자신의 눈과 마음에 기쁨을 찾아주려 나섰던, 트리스탄과 100인의 기사들을 칭찬했다.

'아, 아! 당신 고귀한 왕, 배가 당신에게 쓰라린 슬픔과 엄청난 고통을 실어왔군요.'

그날로부터 18일 후, 모든 남작들을 소집하여, 왕은 금발의 이졸데를 아내로 맞았다. 하지만 밤이 되자 브랑지앙은 이졸데의 수치를 감추고, 죽음에서 구원하기 위해 혼례식 날, 이졸데 대신 자신이 이졸데의 침대 속에 누워 있었다. 브랑지앙이 바다에서 책임을 맡았으나 잘못 보호한 벌로써 그녀는 친구의 사랑을 위해, 자신의 순결한 몸과 충성을 왕에게 바쳤다. 밤이 어두웠기 때문에 왕은 그녀의 술책과 그녀의 수치를 알 수가 없었다.

분명히 고뇌와 고통, 그 무시무시한 복수에도 불구하고, 마크는 자신의 마음에서 이졸데도, 트리스탄도 버릴 수가 없음을 알고 있었다.

그러나 마크는 약초로 빚은 술을 마시지 못했다. 이미 그 미약을 트리스탄과 이졸데가 나눠 마신 후였던 것이다. 독으로도, 마법으로도 이졸데와의 사랑에 빠지지 않았지만 그의 마음속에는 이졸데에 대한 고결한 애정만이 가득 차 있었고, 그에게는 사랑하는 마음만이 가득 찼다.

이졸데는 왕비가 되어 즐거움 속에 사는 것 같았으나 실제로는 슬프게 살고 있었다. 이졸데는 마크 왕의 애정을 느꼈다. 가신들은 그녀를 공경했으며, 백성들은 그녀를 소중히 여겼다. 이졸데는 호화롭게 색칠되고 꽃가루가 뿌려진 방에서 세월을 보냈다. 이졸데는 고상한 즐거움, 자줏빛 양탄자, 테살리 산 양탄자, 하프 연주자의 노래, 독수리 무늬, 새 무늬, 그리고 온갖 바다와 숲의 짐승들의 무늬로 된 커튼을 가질 수 있었다.

그녀는 충복들과 아름다운 사랑을 나눌 수도 있었다. 밤낮으로 틈나는 대로, 그녀의 옆에는 트리스탄이 있었다. 고귀한 영주들에게 그런 관습이 있었던 것처럼 트리스탄은 충복으로서의 삶과 자신의 삶을 즐기면서 왕실에서 잠을 자곤 했다. 그렇지만 이졸데는 몸을 떨었다. 왜 떨었을까? 그녀가 비밀스럽게 나누는 사랑을 지킬 수 없어서였을까? 누가 트리스탄을 의심이라도 했던 것일까? 그러니까 누가 이들을 의심한다는 말일까? 누가 그녀를 보았던가? 누가 그녀를 엿보기라도 했던가? 어떤 목격자가?

그렇다, 목격자가 있었다. 브랑지앙, 브랑지앙이 그녀의 동정을 살피고 있었다. 브랑지앙만이 그녀의 생활을 알고 있었다. 브랑지앙은 동정심으로 그녀를 지켜보고 있었다.

 맙소사! 브랑지앙 그녀가 이졸데 대신 누웠던 침대를, 하녀로서 날마다 준비하는데 지쳐서 정말로 왕에게 그 사실을 알렸단 말인가! 트리스탄이 그녀의 배신으로 정녕 죽게 될 것인가……! 그래서, 이졸데는 겁이 나서 미칠 지경이었을까!

 아니다, 충성스런 브랑지앙은 그런 여자가 아니었다. 이졸데가 겪게 된 것은 바로 그녀 자신의 마음 때문이었다.

 그날 트리스탄과 왕은 멀리 사냥을 나갔다. 그리고 트리스탄은 그 죄를 알지 못했다. 이졸데는 두 하인을 오게 하여 그들에게 비밀을 지킬 것을 약속하고 금화 60을 주며, 자신의 분부를 지킬 것을 서로 맹세시켰다.

 그들은 맹세했다.

 "자, 나는 너희들에게 한 처녀를 주겠다. 너희들은 그녀를 멀든 가깝든 숲으로 데려가라. 하지만 아무도, 절대로 그 일을 알아채지 못할 그런 장소, 거기서 너희들은 그녀를 죽이고, 나에게 그녀의 혀를 가져오너라. 내가 다시 말하건대, 그녀가 하게 될 말을 명심하거라. 자, 너희들이 돌아오면 너희들은 자유인이 되고 부자가 될 거야."

 그리고는 그녀는 브랑지앙을 불렀다.

 "브랑지앙, 너는 내 몸이 얼마나 약해지고 괴로움을 겪는지 알지? 이 병에 적합한 약초를 찾으러 숲에 가지 않겠니? 여기 두 하인이 있으니, 이들이 너를 인도해 줄 거야. 이들은 효험 있는 풀들이 어디에 있는지 알고 있단다. 그러니 이들을 따라 가거라. 너를 숲으로 보내는 건 내 휴식과 내 생명과 연관되는 일이라는 것을 잘 알아야 해!"

하인들은 그녀를 데리고 갔다. 숲에 이르자 그녀는 걸음을 멈추고 싶었다. 왜냐하면 몸에 좋은 약초들이 그녀의 주위에 꽤 많이 널려 있었기 때문이었다. 하지만 그들은 그녀를 더 멀리 끌고 갔다.

"갑시다, 아가씨. 여기는 적합한 장소가 아니오."

하인 중 한 사람이 그녀 앞에서 걸었고, 한 사람은 그녀 뒤에서 따라왔다. 더 이상 트인 길은 없고, 가시덤불, 딸기나무들, 엉겅퀴들이 뒤죽박죽으로 엉켜 있는 곳에 이르자, 앞서 걷던 남자가 칼을 겨누며 돌아섰다. 그녀는 도움을 청하려고 다른 하인에게로 달려갔다. 그러나 그자 또한 손에 칼을 빼 들고 말했다.

"아가씨, 우리는 당신을 죽여야만 해."

그녀는 풀밭에 쓰러졌다. 그녀의 팔은 칼끝을 피하려 애쓰고 있었다. 그녀가 너무나 가엾은 목소리로, 너무나 부드러운 목소리로 애원하고 있었기 때문에 그들은 이렇게 말했다.

"아가씨, 당신의 주인이며 우리의 주인인 여왕 이졸데가

당신을 죽이고 싶어 하는 걸 보면, 틀림없이 당신은 커다란 잘못을 저지른 게 분명해."

그녀가 대답했다.

"이들 봐요, 난 몰라요. 난 다만 한 가지 실수만 생각나요. 우리가 아일랜드에서 출발할 때, 우리는 각기 대물 중에서 가장 소중한 물건으로 눈처럼 흰 속옷을 가지고 왔어요. 우리들의 결혼날 밤을 위해서 말예요. 바다에서 이졸데님이 그만 혼례용 속옷을 실수로 찢고 말았어요. 그녀의 혼인날 밤

난 내 속옷을 빌려주었어요. 내가 여왕에게 죄지은 잘못은 이게 다 예요. 하지만 왕비님이 내가 죽기를 원하시는 이상 왕비님께 내가 안녕과 사랑을 전한다고 전해주세요. 그리고 내가 해적들에게 유괴되어 왕비님의 어머니에게 팔려온 후 왕비님을 섬기게 되었던 어린 시절부터 왕비님이 나에게 베풀어주신 자비와 영광, 그 모든 것에 대해 고마워한다고 전해주세요. 신이 왕비님의 선행에, 영광과, 몸과, 생명을 지켜주시기를! 형제들이여, 지금 죽여줘요!"

하인들은 동정심이 생겼다. 그들은 의논을 했다. 어쩌면 이러한 실수가 절대로 죽일만한 실수라고는 생각할 수 없다고 판단한 그들은 그녀를 나무에 묶어놓았다.

그리고는 대신에 어린 강아지를 죽인 다음, 그들 중 하나가 혀를 잘라서 자기의 옷자락 속에 넣었다. 그리고는 두 사람 모두 이졸데 앞에 다시 나타났다.

"그녀가 무슨 말을 하던가?"

불안스럽게 이졸데가 물었다.

"네. 왕비님, 그녀가 말하더군요. 그녀는 당신이 단 한 가지 실수 때문에 화를 낸다고 했어요. 당신이 아일랜드에서 가지고 오던 눈처럼 하얀 속옷을 바다에서 그녀가 찢었다는 군요. 그녀는 당신에게 당신의 혼례식 날 밤 자기 것을 빌려주었답니다. 그녀가 지은 죄라곤 그것뿐이라고 그녀가 말하

더군요. 그녀는 어린 시절부터 당신에게서 받은 그토록 많은 은혜에 대해 감사하고 있었어요. 그리고 그녀는 당신의 영예와 당신의 생명을 지켜주기를 신에게 기도했어요. 그녀는 당신의 안녕과 사랑을 구했어요. 왕비님, 우리가 당신에게 가져온 그녀의 혀가 여기 있어요."

"살인자들 같으니라고! 나의 소중한 하녀 브랑지앙을 나에게 돌려주어라! 너희들은 그녀가 나의 하나밖에 없는 친구라는 걸 모른단 말이냐? 살인자들! 그녀를 나에게 데려와라."

이졸데가 외쳤다.

"왕비님!"

그들이 즉시 말했다.

"여자는 단시간 내에 바뀝니다. 여자는 동시에 웃다가 울고, 사랑하다 미워하곤 한다고 합니다. 우리는 당신이 그렇게 명령했으니까 그녀를 죽이지 않았습니까!"

"내가 어떻게 그녀를 죽이라고 명령했겠어? 무슨 죄로? 그녀는 온순하고, 충실하고 아름다운 내 소중한 친구가 아니냐? 너희들도 그걸 알잖아. 살인자들! 난 몸에 이로운 약초를 찾으러 그녀를 보낸 거야. 그리고 너희들이 길에서 그녀를 보호하도록 하려고, 너희들에게 그녀를 부탁한 거고. 그런데 내가 너희들에게 그녀를 죽이라고 말했다고, 너희들은 장작불 위에서 화형을 당할 게다."

"왕비님, 자, 그녀는 살아 있어요. 우리는 무사히 그녀를 당신에게 다시 데려올 것이오."

그러나 그녀는 그 말을 믿지 않았다. 정신 나간 사람처럼 그녀는 번갈아 가며 그들을 저주하며 자신을 저주했다. 그녀는 자기 가까이에 있는 하인 중 하나를 붙잡았다. 그 동안에 다른 하인은 브랑지앙이 묶여 있는 나무쪽으로 달려갔다.

"아가씨, 신이 당신에게 은혜를 베풀었소. 우리 왕비님이 당신을 다시 불렀단 말이오!"

브랑지앙은 이졸데 앞에 와서 무릎을 꿇고 자신의 잘못을 용서해 달라고 빌었다. 하지만 왕비도 그녀 앞에 무릎을 꿇었다. 두 사람 모두 부둥켜안고 오랫동안 혼절해 있었다.

7
큰 소나무

"나는 결코 처음으로 나를 안고
나의 순결을 취한 사람을 제외하고는
어느 남자에게도 나의 사랑을 준 적이 없어요.
트리스탄, 당신은 내가 당신을 용서해 달라고
왕에게 애원하기를 바라는 건가요?"

브랑지앙은 충복이다. 연인들이 두려워해야 할 사람은 바로 자신들이다. 그러나 마음을 빼앗긴 그들이 조심할 수 있을까?

그들의 사랑의 갈증은 강으로 뛰어들 정도로 격렬했다. 또한 오랫동안 단식을 했던 새매가 갑자기 나른해져서 먹이에 달려드는 것과 마찬가지로 사랑은 그들을 서두르게 만들었다. 아, 슬프게도! 사랑은 감출 수가 없는 것이다.

분명히 브랑지앙의 용의주도한 일 처리로 인해, 어느 누구도 그녀의 친구의 품속에 있는 여왕을 알아채지 못했다. 매시간마다, 장소마다, 양조 통에서 철철 넘치는 포도주처럼 그들의 모든 감각이 넘쳐흐르게 하는지 알 수가 없는 걸까?

이미 궁정에 있는 네 명의 반역자들은 트리스탄의 무훈을 시기하여 트리스탄을 미워하고 있었다. 그들은 여왕의 주위를 배회하고 있었다. 이미 그들은 아름다운 사랑에 대한 진실을 알고 있었다. 그들은 탐욕과 증오와 기쁨으로 불타고 있었다.

그들은 애정이 분노로 변하게 되는 것을 알게 될 것이다. 트리스탄은 추방되거나 죽음을 맞게 되고 여왕은 고통을 받게 될 것이라고 생각했던 것이다.

그렇지만 그들은 트리스탄의 분노를 두려워했다. 하지만 결국 그들의 증오는 그들의 두려움을 넘어섰다. 어느 날 네 명의 기사들은 마크 왕을 기사 회의에 불러냈다. 그리고 앙드레가 왕에게 말했다.

"훌륭하신 왕이시여! 아마도 화를 낼 것입니다. 우리 네 사람 모두는 그 일을 생각하면 무척 슬퍼집니다. 하지만 우리가 놀랐던 사실을 당신에게 알려야만 하겠소. 폐하는 트리스탄에게 애정을 갖고 있지만 트리스탄은 폐하께 치욕을 안겨 주려 하고 있소. 면목없이 우리는 이런 사실을 알려야만 하오. 한 남자에 대한 사랑으로 폐하는 폐하의 혈족과 온 나라를 무시하고 있고, 우리 모두를 소홀히 대하고 있단 말입니다. 그러니 트리스탄이 왕비를 사랑하고 있다는 걸 알아두십시오. 이건 입증된 사실이오. 그리고 이미 그 일에 대한 많은 소문들이 떠돌고 있소."

점잖은 왕은 비틀거리며 이렇게 대답했다.

"비열한지고! 그대는 어찌 그런 반역을 생각했던고! 분명히 나는 트리스탄을 사랑하고 있소. 모로가 그대들에게 결투를 청하러 온 날, 그대들은 모두 고개만 숙인 채 떨면서 벙어리처럼 있었지. 하지만 트리스탄은 이 나라의 영예를 위해 그를 퇴치했소. 그 상처들로 인해 그의 영혼은 날아가 버렸을지도 모르오. 그대들은 그를 미워하고, 그래서 나는 그를 사랑하오. 그대 앙드레보다, 그대들 모두보다, 어느 누구보다도 말이오. 하지만 그대들은 무엇을 보았다고 주장하는 거요? 무엇을 보았소? 무엇을 들었느냐 말이오?"

"아무것도 아니오. 사실은 폐하, 그대의 눈이 볼 수 있는 것은 아무것도 없소이다. 들을 수 있는 것도 아무 것도 없소. 선하신 폐하, 보시오, 들으시오. 어쩌면 그래야 할 때인 것 같소이다."

그렇게 물러난 그들은 그에게 서서히 독약을 쓸 여지를 남겨두었다.

마크 왕은 그 마술을 떨쳐버릴 수가 없었다. 이번에는 남몰래 조카를 엿보고, 왕비를 엿보았다. 그러나 브랑지앙은 그것을 알아차리고 그 사실을 이졸데에게 알렸다. 그래서 왕은 계략을 써서 이졸데를 시험해보려 했으나 헛일이 되었다. 그는 이내 야비한 싸움에 화가 났다. 더 이상 의심을 물리칠 수 없다는 것을 깨닫고는 트리스탄을 불러서 말했다.

"트리스탄 너는 이 성에서 멀리 떠나라. 그리고 네가 이 성을 떠나게 되면, 더 이상은 구덩이나 장벽을 뛰어넘을 만큼 용감하지는 못할 것이다. 반역자들이 큰 배신행위자라며 너를 고발했느니라. 나에게 그걸 묻지는 말아라. 난 우리 두 사람 모두에게 치욕적인 그들의 말을 네게 차마 할 수가 없을 것 같구나. 나를 안심시키려는 말을 할 생각은 말아라. 나도 그것을 느낀다. 그 말들은 헛일이야. 하지만 난 그 반역자들을 믿지는 않는다. 내가 그들을 믿었다면 내가 벌써 너를 치욕스러운 죽음을 맞게 하지 않았겠느냐? 그러나 불길한 징조를 나타내는 그들의 비방이 내 마음을 혼란스럽게 하는구나. 네가 떠나는 것만이 그들을 진정시킬 수가 있으니 떠나라. 분명히 난 오래지 않아 너를 다시 부르마. 떠나라, 언제나 사랑하는 나의 아들아!"

반역자들은 이 소식을 듣고는 서로 말을 주고받았다.

"그는 떠났어. 그가 떠났다고, 좀 도둑처럼 쫓겨 가는 마술사라니! 앞으로 그자는 무엇이 될 수 있을까? 아마도 그는 위험을 무릅쓰고 바다를 건널 테지. 그리고 멀어진 왕에게 불성실한 봉사를 하게 될 테지!"

아니었다. 트리스탄은 떠날 힘이 없었다. 그가 성의 장벽과 도랑을 건너면서, 더 멀리 갈 수가 없을 거라는 걸 스스로

알아차렸다. 그는 탱타젤의 시내에서 멈추었다. 그리고 그는 고르브날과 함께 한 주민의 집에 숙소를 정했다. 그는 모로의 창에 몸을 찔려 독이 퍼지게 된 날보다 더 상처가 심해져서 열이 나고 몸이 수척해졌다

그가 물가에 지어진 오두막집에 누워있을 때, 모두들 그의 상처에서 나는 악취를 피하려했다. 하지만 세 사람은 그를 옆에서 간호해주었었다. 즉 고르브날, 디나, 마크 왕 세 사람이었었다. 지금은 고르브날과 디나가 아직 트리스탄의 머리맡에서 떠나지 않고 있었다. 하지만 마크 왕은 오지 않았다. 그러자 트리스탄은 한숨을 지었다.

"좋으신 삼촌, 분명히 내 몸은 지금 더 혐오감을 불러일으키는 독액 냄새를 퍼뜨리고 있어요. 그래서 사랑보다 혐오감이 당신을 압도하나 보군요."

하지만 쉼 없는 열병의 열정 속에서 흥분해서 날뛰는 말처럼, 갇혀있던 욕망은 이졸데가 갇혀있다시피 잘 닫힌 궁정을 향해, 그를 이끌어가고 있었다. 말과 기사는 돌 뽀에 부딪쳐 넘어졌다. 그러나 말과 기사는 다시 일어나서 계속 기마여행을 시작했다.

잘 닫힌 정원 뒤에서 금발의 이졸데는 괴로워하고 있었다. 더욱더 불행해졌다. 왜냐하면 그녀의 동정을 살피고 있는 그 낯선 사람들 사이에서 그녀는 하루 종일 기쁨과 웃음

을 가장해야만 했고, 밤에는 마크 왕의 옆에 누워서 꼼짝하지 않고 자신의 감정을 억눌러야만 하기 때문이었다.

그녀의 온몸은 떨리고 있었고, 열병으로 소스라쳐 놀라기도 했다. 그녀는 트리스탄에게로 달아나고 싶었다. 그녀는 일어나서 반역자들이 지키는 문가로 달려가고 싶었다. 그러나 어두운 문턱에는 반역자들이 큰 창을 들고 지키고 있었다. 날카롭고 위협적인 칼날이 지나치면서 가냘픈 그녀의 무릎을 엄습할지도 모를 일이었기에 어쩔 수 없는 일이었다.

그녀는 넘어져서 잘려진 무릎으로 두 개의 붉은 샘물로 뛰어드는 것 같은 기분이었다.

연인들은 아무도 도와주지 않는다면 곧 죽게 될 것이다. 브랑지앙이 아니라면 누가 그들을 도울 것인가? 브랑지앙, 그녀는 생명의 위험을 무릅쓰고 트리스탄이 애타게 기다리고 있을 그 집을 향해 슬그머니 들어갔다. 고브르날은 아주 반가워하며 그녀에게 문을 열어주었다. 브랑지앙은 연인들을 구해내기 위해 트리스탄에게 계책을 알려주었던 것이다.

탱타젤의 성곽 뒤에는 튼튼한 울타리로 닫혀있는 넓은 과수원이 펼쳐져 있었다. 그곳의 아름다운 나무들에는 과일이

주렁주렁 달려있고, 새들이 앉아 있고 향내 나는 포도송이들이 가득 달린 나무들이 수없이 자라고 있었다. 성에서 아주 멀리 떨어진 장소에는 울타리의 말뚝들이 박혀 있었고, 그곳에서 아주 가까운 곳에 성곽이 있었다.

소나무 한 그루는 높고 바르게 자라고 있었고, 그 소나무의 강한 줄기는 커다란 가지를 지탱하고 있었다.

그녀의 발치에는 생수가 있었는데, 물이 넓은 폭으로 맑고 고요하게 퍼지면서, 대리석으로 된 층계 밑으로 흐르고 있었다. 그리고 좁아진 두 물줄기 중 한 줄기 샘물은 과수원으로 흘러 그 성의 안쪽으로 흘러들고 있었으며, 여인들의 방을 가로질러 흐르고 있었다.

그런데 매일 저녁 트리스탄은 브랑지앙의 충고대로 가느다란 나뭇가지 쪼가리들을 기술적으로 다듬어 놓곤 했었다.

그는 날카로운 말뚝들을 뛰어넘은 다음 소나무 아래에 이르자 샘물에 나무지저깨비들을 던져버렸다. 물거품처럼 가볍게 그 나무지저깨비들은 물 위로 떠올라서 흘러 내려갔다.

여인들의 방에서 이졸데는 거기에 온 사람들을 엿보았다. 브랑지앙이 마크 왕과 반역자들의 사이를 멀게 한 밤이면 브랑지앙은 친구에게 가곤 했다.

그녀는 반역자들이 나무 뒤에 숨어 있는지 그들의 발자국 소리에 귀를 기울이며, 민첩하면서도 조심스럽게 다가갔다.

그러나 트리스탄은 이졸데를 보자마자 팔을 벌리고 그녀에게로 달려들었다. 밤이 그들을 보호해주고 있는 셈이었다. 이졸데가 말했다.

"트리스탄, 뱃사람들은 탱타젤의 성이 일 년에 두 번, 여름과 겨울에 한 번씩 마법에 걸려서 희미하게 보이다가 사라진다는 걸 모르고 있는 걸까요? 지금 사라졌어요. 하프의 노랫말이 말하는 아주 멋진 과수원이 여기에 있는 게 아닐까요? 하늘의 벽이 사방으로 이 성을 둘러싸고 있고, 꽃이 핀 나무들, 향기를 풍기는 지면, 사랑하는 사람의 가슴에 안겨서 밤샘 없이 이 성에서 살면, 어느 강한 적이라도 하늘의 벽을 부술 수는 없을 거예요. 그렇지 않나요?"

이미 탱타젤의 탑에서 새벽을 알리는 감시병들의 나팔 소리가 메아리쳐 울리고 있었다.

트리스탄이 말했다.

"그렇지 않소. 하늘의 벽은 이미 무너졌소. 여기는 아주 멋들어진 목장이 아니란 말이오. 하지만 어느 날인가 우리는 함께 어느 누구도 돌아갈 수 없는 행운의 나라로 갈 것이오. 거기에서 흰 대리석으로 성을 쌓아 올릴 것이오. 수많은 창마다 커다란 촛불을 밝혀 놓고, 음유시인들은 각 곡예를 하고 끝없이 노래를 부르게 하고 말이오. 거기에는 태양이 빛나지 않아요. 하지만 그 무엇도 햇빛을 필요하다고 생각지 않소. 그곳이 바로 살아 있는 사람들의 행복의 나라요."

그러나 탱타젤의 탑 맨 꼭대기로부터 새벽은 별빛과 푸른 빛이 교대하는 커다란 덩어리를 비추고 있었다.

이졸데는 기쁨을 되찾았다. 마크 왕의 의혹은 사라졌다. 그와는 반대로 반역자들은 트리스탄이 여왕을 다시 만났다는 것을 알고 있었다. 그러나 브랑지앙이 세심한 주의를 기울였기 때문에 그들이 염탐한다는 것은 헛수고였다. '신은 정말로 치욕을 주시는가!' 결국 앙드레 공작은 동료들에게 말했다.

"영주들, 난쟁이 곱추 프로생에게 조언을 구합시다. 그 자는 일곱 과목과 마술, 그리고 모든 마법을 익힌 자라오. 태어날 때부터 일곱별과 별들의 운행을 관찰하며, 미리 자신의 일생의 모든 과정을 얘기할 만큼 아주 잘 관찰할 수 있다오. 그는 뷔기비스와 누와롱의 힘을 이용하여 비밀에 싸인 것들을 알아낸 다니, 원하면 금발의 이졸데의 술책을 우리에게 가르쳐 줄 것이요."

미인에 대한 증오와 무훈에 대한 증오로 심술궂은, 그 난쟁이는 특이한 마법을 갖고 있었다. 그는 거기에 자신의 마력과 운명을 걸었다. 그리고 오리온 별자리와 뤼시페르의 운행을 관찰하더니 말했다.

"훌륭한 영주님들, 기뻐하십시오. 오늘 밤 여러분은 그들이 부정을 저지르는 현장을 잡을 수 있을 테니까요."

기사들은 그 난쟁이를 왕 앞으로 데려갔다.

"폐하."

마법사가 말했다.

"사냥꾼들에게 블러드 하인드(사냥개)들에게 줄을 매고, 말들에게 안장을 얹으라고 명하십시오. 그리고 7일 밤낮 동안 폐하께서는 사냥을 지휘하기 위해 숲에서 지내십시오. 그리고 오늘 밤에도 트리스탄이 여왕에게 어떤 말로 약속을 하는지 듣지 못하신다면 폐하께서는 저를 쇠갈퀴로 찌르십시오."

왕은 마음은 내키지 않았지만 그렇게 하기로 했다. 밤이

오자, 그는 사냥꾼들을 숲에 남겨두고 난쟁이를 말에 태우고는 탱타젤로 돌아갔다. 그가 알고 있던 입구를 통해 그는 과수원으로 들어갔다. 난쟁이는 왕을 큰 소나무 아래로 인도했다.

"선한 왕이시여, 저 나무의 가지 위로 올라가시는 것이 좋겠습니다. 저 위에서 활과 화살을 갖고 계십시오. 그들은 아마도 당신을 섬기게 될 것입니다. 그리고는 잠자코 계십시오. 그리 오래 기다리지 않으셔도 됩니다."

"꺼져라, 이 적군의 밀정 놈아!"

마크가 대답했다.

그러자 난쟁이는 말을 몰면서 가버렸다.

난쟁이는 사실을 말했다. 왕은 이내 그의 말이 사실임을 목격했다. 그날 밤 유난히 달빛은 맑고 아름답게 빛났다. 나뭇가지에 숨어서 왕은 자신의 조카가 뾰족한 달뚝을 넘어 뛰어오르는 것을 보았다. 트리스탄이 그 나무 밑으로 오더니 물에다 나무지저깨비들과 나뭇가지 다발을 던지는 것이었다.

그러나 그는 그것을 던지면서 샘 쪽으로 몸을 기울이고 있었기 때문에 물속에 비춰진 왕의 모습을 보게 되었다. 아! 떠내려가는 나무지저깨비들을 멈출 수만 있다면! 그러나 그건 천만의 일이었다. 그들은 과수원 쪽으로 급히 달려갔다. 여인들의 방에서 이졸데는 그들이 오는 것을 알아차렸다. 이미 어쩌면 그녀는 나무지저깨비들을 보았을 것이다.

신이 연인들을 지켜주시기를!

그녀는 달려갔다. 앉은 채로 움직이지 않고 있다가 트리스탄은 그녀를 바라보았다. 그리고 나무에서 화살이 부딪치는 소리를 들었다. 그 소리는 화살이 활줄에 끼워지는 소리였다.

그러나 그녀는 늘 하던 대로 민첩하면서도 조심스럽게 다가 왔다.

'대체 무슨 일일까? 왜 트리스탄이 오늘 저녁엔 나를 만나러 뛰어오지 않는 걸까? 적이라도 본 걸까?'

그녀는 그렇게 생각했다.

그녀는 멈추어 서서 컴컴한 숲을 유심히 쳐다보았다. 갑자기 달빛이 밝아지자 이번에는 그녀가 샘물에 비친 왕의 그림자를 알아보았다. 그녀는 나뭇가지 쪽은 전혀 보지 않는 척했다. 재치 있는 여인의 행동을 잘 보여준 셈이었다.

"신이여! 다만 제가 먼저 말할 수 있도록 허락해 주옵소서!"

그녀는 아주 낮은 목소리로 기도했다.

그녀는 더 가까이 다가갔다. 그녀는 먼저 선수를 쳐서 트리스탄에게 그 사실을 알렸다.

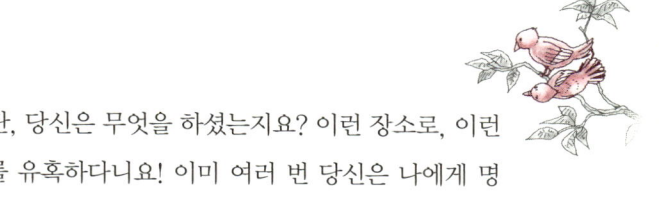

"트리스탄, 당신은 무엇을 하셨는지요? 이런 장소로, 이런 시간에 나를 유혹하다니요! 이미 여러 번 당신은 나에게 명하고 애원의 말씀을 하셨어요. 그런데 무슨 기대를? 나에게서 당신은 무엇을 기대하세요? 결국 난 왔어요. 난 그를 잊을 수가 없기 때문에 온 거예요. 내가 왕비라면 난 당신에게 그것을 빚진 거예요. 자, 내가 여기 있어요. 당신은 뭘 원하는 거예요?"

"왕비님, 당신은 왕의 분노를 달래려고 살려달라고 애걸하는 군요!"

그녀는 몸을 떨면서 울었다. 그러나 트리스탄은 주 여호와를 칭송했다. 연인에게 위험을 알려주었던 신에게 감사했다.

"그래요. 왕비님, 나는 당신에게 종종 그리고 늘 요구했지만 헛일이었어요. 왕이 나를 추격한 이후로 당신은 한 번도 나의 부름에 오는 것을 거절해 본 적은 없소. 하지만, 여기 있는 친구를 불쌍히 여기소서. 왕은 나를 미워해요. 그 이유를 모르겠어요. 하지만 당신은 아마도 그 이유를 알 것이오. 그러니 정직하고, 예의 있는 왕비님이 아니라면 누가 왕의 노여움을 풀 수 있을까요? 왕의 심정이 누구를 믿겠소?"

"진실로 트리스탄 나리, 아직도 당신은 왕이 우리 두 사람 모두를 의심하고 있다는 걸 모르세요? 이 얼마나 큰 배신행위겠어요! 더욱 수치스럽게도 그것이 나 때문이라는 걸 당신은 알아야 하는 게 아닐까요? 내 주인은 내가 당신을, 책망 받아 마땅할 사랑을 하고 있다고 생각해요. 하지만 신은 알고 있어요. 그리고 내가 거짓말을 한다면 신이 내 몸에 치욕을 주시기를! 나는 결코 처음으로 나를 안고 내 순결을 취한 사람을 제외하고는 어느 남자에게도 내 사랑을 준 적이 없어요. 트리스탄, 당신은 내가 당신을 용서해 달라고 왕에게 애원하기를 바라는 건가요? 하지만 그가 내가 이 소나무 아래에 왔었다는 것을 알기만 한다면 내일 그는 나를 재로 만들어 바람에 날려버릴 거예요!"

트리스탄이 한숨을 지었다.

"좋으신 삼촌, 누군가 이런 말을 했지요. '비열한 행위를 하지 않는다면, 어느 누구도 비열한 사람은 아니다'라고요. 그런데 무슨 마음에서 이런 의심이 생겨났을까요?"

"트리스탄, 그건 무슨 뜻인가요? 아니에요. 왕, 나의 주인은 자신 스스로 그런 비열한 행위를 생각할 분이 아니에요. 하지만 이 나라의 반역자들이 왕으로 하여금 거짓말을 믿도록 해요. 신의 있는 마음을 실망시키는 건 쉬운 일이에요. 그들은 우리가 서로 사랑한다고들 말해요. 그 반역자들은 우리를 죄인으로 몰아놓았던 거예요. 그래요. 당신은 나를 사랑하고 있어요. 트리스탄, 왜 그것을 아니라고 하세요? 내가 당신 삼촌의 여자가 아닌가요? 그리고 나는 당신을 죽음

에서 두 번이나 구해주지 않았던가요? 그래요. 나는 그 보상으로 당신을 사랑했어요. 당신은 왕의 혈족이 아닌가요? 그리고 여자가 주인의 혈족을 사랑하지 않는 것만큼이나 그 주인을 사랑하지 않는 거란 말을 내가 어머니한테 수없이 듣지 않았던가요? 내가 당신을 사랑했던 건 바로 왕에 대한 사랑 때문이었어요. 트리스탄, 지금이라도 왕이 당신을 자비로서 받아주신다면 나는 그것을 기뻐할 거예요. 하지만 내 몸은 전율하고 있어요. 난 무서워요. 난 가겠어요. 난 이미 너무 오래 있었어요."

나뭇가지에서 이 대화를 몰래 엿듣던 왕은 동정심이 생겨서 온화하게 미소 지었다. 이졸데는 달아났다. 트리스탄은 그녀를 부르는 척 했다.

"왕비님, 구세주의 이름으로 내가 도와줄 테니 자비심으로 오시오! 겁쟁이들은 왕에게서 왕을 사랑하는 사람들을 떼어 놓으려고 한단 말이오. 그래서 그들은 성공을 거두었고 지금 그들은 왕을 비웃고 있소. 좋소, 그러면 내가 멀리 가겠소. 이 나라 밖으로, 비참하게 말이오. 내가 옛날에 갔던 것처럼 말이오. 그렇지만 적어도 지난날에 대한 보상으로 내가 수치를 당하지 않고, 여기서부터 멀리 말을 타고 갈 수 있도록 내 말과 무기를 되찾으려고 쓴 비용을 왕이 나에게 충분히 지불하고, 그의 것을 나에게 주도록 허락을 얻어주시오."

"안돼요. 트리스탄, 당신은 그것을 부탁할 수 없어요. 난 이 나라에 혼자뿐인 걸요. 아무도 나를 사랑하는 사람이 없는 이 궁전에서 기댈 곳 없어요. 왕의 처분에 따를 뿐이에요. 내가 그에게 당신을 위해 단 한마디라도 한다면 내가 수치스러운 죽음을 무릅써야 한다는 걸 당신은 모르신단 말인가요? 그대여, 신이 당신을 보호하시기를! 왕은 당신을 큰 오해 때문에 미워하는군요! 하지만 당신이 가는 곳 어디서나 신은 당신의 진실한 친구가 될 거예요."

그녀는 그와 헤어져서 자기의 방으로 갔다. 그 방에서 브랑지앙은 떨면서 두 팔로 그녀를 안았다. 그녀는 자신이 겪은 이야기를 했다. 브랑지앙은 놀라서 소리쳤다.

"왕비님, 신은 당신을 위해 큰 기적을 행하셨군요! 신은 관대한 아버지이시며, 그분이 순결하다고 알고 있는 사람들이 잘못되는 것은 원치 않으시는군요."

그 큰 소나무 아래에 있던 트리스탄은 대리석 층계에 기댄 채 슬퍼하고 있었다.

"신이여, 나를 불쌍히 여기소서! 그리고 자기가 사랑하는 주인으로 인해 겪는 엄청난 모욕을 보상해주소서!"

그가 과수원의 울타리를 넘었을 때 왕은 미소를 지으면서 말했다.

"착한 조카여, 이 시간 축복 받으라! 자 네가 오늘 아침 준

비하게 될 그 먼 기마여행은 이미 끝났느니라!"

 저쪽 숲 속의 빈터에서는 난쟁이 프로생이 별의 운행을 관찰하고 있었다. 그는 별의 운행에서 왕이 자신을 죽이려고 위협하고 있다는 것을 읽었다. 그는 두려움과 수치로 슬펐다. 그리고 화가 나서 파르르 떨면서 재빨리 갈르 나라로 도망쳤다.

8
난쟁이 프로생

"폐하, 우리를 사랑하든지,
우리를 미워하든지 당신이 선택하십시오.
트리스탄은 여왕을 사랑합니다.
하지만 우리는, 우리는 더는
그런 꼴을 보지 못합니다."

   마크 왕은 트리스탄과 화해를 했다. 왕은 트리스탄에게 성으로 돌아오도록 해 주었다. 그렇게 하여 트리스탄은 전처럼 왕에게 충성을 다하면서도 사생활을 즐기며 왕의 방에 출입할 수 있었다. 그는 마음대로 왕의 방에 들어갈 수도 있고, 외출할 수도 있었다. 왕은 그 일에 대해 더 이상 걱정하지 않았다.
   하지만 누군들 오랫동안 비밀리에 사랑을 계속할 수 있을까? 아, 슬프게도! 사랑은 감추어질 수 있을까!
   마크는 반역자들을 용서해주었다.
   어느 날 시종 디나는 멀리 떨어진 숲에서 방황하고 있던 비참해 보이는 곱사등이의 난쟁이를 발견했다. 시종은 그를 왕에게 데려왔다. 왕은 그를 불쌍히 여겨 그의 잘못을 용서해 주었다.

하지만 왕의 선행은 남작들의 증오를 부추길 뿐이었다. 다시 트리스탄과 왕비의 부정을 발각한 그들은 서로 맹세하여 밀접한 관계를 맺었다. 만일 왕이 조카를 나라밖으로 내쫓지 않는다면 그들은 그와 싸우기 위해 강한 성으로 들어가기로 했다. 그들은 왕을 의회에 불러냈다.
"폐하, 우리를 사랑하든지, 우리를 미워하든지 선택하시오. 그러나 우리는 당신이 트리스탄을 쫓아버리기를 바라고 있소. 트리스탄은 왕비를 사랑하오. 하지만 우리는, 우리는 그런 꼴을 더는 보지 못하오."
왕은 그들의 얘기를 듣고는 한숨을 지으며 고개를 숙이고 땅을 내려다보았다. 그리고 아무 말이 없었다.
"아니 되오. 왕이시여, 우리는 더는 못 참겠소. 우리는 지금 좀 전에 온 소식에 더 이상 당신을 놀라게 하려는 것이 아니오. 또한 당신이 그들을 무죄로 생각하고 있다는 것을 알고 있소. 당신은 어떻게 하시겠소? 곰곰이 생각하시고 조치하시오. 우리로서는 당신이 영원히 당신의 조카를 멀리하지 않는다면, 우리는 우리들의 영토에서 물러날 것이며, 또한 당신 궁정밖에 있는 우리의 이웃들을 이끌고 갈 것이오. 우리는 그들이 이곳에 머물러 있는 것을 참을 수 없소. 우리가 당신에게 줄 수 있는 선택은 이 뿐이오. 자, 선택하시오!"

"영주들이여, 일단 여러분이 트리스탄에 대해 말한 그 추악한 말들을 믿기로 하겠소. 그리고 나는 그것을 후회하고 있소. 하지만 여러분은 나의 충신들이오. 그리고 나는 내 사람들의 충성을 잃고 싶지는 않소. 그러니 자, 나에게 조언을 하시오. 여러분에게 그것을 요구하는 바요. 내게 조언 할 사람들은 여러분이오. 여러분은 내가 아주 오만하며 아주 지나치다고 알고 있소. 하지만……"

"그러므로 폐하, 난쟁이 프로생을 여기로 부르시오. 당신은 과수원에서의 일 때문에 그를 의심하시지요. 그렇지만 그는 별을 보면서 왕비와 트리스탄이 그날 저녁 소나무 밑으로 올 거라는 것을 알아맞히지 않았소? 그는 많은 것을 알고 있어요. 그의 조언을 들으시오."

그리고는 그는 곱추를 부르러 달려갔다. 곱추는 증오하고 있었다. 그리고 드노알랑은 그를 얼싸안았다. 그는 왕에게 계책을 말했다.

"폐하, 당신의 조카에게 내일 새벽이 되자마자 말을 타고 카르델로 달려가서, 아르튀르 왕에게 밀랍으로 잘 봉인된 양피지 위에 쓴 편지를 전하라고 명하십시오. 왕이시여, 트리스탄은 당신의 침대 옆에서 잠을 잡니다. 그러니 잠이 들자마자 방에서 나오십시오. 그러면 나는 그를 신과 로마 왕의 이름으로 당신에게 맹세를 시키겠소. 그가 열정적인 사랑으

로 이졸데를 사랑하고 있다면, 그는 출발에 앞서 그녀한테 말하려고 갈 것입니다. 내가 그러한 사실을 발각하지 못하고, 당신이 그것을 목격하지 못했는데도, 그가 그냥 떠난다면 그때 나를 죽이십시오. 그리고는 내 나름의 방식대로 모험을 하도록 내버려두십시오. 단지 당신은 트리스탄에게 잠자리에 들기 전에 그 편지에 대한 얘기만 하십시오."

"그렇게 하기로 하지. 그렇게 하도록!"

마크가 대답했다.

그 때에 곱추는 추잡한 계략을 진행했다. 그는 빵집에 들어가서 은화 4개를 주고 정제밀가루를 구입하여 바지춤에 숨겼다. 아! 누가 그와 같은 배신행위를 할 수 있었을까?

밤이 오자 왕이 식사를 마치고, 신하들이 왕의 방에서 가까운 넓은 방에서 잠들어 있을 때, 트리스탄은 평소 습관대로 마크 왕의 잠자리로 갔다.

"착한 조카야. 내 생각을 들어주렴. 카르델에 있는 아르튀르 왕에게 말을 타고 가거라. 그리고 이 편지를 전해주어라. 그에게 내 안부를 전하고, 그의 옆에서 하루만 머물러 있거라."

"왕이시여, 내일 그 편지를 전하겠습니다."

"그래, 내일 날이 밝기 전에."

트리스탄은 크게 감동했다. 그의 침대와 마크의 침대 사이에는 아주 긴 창이 놓여있었다.

극단적인 욕망에 휩싸인 트리스탄은 왕비와 얘기를 하지 않고는 견딜 수 없었다. 그는 마음속으로 새벽녘에 마크가 잠들어 있으면, 그녀에게 가까이 다가가리라고 마음먹고 있었다.

'아! 제기랄! 미친 생각이라니!'

난쟁이는 늘 하던 습관대로 왕의 방에서 잠을 자고 있었다. 난쟁이는 모두들 잠들었다고 생각했을 때, 일어나서 트

리스탄의 침대와 여왕의 침대 사이에 밀가루 정제를 뿌렸다. 만일 연인 중 한 사람이 상대방을 만나러 간다면 밀가루에는 그들의 발자국의 형태가 찍힐 것이다. 그러나 그가 밀가루를 뿌리고 있을 때 트리스탄은 잠에서 깨어 있었기 때문에 그 광경을 볼 수 있었다.

'무슨 말을 해야 하지? 저 난쟁이가 나를 위해 하는 짓은 아닐 거야. 하지만 실망할 테지. 저 자는 자기 발자국만 남기게 되는 미친 짓을 했을 뿐이니까!'

한밤중에 왕은 일어나서 밖으로 나가서 곱사등이 난쟁이를 따라갔다. 양초도 램프도 켜져 있지 않아 방안은 어두웠다. 트리스탄은 자신의 침대에 꼿꼿이 서 있었다.

맙소사! 어째서 그는 그 생각을 했을까? 그는 양발을 붙이고 거리를 계산하더니 뛰어올라서 왕의 침대 위에 다시 떨어졌다. 슬프게도! 전날 숲에서 큰 멧돼지의 콧마루에 그의 다리가 상처를 입었다. 불행하게도 그 상처에는 붕대가 매여 있지 않았다. 뛰어오르려 애쓰다가 상처가 벌어져서 피가 나기 시작했다. 그러나 트리스탄은 양탄자를 적시그 흘러내리는 자신의 피를 보지 못했다. 밖에는 달빛 아래서 난쟁이가 마법을 이용해서 연인들이 다시 만났다는 것을 알았다. 그는 기쁨으로 전율하며 왕에게 말했다.

"가십시오. 그리고 지금, 만일 그들이 함께 있는 현장을 잡지 못한다면 나를 처벌하시오!"

왕, 난쟁이, 반역자들, 그들은 그리하여 그 방 쪽으로 갔다. 그러나 트리스탄은 그들이 오는 소리를 들었다. 그는 일어나서 뛰다시피 하여 자기의 침대로 갔다. 아, 슬프게도! 지나는 길에 상처에서 피가 밀가루 위로 흘렀다.

왕, 기사들, 난쟁이는 불을 밝히며 달려들어 왔다. 트리스탄과 이졸데는 잠자는 척 했다. 페리니와 함께 방에는 그들 뿐이었다. 페리니는 트리스탄의 발치에서 잠을 자고 있었는데 가만히 있었다. 그러나 왕은 침대 위에 있는 아주 새빨간 양탄자를 보았고, 땅위에 싱싱한 피로 흠뻑 젖은 밀가루 정제를 보았다.

그러자 무훈 때문에 트리스탄을 미워하고 있던 4인의 남작들은 그를 침대에 그대로 있게 하고는 여왕을 위협하며, 여왕을 비웃고 업신여기며 그녀에게 공정한 재판을 약속해 달라고 왕에게 요구했다. 그들은 피가 흐르고 있는 상처를 발견했다.

"트리스탄, 앞으로는 기대에 어긋나는 그 어떠한 일도 하지 못할 게다. 너는 내일 죽을 것이야."

"폐하, 자비를 베푸소서! 예수의 수난으로 고통을 겪는 하나님의 이름으로, 폐하, 우리를 불쌍히 여기소서!"

"폐하, 원수를 갚으십시오!"

"좋으신 삼촌, 내가 당신께 애원하는 것은 나를 위해서가 아니오. 나를 죽인들 무슨 소용이 있겠소? 분명히 당신을 노하게 하는 것이 걱정되어 그런 것도 아니요. 나는 당신의 보호 없이는 자신들의 손으로는 내 몸에 손도 대지 못하는 겁쟁이들에게 이 치욕에 대한 비싼 대가를 치르게 할 것이오. 그러나 당신에 대한 존경과 사랑으로 나는 당신의 처분에 맡기겠소. 폐하, 나는 여기 있소. 하지만 왕비를 불쌍히 여기소서!"

그리고는 트리스탄은 고개를 숙이고 그의 발아래 무릎을 꿇었다.

"왕비를 불쌍히 여기소서. 당신의 하인이 된 남자가 거짓말을 주장할 수 있을 만큼 충분히, 내가 벌을 받을 만큼 그녀를 사랑했다면 사방이 막힌 감옥에 갇히겠소. 폐하, 그녀에게 신의 이름으로 은혜를 베푸소서!"

그러나 세 명의 기사들은 트리스탄과 여왕을 결박했다. 아! 그가 만일 기묘한 결투로써 자신의 무고함을 증명하는 것이 허락되지 않는다는 것을 알았더라면, 비참하게 결박당하는 괴로움을 겪기 전에 그는 반역자들의 사지를 절단했을 것이다.

그러나 그는 신을 믿고 있었으며, 갇혀 있는 동안에서 어느 누구도 차마 자신에게 칼날을 들이대지는 못하리라는 것을 알고 있었다. 그리고 분명히 그는 신을 올바로 믿고 있었다. 그가 한 번도 죄를 받을 만한 사랑으로 여왕을 사랑하지는 않았다고 맹세했을 때, 반역자들은 그를 가리켜 무례한 속임수라고 비웃었다.

신만이 진정한 재판관이다. 그러므로 신은 고소당한 모든 사람이 결투로 자신의 정당성을 주장할 수 있고, 그 자신 무고하게 싸울 수 있도록 제도를 만들었던 것이다.

그래서 트리스탄은 정의와 결투를 요구했고, 그 어떠한 일로도 마크 왕에게 결례가 되지 않도록 조심했던 것이다. 하지만 그가 만일 그런 일이 일어날 것인지를 미리 알았더라면 그는 반역자들을 죽였을 것이다. 아! 맙소사! 왜 그들을 죽이지 않았던 걸까?

9
예배당에서 뛰어 도망치다

'모여든 수많은 사람들 앞에서
화형을 당해 죽기보다는
이 벼랑에서 떨어지는 것이
차라리 더 나으리라!'

캄캄한 밤, 도시에 소문이 퍼졌다. 트리스탄과 왕비가 잡혔다는 것이다. 왕이 그들을 죽인다는 것이다. 그래서 부유한 시민들과 서민들은 모두들 울고 있었다.

"아, 슬프도다! 우리는 정말로 울어야만 하는가! 트리스탄, 그 용감한 기사, 당신이 그렇게 추악한 배신을 당해 죽어야 하는가? 그리고 당신, 정직한 왕비, 존경받는 왕비여, 그토록 아름답고 사랑스러운 딸이 어느 땅에 있단 말인가? 곱사등이 난쟁이 때문에 그대들이 그러한 슬픔을 당해야 한단 말입니까? 난쟁이는 결코 신의 얼굴을 볼 수 없을 것이오. 그대를 찾아냈던 그자가 그대의 몸을 창으로 찌를 수 있으리요! 트리스탄, 착하고 사랑스러운 친구, 우리의 아이들을 유괴해 가려고 왔던 모로가 이 기슭에 상륙했을 때, 남작 중 어느 누구도 그에게 대적하는 자가 없었고, 모두들 벙어리라도 된 것처럼 말이 없었거늘! 그러나 당신, 트리스탄, 당신은 우리들 모두, 코르누아유 사람들을 위해 결투를 했고, 그래서 당신은 모로를 죽였소. 그리고 모로는 창으로 당신의 가슴에 상처를 만들어, 당신은 우리를 위해 죽을 뻔 했소. 오늘 그러한 일들을 기억하고 있으면서도 당신의 죽음을 우리가 동의해야만 한단 말입니까?"

비탄과 고함소리가 온 도시에 메아리쳤다. 모두들 궁정으로 달려갔다. 그러나 왕의 노여움이 어찌나 강했던지, 충성스러운 신하 중 어느 누구도 감히 왕의 노여움을 진정시키기 위한 단 한마디의 말도 하지 못했다.

날이 저물고 밤이 흘러갔다. 해가 뜨기 전에 마크는 도시를 벗어나서 말을 타고 달렸다. 그곳에서 변호와 재판을 하는 관습이 있었다. 그는 땅에 도랑을 판 다음, 마디가 많고 날카로운 포도덩굴들과 뿌리째로 뽑힌 희고 검은 가지들을 그곳에 쌓아두도록 명령을 내렸다.

그는 제 1기도 시간에 즉시 코르누아유 사람들을 소집하기 위해 남작들에게 소집령을 내렸다. 그들은 아주 소란스럽게 모여들었다. 탱타젤의 난쟁이를 제외하고는 어느 누구도 울지 않는 사람이 없었다. 그때에 왕은 그들에게 말했다.

"영주들이여, 나는 트리스탄과 왕비를 처벌하기 위해 가시

나무로 된 화형대를 준비했소. 이는 그들이 반역을 꾀했기 때문이오."

그러나 모두들 외쳤다.

"왕이시여 재판, 우선은 재판을 하소서. 집회에서 그렇게 결정했소. 그를 처치하다니요! 재판도 하지 않고 그를 죽인다는 건 수치스러운 일이며 범죄행위요. 왕이시여, 화형을 유예하고 그들에게 자비를 내리소서!"

마크는 화가 나서 대답했다.

"아니오. 유예도, 자비도, 변론도, 재판도 필요 없소! 이 세상을 만드신 신의 이름으로 감히 그 따위를 요구한다면, 그자는 이 불 위에서 먼저 화형을 당할 것이오!"

그는 불을 붙이고 먼저 성으로 가서 트리스탄을 불러오라고 명했다.

가시나무에 불을 붙였다. 모두들 말이 없었고 왕은 기다리고 있었다.

신하들은 병사들이 연인들을 엄중하게 감시하고 있는 방까지 달려갔다. 그들은 밧줄로 트리스탄의 손을 묶어서 끌고 갔다. 빌어먹을!

그토록 비열하게도 그를 포박하다니! 그는 수치심 때문에 눈물을 흘렸다. 그러나 눈물이 무슨 소용이 있을까? 그들은 그를 거칠게 끌고 갔다. 이졸데는 괴로워하며 미치다시피 소리를 질렀다.

"그대여, 당신이 구출되기만 한다면 내가 죽어도 얼마나 기쁜 일인지 몰라요!"

근위병들과 트리스탄은 도시를 벗어나 화형대를 향해 내려갔다. 그런데 그들의 뒤에서 말 탄 기사가 돌진하여 달리고 있는 말에서 뛰어내렸다. 착한 가신 디나였다. 그 이야기의 소문을 듣고서 그는 리당 성을 떠나서 얼마나 급히 달려왔던지, 거품을 물고 있는 말의 허리에서 땀과 피가 철철 흐르고 있었다.

"트리스탄, 나는 왕에게 변호를 하려고 급히 서둘러왔네. 아마도 신이 그대들 두 사람 모두를 도울 그런 조언을 열어주시기를 나에게 허락하신 걸세. 이미 신은 적어도 나에게 보잘 것 없는 도움이나마 그대를 도와주도록 허락하신 게야."

그는 신하들에게 말했다.

"이보게들, 나는 그대들이 그를 포박하지 말고 데려가기 원하오."

그러고 나서 디나는 그 수치스러운 밧줄을 끊어버렸다.

"그가 도망을 치려한다면 그대들의 칼을 겨누면 되지 않겠소?"

그는 트리스탄의 입에 입을 맞추었다. 그리고는 말에 다시 올라탔다. 신은 얼마나 자비가 많으신 분이던가! 신은 죄인의 죽음을 원하지 않았다. 신은 고통을 겪는 연인들을 위해 자신에게 애원하는 가엾은 사람들의 눈물과 아우성을 호의로 받아들인다.

트리스탄이 지나는 길가, 바위 꼭대기 위에, 북풍을 받으며 예배당 하나가 바다 위로 우뚝 서 있었다. 예배당의 뒤쪽 벽은 깎아지른 급경사를 이루어 돌투성이의 절벽과 같은 높이로 지어져 있었다. 성당의 후면이자 벼랑 위에는 그림이 새겨진 창이 있었는데 신의 솜씨와 같은 멋진 작품이었다. 트리스탄은 자신을 데리고 가는 그 사람들에게 말했다.

"여보시오, 이 성당을 보시오. 저곳에 내가 들어갈 수 있도록 허락해주시오. 내가 죽을 때가 다 되었으니, 하나님의 자비나 얻도록 신에게 기도나 드릴까 하오. 나는 하나님께 많은 죄를 지었소. 영주들이여, 이 성당은 출구만 있으니, 그대들은 각자 칼을 겨누고 계시오. 이 문을 통하지 않고는 내가 밖으로 나갈 수 없다는 사실을 잘 알고 있지 않소. 내가 하나님께 기도드리고 나면 다시 포박을 받을 것이오!"

근위병들 중 한 사람이 말했다.

"우리 저 사람의 부탁을 들어줍시다."

그들은 트리스탄이 성당으로 들어가게 했다. 그는 성당으로 뛰어갔다. 그리고는 성당 한 복판을 가로질러 성당 뒤쪽에 있는 그림이 새겨진 유리창까지 가서는 창문을 잡은 다음, 창문을 열고는 뛰쳐나갔다.

'모여든 수많은 사람들 앞에서 화형을 당해 죽기보다는 이 벼랑에서 떨어지는 것이 차라리 더 나으리라!'

그러나 신은 그에게 진정 자비를 베푸셨다. 바람이 그의 옷깃을 잡고는 그를 들어 올렸던 것이다. 그리고는 그를 절벽 아래에 있는 넓은 바위 위에 내려놓았다. 코르누아유 사람들은 아직도 그 돌을 '트리스탄이 뛰어오름'이라고 부르고 있다 한다.

그런데 성당 앞에는 사람들이 여전히 그를 기다리고 있었다. 그러나 헛일이었다. 이제는 트리스탄을 보호하고 있는 것은 바로 신이었기 때문이다. 그는 도망쳤다. 움직이는 모래사장은 그의 발아래서 무너지고 있었다.

그는 넘어진 채 몸을 돌려서 멀리 보이는 그 화형을 위한 나무더미를 보았다. 불길이 소리를 내고 있었고 연기가 오르고 있었다. 그는 달렸다.

고르브날도 검을 차고 전속력으로 도시에서 도망쳤다. 왕은 트리스탄 대신에 고르브날을 화형 시킬지도 모르는 일이

었기 때문이었다. 그는 황야에서 트리스탄을 다시 만났다. 트리스탄은 이렇게 소리쳤다.

"나의 신은 나에게 자비를 베푸셨도다. 아! 이 허약한 내가 그래봤자 무슨 소용이 있을까? 내가 이졸데를 취할 수 없다면 무슨 소용이 있단 말인가! 왜 내가 차라리 떨어져서 깨어져버리지 않았단 말인가! 내가 도망을 쳤으니, 이졸데, 그들은 당신을 죽일 것이로다. 나 때문에 그녀를 화형 시킬 것이다. 그녀를 위해서라면 나 또한 죽을 수도 있거늘."

고르브날이 그에게 말했다.

"트리스탄, 마음을 가라앉히고 분노를 푸시오. 넓은 도랑을 둘러친 무성한 덤불을 보시오. 저기에 우리 숨읍시다. 길 위에는 사람들이 수없이 지나가고 있으니, 그들이 우리에게 알려주게 될 거요. 만약 이졸데를 화형 시킨다면 나, 성모 마리아의 아들은 우리가 원수를 갚는 날까지 지붕 아래 눕지 않겠노라고 신에게 맹세하겠소."

"좋으신 선생, 나는 검이 없어요."

"검은 여기 있소. 내가 그대의 검을 가지고 왔소."

"좋아요. 선생, 나는 신 이외에는 두려운 게 아무것도 없소."

"트리스탄, 나는 그대를 기쁘게 해줄 만큼의 굴건을 나의 긴 옷 밑에 아직 지니고 있소. 이 단단하고 가벼운 쇠사슬 갑옷이 그대에게 쓸모가 있을 것이오."

"주시오. 좋으신 선생, 내가 믿고 있는 신의 도움으로 내가 지금 곧 이졸데를 구출하러 가겠소."

"아니, 절대로 서둘러서는 안 되오. 틀림없이 신은 그대에게 보다 더 확실한 복수를 할 수 있게끔 뭔가를 예비하셨을 것이오. 그분은 화형대에 다가갈 수 있는 그대의 능력보다 뛰어나다는 것을 생각해 보시오. 시민들은 그 화형장을 둘러싸고 있고, 왕을 두려워하고 있소. 그토록 그대를 구출하기를 원하면서도. 우선은 그대에게 일격을 가할 것이오. 트리스탄, 흔히들 광기는 용맹이 아니라하니…… 기다리시오……."

그런데 공교롭게도 트리스탄이 낭떠러지로 뛰어내렸을 때, 가난한 서민 출신의 한 거지가 트리스탄이 다시 일어나서 도망치는 것을 보았다. 그 거지는 탱타젤로 달려가서 이졸데의 방에까지 슬며시 들어갔다. 그리고는 이졸데에게 말했다.

"여왕이시여, 이제는 울지 마십시오. 당신의 친구는 도망쳤소!"

"트리스탄이 도망쳤다니, 신이여, 감사합니다! 지금 그들은 나를 포박하거나 풀어주겠구나! 그들이 나를 죽음에서 건져주거나 아니면 죽이겠구나! 이제 걱정할 게 없구나!"

그녀가 말했다.

그런데 그 반역자들이 너무 잔인하게 그녀의 손목을 밧줄로 묶어 놓았기 때문에 피가 솟구쳐 올랐다. 하지만 그녀는 미소를 띠며 이렇게 말했다.

"내가 이 괴로움 때문에 눈물을 흘린다면, 선하신 신이 나의 친구를 그 역적들에게서 방금 구출했다고 하더라도 분명히 난 쓸모없는 사람일 테니!"

트리스탄이 유리창으로 도망쳤다는 소식이 왕에게 알려졌을 때, 왕은 분노로 얼굴이 하얗게 질려서 신하들에게 이졸데를 데려오라고 명령했다.

그녀는 방 밖으로 끌려 나갔다. 드디어 문턱에 그녀가 나타났다. 그녀는 고운 손을 내밀었다. 그 손에서 피가 흘러내리고 있었다. 거리에서 아우성 소리가 올라왔다.

"오, 신이시여, 저 여인을 불쌍히 여기소서! 정직한 왕비, 존경받을 왕비, 이 땅 위에서 당신을 그들에게 넘겨주어야 하다니 이 얼마나 슬픈 일이오! 그자들에게 저주를!"

이졸데는 불타고 있는 장작더미에까지 끌려갔다. 그러자 리당의 디나가 왕의 발 앞에 무릎을 꿇었다.

"폐하, 내 말을 들으소서. 나는 오랫동안 비열함 없이 충성으로, 아무런 이익도 없이 그대를 섬겨왔소. 왜냐하면 폐하의 관할 구역의 은화를 나에게 주는 사람은 거지도, 고아도, 늙은 노파도 아니기 때문이오. 나는 일생동안 그것을 지켜왔소. 마음대로 받아들이기를 허락해주시오. 그녀는 폐하가 고발한 죄를 인정하고 있지 않기 때문이오. 그러니 거기에 대해 달리 생각해 보시오. 만일 그녀의 몸을 태운다면 이 땅 위에는 더 이상 안전장치가 없을 것이오. 왜냐하면 트리스탄이 도망쳤기 때문이오. 그는 이 들판과 숲, 길, 통로들을 잘 알고 있소. 게다가 그는 용맹하고 분명히 폐하는 그의 삼촌이오. 그는 폐하를 공격하지는 않겠지만 모든 기사들, 가신들을 공격할 것이오. 그는 이들을 죽일 것이오."

그러자 4명의 반역자들은 그의 말을 듣고는 얼굴이 창백해졌다. 이미 그들은 자신들을 노리고 매복해 있는 트리스탄이 보이는 것 같았다.

"왕이시여, 내가 평생 폐하를 잘 섬겼다면 나에게 이졸데를 넘겨주소서. 내가 그녀의 보호자로서 왕비를 지켜드리겠소."

리당의 다나가 말했다.

그러나 왕은 디나의 손을 잡고는 성인들의 이름으로 즉각 정당하게 벌을 하겠다고 맹세했다.

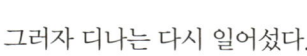

그러자 디나는 다시 일어섰다.

"왕이시여, 나는 리당으로 돌아가겠소. 그리고 난 당신을 섬기는 것을 그만둘 것이오."

이졸데는 슬픈 미소를 지었고, 리당의 디나는 군마 위에 올라타고는 유감스러운 듯 서글픈 표정으로 고개를 숙인 채 멀어져 갔다.

이졸데는 불길 앞에 서있다. 주위에 있는 무리들은 소리를 지르며 왕을 저주하고 반역자들을 저주했다.

눈물이 그녀의 얼굴을 타고 흘러내렸다. 그녀는 짙은 회색

옷을 입고 있었는데 가느다란 금실이 늘어져 있었다. 금실 한 올은 그녀의 머리칼로 짠 것으로 그녀의 발치에까지 늘어져 있었다.

반역자의 마음이 연민으로 그녀를 잡지 않았더라면, 그토록 아름다운 그녀를 누가 볼 수 있었을까. 맙소사! 정말로 그녀의 팔은 너무도 꼭 묶여 있었다!

그런데 마침 몰골이 흉하고 살이 문드러지고 아주 창백한 얼굴을 한 100명의 문둥이들이 목발을 의지한 채로 따르라기를 두드리며 요란스럽게 다가왔다. 그들은 불더미 앞으로 밀려들었다. 그리고 그들은 부풀어 오른 눈까풀 아래에 있는 핏발 서린 눈으로 그 광경을 즐기고 있었다.

환자들 중 가장 보기 흉한 이뱅이 날카로운 목소리로 왕에게 외쳤다.

"폐하, 당신의 아내를 이 벌건 불에다 던지렵니까. 그건 좋은 재판이구려. 하지만 이 커다란 불길은 그녀를 빨리 태워버릴 테니 너무 짧지요. 큰바람이 일면 그녀의 재는 쉽게 흩어질 테니! 그리고 그 불길이 곧 꺼지게 되면 그녀의 고통도 끝나게 되지요. 소인이 폐하께 가장 무서운 벌을 가르쳐

드리면 어떻겠소? 그녀가 살긴 살되 아주 치욕적인 불명예로, 언제나 죽고 싶지만 살도록 말이요. 왕이시여, 그걸 원하는 것 아니오?"

왕이 대답했다.

"그렇다네. 그녀를 살려두겠네. 그런데 아주 불명예스럽게, 그리고 죽음보다 더 괴로운…… 누가 그러한 형벌을 나에게 가르쳐 줄 것인가? 난 정말로 그렇게 하고 싶네."

"자, 폐하, 제가 간략하게 제 생각을 말합지요. 보시지요, 나는 여기 100명의 동료가 있소. 이졸데를 우리에게 주시지요. 그녀가 우리처럼 되도록! 이 병은 우리의 욕망을 부채질하지요. 그녀를 나환자들에게 주시오. 결코 왕비는 이보다 더 나쁜 종말을 가질 수 없을 테니까. 보시지요, 우리들의 누더기 옷들은 우리들의 흉터에 붙어있지 않다오. 이 흉터는 조금씩 스며 나오는 것이오. 폐하 옆에 있는 왕비는 은회색 다람쥐 모피를 입고 있고, 두터운 털이 있는 화려한 옷감을, 패물들을, 대리석으로 장식된 방을 마음에 들어 했으며, 고급 포도주, 명예, 기쁨을 향유했을 게요. 그녀가 나병환자들의 뜰을 보게 되면, 그녀가 누추한 방으로 들어가야만 하고, 우리와 함께 잠자리를 해야만 될 때, 그러면 아름다운 이졸데, 금발의 이졸데는 자신의 죄를 인정하고 오히려 이 가시나무의 아름다운 불을 애석해 할게요!"

왕은 그의 말을 듣고 일어서더니 오랫동안 꼼짝하지 않았다. 마침내 왕은 왕비 쪽으로 달려가서 그녀를 손으로 잡았다. 그녀는 소리쳤다.

"폐하, 불쌍히 여기소서. 차라리 나를 태워 죽이소서! 나를 화형 시키소서!"

왕은 그들에게 그녀를 넘겨주었다. 이뱅은 그녀를 잡았고, 100명의 환자들은 그녀의 옆에서 서둘렀다. 그들이 소리 지르고 날카롭게 외쳐대는 소리를 듣고 있던 주변의 모든 사람들의 마음 깊이 연민의 정이 쌓였다. 그러나 이뱅은 즐거웠다.

이졸데는 떠나갔다. 이뱅이 그녀를 데리고 갔다. 보기 흉한 행렬이 도시 밖으로 내려가고 있다.

그들은 트리스탄이 매복하고 있는 길로 접어들었다. 이때 고르브날이 고함을 질렀다.

"트리스탄, 저기 이졸데가 있는데 어떻게 할거요?"

트리스탄은 숲 밖으로 자기의 말을 몰았다.

"이뱅, 너는 꽤 오랫동안 그녀와 함께 동행했으니, 네가 살고 싶다면 이제는 그녀를 놓아주어라!"

하지만 이뱅은 자신의 망토의 단추를 풀었다.

"용기가 있군. 동지들! 지팡이를 들어라! 지팡이를! 저자의 용맹을 볼 때다!"

그 때에 그들이 자기들의 옷을 벗어 던지고, 병든 발로 버티고 선 채, 입김을 내뿜고, 소리를 지르고, 지팡이를 휘둘러대는 모습은 볼만한 광경이었다. 그들 중 한 사람은 위협을 해대고 다른 사람은 욕설을 퍼부었다.

그러나 트리스탄은 그들을 공격하고 싶지 않았다. 그는 너무나도 사나이다운 사람이었기 때문에 그러한 족속을 죽일 수가 없었다.

하지만 고르브날은 힘차게 돋아난 떡갈나무의 새싹을 뽑아서 이뱅의 머리통에 일격을 가했다. 그러자 이뱅의 머리통에서 검은 피가 솟았고, 일그러진 그의 발까지 흘러내렸다.

트리스탄은 이졸데를 다시 빼앗았다. 그녀는 더 이상 고통을 느끼지 않을 것이다. 트리스탄은 이졸데의 팔에 묶인 밧줄을 끊었다. 벌판을 떠나면서 트리스탄 일행은 코로와의 깊은 숲으로 들어갔다. 그곳 울창한 숲 속에서 트리스탄은 강한 성벽 뒤에 있는 것처럼 안전하다고 생각했다.

해가 서산 너머로 기울자 그들은 산 아래에 멈췄다. 무서움 때문에 이졸데는 피로했다. 그녀는 트리스탄의 몸에 머리를 기댄 채 잠이 들었다.

아침에 고르브날은 임무관에게서 활과 화살 두 개를 훔쳐냈다. 그 화살은 깃털이 잘 달려 있었고, 가시가 있었다. 그것을 트리스탄에게 주었다.

트리스탄은 훌륭한 활 솜씨로, 노루를 놀라게 한 다음 노루를 죽였다.

고르브날은 마른 나뭇가지 더미를 만들고, 부싯돌을 부딪쳐서 불꽃이 튀게 했다. 그래서 잡은 짐승을 익힐 만큼의 커다란 불을 만들었다.

트리스탄은 나뭇가지들을 잘라서 오두막집을 만들고는 그 집을 나뭇잎으로 덮었다. 이졸데는 그 집을 두껍게 풀로 덮었다. 그렇게 야생의 숲 깊은 곳에서 도망자들의 모진 생활이 시작되었다.

그렇지만 그들은 그 생활을 즐겼다.

10
모로와의 숲

> 그 개는 주인을 볼 수 없게 된 날부터
> 먹을 것을 전혀 먹지 않는 채
> 발로 땅을 긁어댔다.
> 그 개는 눈물을 흘리며 울부짖었다.
> 여러 사람들은 그 개에게 연민을 느꼈다.

야생의 숲 깊은 곳에서, 쫓기는 짐승들처럼 그들은 힘겨운 노력으로 떠돌아다니다가, 저녁이면 전날 밤의 거처로 돌아오곤 했다.

그들은 야수들의 살만 먹고 살았기 때문에 소금 맛이 그리워졌다. 그들의 얼굴은 야위어서 창백해졌고, 옷은 가시덤불에 찢겨져서 누더기가 되었다. 하지만 그들은 서로 사랑하고 있었기 때문에, 그 생활이 괴롭지는 않았다.

어느 날 그들이 한 번도 사람들이 가본 적이 없는 울창한 숲을 돌아다닐 때, 그들은 오그랭 형제의 예배당에까지 이르렀다.

가녀린 단풍나무 숲 아래에 있는 그 은자의 예배당 옆에서 햇살을 받으며 어떤 노인이 지팡이에 의지하여 천천히 걸음을 옮기고 있었다.

"트리스탄 나리!"

그 노인이 외쳤다.

"코르누아유 사람들이 얼마나 대단한 맹세를 했는지 아셔야 하오. 왕은 모든 소교구들 마다 소집령을 내렸소. 당신을 잡는 사람에게 금 100마크르를 보상으로 걸었다오. 남작들은 모두들 당신을 죽이든 살리든 넘겨주겠노라고 맹세했지요. 트리스탄, 죄를 뉘우치시오! 신은 죄를 뉘우치러 오는 죄인을 용서하십니다."

"나보고 죄를 뉘우치라고요. 오그랭 선생님? 무슨 죄를? 당신은 우리를 재판하시는 군요. 우리가 바다에서 어떤 음료수를 마셨는지 당신은 아시오? 그래요. 맛있는 리큐르 술이 우리를 취하게 했소. 이좋데 없이 아름다운 왕국의 왕이 되기보다는 오히려 평생 동안 풀잎과 나무뿌리를 먹으며 살던가, 아니면 길거리에서 구걸하며 산다 해도 그렇게 사는 편이 차라리 더 나을 것이오."

"트리스탄 나리, 신은 그대를 도와줄 것이오. 왜냐하면 당신은 이승과 저승을 잃었기 때문이오. 제 주인을 배반한 배반자, 그 배반자는 두 마리 말에 매어 능지처참해야 하오. 그리고 장작더미 위에서 태워버리고, 그 재가 거기에 떨어지게 해야만 하오. 그곳은 그렇게 되면 풀이 자라지 않고, 경작지

는 쓸모없는 땅으로 되고 말지요. 나무들, 채소들도 거기서는 약해지게 되오. 트리스탄, 로마의 법에 따라 결혼했던 사람에게 왕비를 돌려주시오!"

"이졸데는 이제 그의 여자가 아니란 말이오. 그자는 이졸데를 나환자들에게 주었단 말입니다. 내가 나환자들에게서 그녀를 탈취한 것이오. 앞으로 그녀는 내 여자란 말이오. 나는 그녀와 헤어질 수 없고, 그녀도 나와 헤어질 수 없소."

오그랭은 주저앉았다. 트리스탄의 발아래서 이졸데는 울고 있었다. 그녀는 신을 위해 괴로움을 겪고 있는 남자의 무릎에 머리를 얹고 있었다.

은자는 그녀에게 다시 성서의 거룩한 말씀을 들려주었다. 그러나 울면서도 그녀는 머리를 흔들며, 그의 말을 믿기를 거부했다.

"아, 슬프도다! 죽은 사람들에게 어떤 위로의 말을 할 수 있을꼬? 트리스탄 뉘우치시오. 죄를 뉘우치지 않고 죄에 빠져 사는 사람은 죽은 자와 같다오."

"아니오. 나는 살아 있소. 그리고 나는 회개하지 않소. 우리는 숲으로 돌아갈 것이오. 숲이 우리를 보호해주고 우리를 지켜줄 것이오. 갑시다. 이졸데, 그대여!"

이졸데는 다시 일어났다. 그들은 서로 손을 잡고 있었다. 그들은 키가 큰 풀들이 우거진 숲으로 들어갔다. 나무들은 나뭇가지들로 그들을 숨겨주었다. 그들은 나뭇잎 뒤로 사라졌다.

***

예전에 궁정에서 트리스탄은 개 한 마리를 기르고 있었다. 개는 잘 생겼고, 날렵하고, 달리는데 민첩했다. 기사도, 왕도 사냥에서는 활을 사용하지 않는 한 그 개를 이용했다. 그들은 그 개를 위스당이라고 불렀다. 그가 떠난 후 그들은 개를 나무토막에다 목을 매어서 족쇄를 채운 뒤 탑 안에 가두어 두어야만 했다.

개는 주인인 트리스탄을 볼 수 없게 된 날부터 먹을 것을 전혀 먹지 않는 채, 발로 땅을 긁어댔다. 개는 눈물을 흘리며 울부짖었다. 여러 사람들은 개에게 연민을 느꼈다.

"위스당, 어느 짐승도 너 만큼은 사랑할 줄을 모를 거다. 그래 솔로몬은 지혜롭게 이런 말을 했지. '나의 진정한 친구는 나의 그레이 하운드 개다'라고 말이야."

그들은 그렇게 말하곤 했다.

마크 왕은 지나간 날들을 회상하면서 속으로 이렇게 생각했다.

'저 개는 저토록 제 주인을 위해 울어줌으로써 큰 의미를

보여주는 구나. 온 코르누아유에 트리스탄만한 사람이 또 있을까?'

세 명의 남작들이 왕에게 와서 말했다.

"폐하, 위스당을 풀어주십시오. 우리는 그 개가 제 주인에 대한 애석함 때문에 그토록 슬퍼하고 있다는 것을 잘 알고 있습니다. 그렇지 않으면 개는 자유로워지기가 무섭게 입을 벌리고, 혀를 내밀고, 사람들을 물어뜯기 위해 사람과 짐승들을 쫓아다닐 것입니다."

그래서 개는 석방되었다. 개는 문 위로 펄쩍 뛰어 올라서 이전에 트리스탄을 보았던 방으로 달려갔다. 개는 으르렁대면서 신음을 하더니 결국에는 주인의 체취를 발견했다. 그 개는 트리스탄이 화형대 쪽으로 따라갔던 길을 한 걸음 한 걸음 헤매 다녔다. 사람들은 개의 뒤를 따라갔다. 개는 기분 좋게 짖어대더니 벼랑 쪽으로 기어올랐다. 개는 예배당 안으로 들어갔다. 그러더니 제단 위로 뛰어올랐다. 갑자기 개는 유리창으로 뛰어올라 바위 밑으로 떨어졌다. 그리고는 모래톱 위에서 발자취를 다시 찾았다.

그러더니 일순간 꽃이 피어 있는 숲에 멈췄다. 그곳은 트리스탄이 매복해 있던 곳이었다. 그리곤 다시 숲 쪽으로 떠났다. 그 누구도 동정심 없이는 그 개를 볼 수가 없었다.

"좋으신 왕이여, 개를 따라가는 것을 그만두시지요. 개는 돌아오기가 어려운 장소로 우리를 데리고 갈 수도 있소."

남작들은 그 때에 그렇게 말했다.

그들은 개를 내버려둔 채 되돌아갔다. 나무 아래서 개는 짖어댔다. 숲은 그 개의 짖는 소리로 반향을 일으켰다. 멀리서 트리스탄과 이졸데, 그리고 고르브날은 그 소리를 들었다.

"위스당이야."

그들은 놀랐다. 어쩌면 왕이 따라오고 있을지도 모르는 일이었다. 그래서 왕이 블러드 하인드들을 이용해서 그들을 야수들처럼 다시 몰아대고 있는지도 모를 일이었다.

그들은 밀림 깊이 들어갔다. 가장자리에서 트리스탄은 일어서서 활줄을 팽팽히 당겼다.

그러나 위스당은 제 주인을 보자, 알아차리고는 트리스탄이 있는 곳까지 달려와서 머리와 꼬리를 흔들며 몸을 숙였다. 그리고는 맴을 돌았다. 누가 그토록 기뻐하는 모습을 본 적이 있을 수 있을까? 그리고 나서 개는 금발의 이졸데와 고르브날에게로 달려갔고, 말에게 달려가 반겼다. 트리스탄은 개를 측은히 여겼다.

"아, 아! 이 개는 얼마나 힘들게 우리를 다시 만났던가? 이 개로 인해 무엇을 할 수 있을까? 우리를 미워하는 사람이 잠자코 있을 수 있을까? 광야로, 숲으로, 온 나라로 왕이 우리를 몰아댈 테고, 위스당의 짖는 소리 때문에 우리는 발각되

고 말 거야. 아! 이 개가 죽으려고 온 것은 참으로 사랑의 본능과 고상한 본능 때문이로구나. 하지만 우리를 지켜주어야만 해. 어떻게 할까? 나에게 조언을 해다오."

이졸데는 손으로 위스당을 쓰다듬으며 말했다.

"트리스탄, 이 개를 관대히 대하소서. 나는 웨일즈의 임무관의 얘기를 들은 적이 있는데, 짖지도 않으면서 상처 입은 사슴의 핏자국을 따라가는데 익숙하게 자기 개를 길들였답니다. 트리스탄, 어려움을 감수하고라도 위스당을 그렇게 길들이는데 성공할 수 있다면 얼마나 기쁘겠어요!"

그는 잠깐 그 조언에 대해 생각했다. 그러는 동안에 개는 이졸데의 손을 핥고 있었다. 트리스탄은 불쌍해져서 말했다.

"나는 시도해보고 싶소. 위스당을 죽인다는 것이 나에게는 너무 어려운 일이오."

곧 트리스탄은 사냥을 시작하여 사슴을 화살로 상처를 입혀 쓰러뜨렸다. 개는 사슴의 발자국을 향해 돌진했다. 그리고는 울부짖었다. 그런데 그 소리가 어찌나 컸던지 숲이 메아리쳤다. 트리스탄은 개를 때리면서 개를 숨겼다. 위스당은 주인 쪽으로 머리를 쳐들고는, 놀라서 더 이상은 짖지 못하고, 사슴의 발자국을 그냥 내버려두었다.

트리스탄은 개들을 흥분시키기 위해 사냥꾼들이 하는 것처럼 개를 엎드리게 하고는 밤나무 막대기로 개의 목걸이를 때렸다. 그 신호에 맞춰 위스당은 다시 소리치려 했다. 그러자 트리스탄은 그것을 정정해주었다.

그런 훈련으로 한 달이 지나자 트리스탄은 개가 소리를 내지 않고도 사냥할 수 있도록 길들였다. 그의 화살이 사슴이나 노루를 맞히면 위스당은 짖지 않고, 눈 위 또는 얼음이나 풀 위에 나 있는 흔적을 따라갔다. 개가 나무 아래서 짐승에게 이르게 되면 위스당은 그곳에 나뭇가지를 놓음으로서, 그 자리를 표시할 줄 알게 되었다. 위스당이 광야에서 그런 흔적을 찾게 되면, 쓰러진 몸 위에 풀을 쌓아 놓곤 했다. 그런 다음에 짖지 않고 주인을 찾으러 돌아왔다.

여름이 가고, 겨울이 왔다. 연인들은 바위 밑에 있는 굴속에 숨어서 지냈다. 추위로 굳은 땅 위로 얼음 덩어리들이 부풀어 올라 낙엽들을 모아서 만든 잠자리를 곤두서게 했다. 그들은 사랑의 힘이 있었기에 서로가 비참하다는 생각은 하지 않았다.

맑은 날씨가 될 때면, 그들은 커다란 나무 아래에 새싹이 돋는 나뭇가지들로 오두막집을 만들었다. 트리스탄은 어린 시절 숲 속의 새들의 노래 소리를 흉내 내는 기술을 익혔었

다. 취미 삼아 그는 꾀꼬리며, 깨새, 나이팅게일, 숲 속의 온 갖 새들의 노래를 흉내 내곤 했다. 가끔씩은 오두막집의 나뭇가지에는 그의 부름을 받고 온 많은 새들이 목청을 돋워 햇살을 받으며 자기들의 시를 노래하곤 했다.

연인들은 계속해서 떠돌면서도 숲을 떠나지 않았다. 왜냐하면 남작들 중 어느 누구도 감히 그들을 추적하지 않기 때문이었다. 그들은 트리스탄이 자신들을 잡으면 나뭇가지에 목을 매달 것이라는 것을 알고 있었다.

그렇지만 어느 날 네 명의 반역자 중 한 사람인 그넬롱,
신이 그 자를 저주하시기를!

그는 사냥하고 싶은 열정에 못 이겨 모로와 숲의 주위에서 감히 모험을 하려 했다. 그날 아침 숲의 가장자리 골짜기에 있는 굴속에 있던 고르브날은 군마의 안장을 벗기고 나서 새 풀을 먹이고 있었다.

그런데 저쪽에 나뭇잎으로 만든 집안, 꽃잎을 뿌려놓은 자리 위에서 트리스탄은 이졸데를 꼭 껴안은 채 두 사람 모두

잠들어 있었다.

갑자기 고르브날은 사냥개들의 소리를 들었다. 빠른 속도로 개들이 사슴을 몰아왔고, 사슴은 골짜기로 뛰어들었다. 멀리 들판 위에 한 사냥꾼이 나타났다. 고르브날은 그를 알아보았다.

그넬롱, 그는 반역자들 중에서도 트리스탄이 특히 미워하고 있던 사람이었다. 시종도 없이 단신으로 그자는 군마의 허리를 얼마나 박차고 달렸는지, 말허리에 피가 흥건했는데도 말의 목덜미를 채찍으로 때리며 달려오고 있었다.

나무 뒤에 매복한 채 고르브날은 그의 동정을 살폈다. 그는 급히 오더니 돌아갈 때는 천천히 갔다.

그가 지나가고 있었다. 고르브날은 껑충 뛰어 올라서 재갈을 잡고, 인간이 할 수 있는 가장 악랄한 방법으로 그를 쓰러뜨린 후, 그의 사지 모두를 절단한 다음 머리를 잘라 버렸다.

저 쪽 꽃가루를 흩어놓은 풀로 만든 오두막집에서 트리스탄과 이졸데는 꼭 껴안은 채 자고 있었다. 고르브날은 소리를 내지 않고 죽은 사람의 목을 손에 들고 그곳으로 갔다.

그리하여 사냥꾼들이 머리 없는 몸통을 그 나무 아래서 보게 될 때 마치 트리스탄이 그들을 추격하기라도 하는 것처럼 어쩔 줄 몰라서 그들은 도망치며, 죽음을 두려워하도록 했다. 그 때부터 숲으로 사냥하러 오는 사람은 거의 없었다.

잠이 깰 때, 트리스탄의 마음을 기쁘게 하기 위해 고르브날은 오두막집의 모서리에 머리를 매달았다. 그리고 살찐 암사슴으로 그 머리를 장식했다.

트리스탄은 잠이 깨자 나뭇잎 뒤에 반쯤 몸을 숨기고는 자신을 바라보고 있는 머리를 보았다. 그는 그넬롱을 알아보았다. 그는 놀라서 벌떡 일어났다. 하지만 선생은 그에게 소리쳤다.

"안심해요. 그는 죽었소, 내가 칼로 죽였소. 트리스탄, 그자는 그대의 적이오!"

트리스탄은 씁쓸한 기분으로 기뻐했다. 그가 미워하던 자, 그넬롱이 죽은 것이다.

앞으로는 어느 누구도 야생의 숲 속으로 깊이 들어오지는 못할 것이다. 왜냐하면 공포가 그 숲의 입구를 지키고 있었기 때문이었다. 그리고 연인들은 그 숲의 주인이었다. 트리스탄이 아주 훌륭한 끼느포 활을 만든 것은 바로 그 때였다. 그것은 언제나 목표에 도달하여 사람이건 짐승이건 목표로 삼은 것에 정확히 맞추는 활이었다.

여름이 되었다. 수확하는 시절이 조금 지나면 성신강림 대축일이었다. 이슬에 젖은 새들이 다가오는 새벽을 노래하고 있었다. 트리스탄은 오두막집에서 나와서 검을 차고 끄느포 활을 준비했다. 그리고는 혼자서 숲으로 사냥을 나섰다.

밤이 되기 전에 격심한 고통이 오게 될 것이다. 아니다. 연인들은 결코 그토록 서로 사랑하고 있지 않았고, 그토록 고통스럽게 그것을 뉘우치지도 않았다.

트리스탄은 무더운 더위에 짓눌린 채 사냥에서 돌아와 이졸데를 가슴에 안았다.

"그대, 당신은 어디 갔었죠?"

"나는 사슴을 뒤쫓아 다녔소. 나를 완전히 녹초로 만들더군. 보시오, 땀이 온 몸에 흐르지 않소. 나는 누워서 잠이나 자고 싶구려."

신선한 풀로 덮여있고, 녹색 잔가지들로 지어진 오두막집 아래에서 이졸데는 처음으로 길게 누웠다. 트리스탄은 그녀의 옆에 누워 두 사람 사이에 칼을 빼놓은 채 내려놓았다. 자신들의 행복을 위하여 그들은 의복을 간직했다. 여왕은 오른쪽 손에 아름다운 에머랄드 색의 금반지를 끼고 있었다. 그 반지는 마크가 그녀에게 결혼식 날 주었던 것이었다. 그녀의 손가락은 너무 야위었기 때문에 반지가 그녀의 손가락에 약간만 걸쳐 있었다. 그들은 그렇게 잠이 들었다.

트리스탄의 한 팔은 이졸데의 목을 감고 있었고, 다른 한

팔은 그녀의 아름다운 몸 위에 올려놓고, 그녀를 껴안고 있었다. 그러나 그들의 입술은 서로 맞닿아 있지는 않았다.

한줄기 산들바람도 떨리는 나뭇잎도 없이 고요했다. 나뭇잎들로 이루어진 지붕을 통해 한줄기 햇살이 이졸데의 얼굴에 내려와 이졸데의 얼굴은 얼음 덩어리처럼 빛나고 있었다.

그런데, 한 임무관(林務官)이 풀이 우거져 있는 자리를 숲에서 발견해냈다. 전날 연인들이 그곳에 누웠던 곳이었다. 그러나 그는 그들의 몸이 누워있던 자리라는 것을 알아차리지 못하고 그 자국을 따라 그들의 숙소에까지 이르렀다.

그는 잠들어 있는 그들을 보고는 그들임을 알아차리고 트리스탄이 잠이 깰세라 두려워서 도망을 쳤다. 그는 거기서 8km 떨어진 탱타젤까지 달아났다. 그는 궁정의 계단을 올라가서, 모여 있던 가신들 한가운데서 격자무늬의 망토를 입고 서 있는 왕을 만났다.

"이보게, 내가 너를 만났을 때처럼 숨이 끊어질 정도로 급히, 그 안에 무엇을 찾으러 왔는가? 오랫동안 개들에게 쫓겨서 달려온 사냥개를 지키는 하인 같은데, 그대도 우리에게 어떤 잘못의 해명을 요구하고 싶은가? 누가 그대를 내 숲에서 쫓아내기라도 했는가?"

임무관은 옆으로 비켜서서 아주 낮은 목소리로 말했다.

"저는 왕비와 트리스탄을 보았습니다. 그들은 잠들어 있었어요. 저는 두려웠습니다."

"어디에서?"

"모로와의 숲입니다. 그들은 서로 껴안고 잠을 자고 있었습니다. 복수하고 싶으시다면 즉시 가십시오."

"크르와 루즈('붉은 십자가'라는 뜻으로 숲의 네거리 길을 가리킨다.) 밑에 있는 숲의 입구에서 나를 기다리도록 하라. 네가 본 것을 어느 누구에게도 얘기해선 안 된다. 네가 갖고 싶은 만큼의 금과 은을 줄 것이니라."

임무관은 그곳으로 가서 크르와 루즈 아래 앉아 있었다.

밀정에게 저주가 있을 지어다!

왕은 말에 안장을 얹게 하고 검을 찼다. 그리고 아무도 데리고 가지 않고 시내를 빠져나왔다. 말을 타고 가면서도 그는 다시 그가 조카를 사로잡았던 그날 밤을 생각했다. 그 때에 자신은 밝은 얼굴로 트리스탄, 이졸데, 그 미녀를 위해 얼마나 애정을 보여주었더란 말인가! 만일 그가 그들을 잡게 된다면 그는 그 엄청난 범죄자들을 벌할 것이다. 자신에게 수치심을 안겨준 그들에 대하여 복수할 것이다.

크르와 루즈에서 그는 임무관을 만났다.

"앞장서서 빨리 나를 그리로 안내하라."

큰 나무들의 검은 그림자가 그들을 둘러싸고 있었다. 왕은 밀정을 따라갔다. 그는 자신의 검을 믿고 있었다. 그 검은 이

전에 멋진 일격을 가했던 칼이었다. 아! 트리스탄이 깨어난다면, 두 사람 중 한 사람은 그 자리에서 죽을 것이다. 신은 누구를 살릴까! 마침내 임무관이 아주 낮은 목소리로 말했다.

"폐하, 우리는 가까이에 와있습니다."

왕은 그에게 쇠쇠를 내밀었다. 그리고 말고삐를 푸른 사과나무 가지에 매었다. 그들은 더 가까이 다가갔다. 갑자기 햇살이 스며들어 오자 꽃이 피어 있는 오두막집이 보였다.

왕은 금실로 묶여져 있는 망토의 끈을 풀었다. 그리고는 망토를 던져버렸다. 그러자 그의 멋진 몸매가 드러났다. 그는 칼집에서 칼을 뽑았다. 그리고 다시 마음속으로 그들을 죽인다면, 진정 죽이고 싶은지 생각해 보았다. 임무관이 그를 따랐다. 왕은 그에게 돌아가라고 손짓했다.

왕은 혼자서 칼을 뽑은 채로 오두막집 안으로 들어갔다. 그리고는 칼을 휘둘렀…… 아! 만약 그가 심한 타격을 가했더라면 얼마나 애석했을꼬! 그러나 그는 그들의 입술이 서로 닿지 않고, 칼집에서 꺼내놓은 트리스탄의 칼이 두 사람의 몸 가운데에서 서로를 분리하고 있음을 알아차렸다.

'맙소사! 여기서 내가 뭘 본 건가? 이들을 죽여야만 하는가? 너무 오랫동안 이들은 이 숲에서 오래 살았구나! 이들이 광적인 사랑으로 서로 사랑했다면, 이들이 이 칼을 자기들 사이에 놓았을 것인가? 두 사람 몸 사이에 놓아서 서로 거리를 두려고 칼날을 사이에 놓아 순결을 보증하고 간직하려 했다는 것을 누군들 알겠는가? 이들이 열정적인 사랑으로 서로 사랑했다면, 이들이 이토록 순수하게 쉴 수가 있을까? 아니야. 이들을 죽이지 않겠어. 이들을 칼로 친다는 건 너무 큰 죄야. 내가 잠자는 사람을 깨워서 우리 두 사람 중 한 사람이 죽게 된다면, 사람들은 오랫동안 이 일로 인해 우리들의 수치를 말하게 될 거야. 하지만 난 이들이 잠이 깨어서 내가 자신들이 잠들어 있는 것을 발견했고, 내가 자신들을 죽이고 싶지 않았으며, 하나님이 자신들에게 자비를 베풀어주셨다는 것을 알게 해야겠어.'

그는 그렇게 생각했다.

햇살은 오두막을 통과하여 이졸데의 하얀 얼굴을 발갛게 물들이고 있었다. 왕은 흰 담비 모피로 된 장갑을 끼고 있었다.

'전에 나에게 아일랜드에서 이 장갑을 가져다준 것은 이 여자였지······!'

그는 이렇게 생각했다. 그는 햇빛이 들어오는 구멍을 막기 위해 나뭇잎 사이에 그 장갑을 놓았다.

그러고 나서 그가 왕비에게 주었던 에머랄드 보석으로 된 반지를 가만히 뽑았다. 전에는 그 반지를 그녀의 손가락에 끼려면 약간 힘을 주어야만 했었다. 지금 그녀의 손가락은

너무 홀쭉해져서 반지는 힘없이 빠졌다. 그 자리에 왕은 옛날에 이졸데가 그에게 선물했던 반지를 끼어 주었다.

그런 후 그는 연인들 사이에 있던 칼을 걷어치웠다. 그는 그 칼이 모로의 두개골에 받쳐서 이가 빠진 칼이라는 것을 알고 있었다. 그는 그 칼 대신에 자기의 칼을 놓고 오두막집에서 나와 안장 위에 뛰어올랐다. 그는 임무관에게 말했다.

"이봐, 지금 네가 할 수 있으면 도망쳐라!"

그런데 이졸데는 잠을 자면서 꿈을 꾸었다.

그녀는 울창한 숲 한가운데 화려한 막사에 있었다. 두 마리의 사자가 그녀에게 달려들더니 그녀를 차지하려고 서로

싸우고……. 그녀는 소리를 지르다 잠에서 깨어났다. 그런데 마침 흰색담비 모피로 된 장갑이 그녀의 가슴으로 떨어졌다.

그녀가 소리 지르는 바람에 트리스탄이 벌떡 일어섰다. 그리고는 자기 칼을 집으려 했다. 그는 자기가 칼을 두었던 곳에 있는 칼이 자기의 칼이 아닌 왕의 칼이라는 것을 알아차렸다. 또한 이졸데는 자신의 손가락에서 마크의 반지를 보았다. 그녀가 소리 질렀다.

"트리스탄, 우리에게 불행이라니요! 왕이 우리가 있는 곳을 알아차리다니!"

"맞소. 왕은 내 검을 가지고 갔소. 그는 혼자요. 그는 무서워서 지원군을 데리러 간 거요. 그는 다시 돌아올 거요. 우리를 모든 사람들 앞에서 화형 시킬지도 모르오. 도망칩시다!"

그들은 강행군을 하다시피 고르브날을 대동하고 갈르 땅으로 도망쳤다. 그들은 모로와 숲의 경계에까지 도망쳤다. 사랑은 그들에게 얼마나 고통을 안겨주더란 말인가!

11
오그랭 은자

"여왕, 언제나 나는 당신의 사람으로
있을 것이오. 이졸데, 나는
이별은 생각할 수 없소. 단지 아주
오래 전부터 이 삭막한 땅에서
아름다운 당신이 나 때문에 견디어내고
있는 혹독한 비참함을 생각했을 뿐이오."

그로부터 3일 후 트리스탄은 부상당한 사슴의 발자국을 오랜 시간 동안 따라갔다. 그러다 보니 어느새 밤이 되었다. 어두운 숲에서 그는 이렇게 생각하기 시작했다.

'아니야, 왕이 우리에게서 가버린 건 무서워서가 절대로 아닐 거야. 그는 내 검을 가지고 갔어. 나는 잠을 자고 있었고, 나는 그에게 자비를 입은 거야. 그는 공격할 수도 있었어. 증원군이 무슨 필요가 있을까? 그리고 그가 나를 생포하고 싶다면 어째서 나를 무장 해제시키고도 자기의 칼을 나에게 남겨두었겠는가?

아! 나는 당신을 이해할 것 같군요. 아버지, 당신은 내가 두려워서가 아니라 애정과 연민 때문이었군요. 당신은 우리를 용서하고 싶으신 거군요. 우리를 용서하고 싶으신가요? 자존심을 버리지 않고 누가 그런 가증한 죄를 용서할 수 있을까요? 아니야. 그는 절대로 용서한 게 아니야. 그가 이해를 하게 된 거지. 장작더미에서, 예배당에서 뛰어내려 나환자들에 대항해 매복해 있을 때, 하나님이 우리를 보호해 주신 것을 그는 알게 되었던 거야.

그래서 그는 옛날에 자기 발아래서 하프를 켜고, 그를 위해 포기했던 루누와, 내 나라, 모로의 창에 맞았던 일, 그의 명예를 위해 피를 흘렸던 아이를 생각해 낸 거야. 그는 내가 잘못을 인정하지 않았지만 쓸데없이 정당한 권리와 결투를 요구한다고 생각했던 거야. 그의 의젓한 마음이 그로 하여금 자신의 주위에 있는 사람들이 이해하지 못하는 것을 이해하려고 마음을 기울이게 한 것일 거야.

아니야, 결코 알지도 못하는 것이 우리들의 사랑의 진실을 알 수 있기를, 하지만 그는 의심하고 있는 거야. 그는 그러길 바라고 있고, 내가 거짓말을 하지 않았다는 것을 느낀 거야. 그는 재판으로 내가 내 권리를 찾기를 바라고 있는 거야.

아! 좋은 삼촌, 하나님의 도움으로 결투를 이기고, 당신의 평화를 쟁취하고, 당신을 위해 다시 갑옷을 입고 투구를 써야 하는가! 내가 무슨 생각을 하는 걸까? 그는 다시 이졸데

를 빼앗으려 할 거야. 그녀를 그에게 넘겨주어야 하나? 왜 왕은 차라리 내가 잠들었을 때 목을 졸라 죽이지 않았단 말인가!

좀 전에 그에게 쫓길 때 나는 그를 미워했고, 그래서 그를 잊을 수가 있었는데, 그런데 그는 이졸데를 문둥병자들에게 넘겨주었어. 그러니 더 이상 그의 여자가 아니야. 그녀는 내 여자야. 연민 때문에 그는 나의 애정을 깨워서 이졸데를 쟁취했던 거야. 왕비라고? 왕비는 그의 곁에 있을 때 왕비야. 이 숲에서 그녀는 노예처럼 살고 있어. 내가 그녀의 젊음으로 무엇을 할 수 있단 말인가?

비단 양탄자를 깔아놓은 그녀의 방 대신에 나는 그녀에게 이 야생의 숲을 주었지. 그녀의 아름다운 커튼 대신에 오두막집을 주었고, 그녀가 이 험한 길을 따라온 건 바로 나 때문이야. 세상의 왕, 주 하나님에게 나는 자비를 외친다. 이졸데를 마크 왕에게 돌려줄 수 있는 힘을 달라고 신에게 기도해야지. 그녀는 자기 나라의 모든 부자들 앞에서 로마의 법을 따라 결혼한 트리스탄, 그의 아내는 아니지 않는가?'

트리스탄은 자기 활에 힘을 주면서, 오랫동안 슬픔에 잠겨 있었다.

밤이 되도록 그들이 거처로 사용하고 있는 가시덤불로 막힌 숲에서 금발의 이졸데는 트리스탄이 돌아오기를 기다리고 있었다. 그녀는 마크가 손가락에 끼워주었던 금반지를 달빛 아래에서 보았다. 그녀는 생각했다.

'멋진 기사도 정신으로 내게 이 금반지를 준 사람은 나를 문둥병자들에게 넘겨준 성난 남자는 아니야. 아니, 내가 자기 땅에 이른 날부터 나를 맞아주고 보호해 준 관대한 주인이야. 정말로 그는 트리스탄을 사랑하는구나! 하지만 나는 그를 떠났어. 나는 무슨 짓을 했던가? 트리스탄이 왕의 궁궐에서 살 수 있을까? 왕의 주위에 있는 100명의 젊은 귀족들은 기사로서 무장을 갖추고 그를 섬길 수 있을까? 궁정으로, 남작령의 영토로 말을 타고 달리며 모험담을 찾을 수는 없을까? 하지만 나를 위해 그는 모든 귀족 정신을 잊은 채, 궁정에서 유배되어 이 숲으로 쫓겨난 거야. 이 원시적인 생활을 하는 건 나 때문이야……!'

그 때 그녀는 나뭇잎과 죽은 나뭇가지 위로 트리스탄의 발자국 소리가 가까워지고 있음을 느꼈다. 그녀는 평상시처럼 그에게 무기를 받으러 마중 나갔다. 그녀는 손으로 끼느포활과 화살을 들어올렸다. 그리고 그의 검의 끈을 풀었다.

"그대, 트리스탄. 이건 마크 왕의 검이군요. 이 검은 우리 목을 베어 죽일 수 있었어요. 그런데 이 검은 우리를 살려두었군요."

이졸데는 검을 잡고 금으로 된 보관대에 그것을 놓았다. 그가 말했다.

"그대여, 정말로 내가 마크 왕과 화해할 수 있다면! 그가 만일, 죄라 할 수 있는 사랑의 결투를 나로 하여금 견디어 낼 수 있도록 내게 허락해 준다면, 리당에서부터 나에게 반역했던 뒤랑에까지 이르는 그의 왕국의 모든 남작들은 무장하고 있는 것으로 생각해야만 할 거요. 그리고 왕이 나를 지켜주고 싶어 한다면 나는 나의 주로서, 나의 아버지로서 대단한 명예로서 그를 섬길 것이오. 그가 나를 멀리하고 당신을 차지하기를 더 원한다면, 나는 유일한 동료인 고르브날과 함께 프리즈이든 브레타뉴든, 어디든 갈 것이오. 하지만 내가 가는 곳 어디서나, 이졸데, 언제나 나는 당신의 사람으로 있을 것이오. 이졸데, 나는 이별은 생각할 수 없소. 단지 아주 오래 전부터 이 삭막한 땅에서 아름다운 당신이 나 때문에 견디어내고 있는 혹독한 비참함을 생각했을 뿐이오."

"트리스탄, 작은 숲에 있는 은자 오그랭을 생각해 보세요! 그에게로 돌아가기로 해요. 우리는 하늘의 왕에게 자비를 구할 수 있어요. 트리스탄, 그대여!"

그들은 고르브날을 깨웠다. 이졸데는 말에 올라탔고, 트리스탄은 말에게 재갈을 물렸다. 그들은 사랑했던 숲에 안녕을 고하며 밤새도록 그 숲을 가로지르며 말없이 길을 갔다.

아침에, 그들은 휴식을 취하고 나서 더 걸어갔다. 그렇게 하여 그들은 은자의 성소에 이르렀다. 예배당 문간에서 오그랭은 책을 읽고 있었다. 그는 그들을 보고 멀리서부터 부드럽게 그들을 불렀다.

"이보게! 참으로 비참하게도 사랑이 끝까지 그대들을 괴롭히는군! 그대들의 광기는 얼마나 지속될 것인가? 용기를 내요! 잘못을 뉘우치시오!"

트리스탄이 그에게 말했다.

"들어보십시오. 선생, 왕과 타협할 수 있도록 우리를 도와

주시오. 나는 그에게 이졸데를 돌려주려 하오. 그리고 나서 나는 멀리 브레타뉴나 프리즈로 갈 것이오. 어느 날인가 왕이 나를 용서하고 자기 옆에 두고 싶어 한다면 나는 다시 돌아와서 내가 빚진 것으로 그를 섬길 것이오."

이번에는 이졸데가 은자의 발아래에 고개를 숙이고 애달프게 말했다.

"나는 더 이상 이렇게 살지는 않을 거예요. 나는 트리스탄을 사랑했고, 아직도 사랑하고, 영원히 사랑할 거예요. 그리고 후회지도 않을 거예요. 하지만 우리는 이제 몸으로는 헤어지게 될 거예요."

은자는 울면서 신을 찬양했다.

"신이시여, 아주 능력 많으신 좋으신 왕이시여! 나는 당신께 나를 족히 오랫동안 살게 하셔서 이 사람들을 도우러 갈 수 있도록 은혜 내려 주심에 감사하나이다."

그는 그들에게 지혜롭게 조언했다. 그러고 나서 잉크로 양피지에다 트리스탄이 왕과 타협하겠다는 편지를 썼다. 트리스탄이 그에게 말한 말들을 다 쓰고 나서 그는 자기의 반지로 그 편지들을 봉인했다.

"누가 이 편지를 가져가겠소?"

은자가 물었다.

"내가 직접 가지고 가지요."

"안되오. 트리스탄 기사, 당신은 결코 위험한 기마여행을 하면 안 되오. 내가 당신을 위해 가겠소. 나는 그 성의 사람들을 잘 알고 있소."

"좋으신 오그랭 선생, 남으시오. 이졸데는 당신의 거처에 있을 것이오. 밤이 되면 내가 내 시종과 함께 가겠소. 시종이 말을 지켜줄 것이오."

트리스탄은 숲에 어두움이 깔리자 고르브날과 함께 길을 떠났다. 탱타젤의 문에서 트리스탄은 고르브날과 헤어졌다. 나팔수들이 부는 나팔소리가 성문이 닫히는 시간을 알리고 있었다. 그 무렵 트리스탄은 성에 도착했다.

그는 도랑을 뛰어 건너서 위험을 무릅쓰고 도시를 가로질렀다. 그는 이전처럼 과수원의 날카로운 울타리들을 뛰어넘었다. 그리고는 대리석 층계, 샘물 그리고 큰 소나무를 다시 보게 되었다. 그리고 그는 창가로 다가갔다. 그 창 뒤에는 왕이 잠들어 있었다. 그는 조용히 왕을 불렀다. 마크가 잠에서 깨어났다.

"너는 누구냐? 이런 시간에 한밤중에 나를 부르는 너는 누구냐?"

"폐하, 저는 트리스탄입니다. 저는 당신에게 편지를 가지고 왔습니다. 여기 이 창문의 철책 위에 놓겠으니 크르와 루즈의 나뭇가지에 답장을 걸어 주시기 바랍니다."

156

"제발, 착한 조카야. 나를 기다려!"

한밤에 그는 문간으로 달려 나와 그의 이름을 세 번이나 불렀다.

"트리스탄! 트리스탄! 트리스탄! 내 아들!"

그러나 트리스탄은 말없이 가버렸다. 그는 고르브날을 다시 만나서 가볍게 뛰어올라 말에 올라탔다.

"미쳤군, 서둘러요. 이 길로 도망칩시다."

고르브날이 말했다.

그들은 결국 그들이 만났던 오그랭의 예배당에 이르렀다. 은자는 그들을 기다리면서 기도하고 있었고, 이즐데는 울고 있었다.

12
회담장소

> "트리스탄,
> 내가 당신의 녹 벽옥 반지를 받게 되면
> 탑도, 벽도, 강한 성도
> 그대의 뜻대로 내가 움직이는 것을
> 막을 수는 없을 거예요."

마크는 전속 신부를 깨워, 신부에게 편지를 내밀었다. 그 신부는 봉인된 밀랍을 부수고 우선 트리스탄의 이름으로 왕에게 인사를 한 후, 쓰여 있는 말들을 판독한 후 트리스탄이 왕에게 알리려는 내용을 이야기했다. 마크는 한마디 말도 없이 그 얘기를 들었다. 그리고 마음속으로는 기뻐했다. 왜냐하면 그는 아직도 이졸데를 사랑하기 때문이었다.

그는 특별히 자신의 남작들 중 가장 신뢰하는 남작들을 소집했다. 남작들은 모두 모이긴 했지만 아무도 말이 없었다. 드디어 왕이 말했다.

"영주들, 나는 이 편지를 받았소. 나는 그대들의 왕이오. 그리고 그대들은 나의 신하들이오. 트리스탄이 내게 요구한 내용을 들어보시오. 그리고 나에게 조언을 부탁하오. 나는

그대들의 조언을 구하려 하오. 그대들은 나에게 조언을 해주어야만 하오."

전속 신부가 일어나서 두 손으로 편지를 펼쳤다. 그리고 왕 앞에 서서 편지를 읽어 내려가기 시작했다.

"영주들이여, 트리스탄이 우선 왕과 모든 신하들의 나라에 안녕과 사랑을 전합니다."

그리고 그는 잠시 멈추었다가 다시 읽어내려 갔다.

"왕이시여. 내가 괴물을 죽이고, 아일랜드 왕의 딸을 얻었을 때, 왕이 그녀를 주었던 것은 바로 나에게였습니다. 나는 그녀를 보호해야 하는 그녀의 주인이었습니다. 하지만 나는 결코 그렇게 하고 싶지 않아 그녀를 당신의 나라로 데리고 왔습니다. 그리고 당신에게 그녀를 넘겨주었습니다. 그렇지만 당신이 그녀를 아내로 맞이하자마자, 반역자들은 당신으로 하여금 자기들의 거짓말을 믿게끔 했습니다.

당신의 분노 때문에, 좋으신 삼촌, 나의 주인이신 당신은 우리를 재판도 하지 않고 화형 시키려 했습니다. 하지만 신은 우리를 불쌍히 여기셨고, 우리는 신에게 탄원했던 바, 신은 왕비를 구해주셨습니다. 그리고 그것이 정의입니다.

나 또한 높은 바위에서 뛰어내렸으나 신의 능력으로 보호 받았습니다. 사람들이 비난할 수 있었던 때부터 내가 무엇을 했습니까? 왕비가 문둥이들에게 넘겨져서 나는 그녀를 구하러 갔던 것입니다. 그래서 나는 그녀를 데리고 갔습니다. 그러니 나 때문에 무고한, 자칫 죽을 뻔했던 그녀를 내가 어찌 저버릴 수 있었겠느냔 말입니다. 그래서 나는 그녀와 함께 숲으로 도망쳤습니다.

이제 내가 그녀를 당신에게 돌려보내려고 숲에서 나와 황야로 내려갈 수 있을까요? 우리를 살려서든 죽여서든 잡아오라고 당신이 명령하지 않았던가요? 하지만 오늘은 좋으신 폐하, 그때처럼 왕비께서 당신에게 모욕을 주었던 사랑은 나를 위해 가진 것도 아니며, 내가 왕비를 위해서도 그런 것이 아니라는 것을 결투로서 보이고 인질을 넘겨주든, 아니면 지켜줄 준비가 되어있습니다. 그러니 결투 명령을 내려주십시오. 나는 어떠한 적수라도 거절하지 않겠습니다. 내가 만일 나의 권리를 증명할 수 없다면, 나를 당신의 신하들 앞에서 불태워 죽이십시오.

하지만 내가 만일 승리하고 밝은 얼굴로 이졸데를 다시 취하는 것을 당신이 원하신다면, 당신의 남작들 중 어느 누구도 나보다도 훨씬 더 당신을 섬기려 하지 않을 것입니다. 만약 그 반대로 당신이 나의 봉사를 개의치 않는다면 나는 바

다를 건너 가부와 왕이나 프리즈 왕에게 몸을 의탁하러 갈 것입니다. 그렇게 되면 당신은 나에 대한 말을 결코 듣지 않을 것입니다. 폐하, 의견을 들으십시오. 그리고 만일 당신이 그 어떠한 의견에도 동의하지 않으시면 저는 이졸데를 아일랜드로 다시 데리고 가서 그녀와 결혼하겠습니다. 그녀는 거기서 여왕이 될 것입니다."

코르누아유의 남작들은 트리스탄이 그들에게 결투를 청하는 것을 들었다. 그러자 그들은 모두 왕에게 이렇게 말했다.
"폐하, 왕비를 다시 취하시오. 폐하 옆에서 그녀를 비방하는 자들은 정신병자들입니다. 트리스탄에 관해서 말한다면 그는 보내십시오. 가부와 또는 프리즈 왕의 곁에서 결투를 하도록 하시오. 그렇게 그가 몸을 바치도록 하시오. 그에게 이졸데를 당신에게 다시 데려오라고 즉각 명하십시오."

왕은 세 번이나 물었다.
"누구든지 트리스탄을 비난하려고 일어설 자가 없단 말이오?"

모두들 잠자코 있었다. 그러자 왕은 전속 신부에게 말했다.
"자, 빨리 편지를 쓰시오. 당신은 써야할 내용을 들었으니 서둘러서 쓰시오. 다시 말해 이졸데는 그녀의 젊은 날 동안에 너무나 괴로움이 클 뿐이오! 그리고 그 편지를 밤이 되기 전 크르와 루즈의 나뭇가지에 걸어두시오. 빨리 하시오!"

왕은 덧붙였다.

"나는 두 사람 모두에게 안녕과 사랑을 보내오. 하지만, 그대들은 말해주오."

한밤중에 트리스탄은 블랑슈 랑드('하얀 황야'라는 뜻)를 가로질러 갔다가 편지를 보았고, 그 봉인된 편지를 은자 오그랭에게 가져왔다. 은자는 그에게 편지를 읽어주었다.

"마크는 모든 기사들의 의견에 따라 이졸데를 다시 취하는데 동의한다. 하지만 트리스탄을 병사로서 보호한다는 것은 동의할 수 없다. 트리스탄은 바다를 건너가야 한다. 이제부터 3일 후에 귀에 아방튀르에서 왕비를 마크에게 인도해주기 바란다."

"맙소사."

트리스탄이 말을 시작했다.

"이졸데! 당신을 잃는다는 것은 얼마나 슬픈 일이오! 하지만 그렇게 해야만 하오. 나 때문에 당신이 견뎌야 하는 괴로움 때문이오. 나는 지금 당신에게 괴로움을 면해줄 수가 없구려. 우리가 이별하는 순간이 오면, 나는 사랑의 증표로서

당신에게 선물을 줄 것이오. 내가 가는 미지의 나라에서 나는 당신에게 사자를 보낼 것이오. 그 사자 편으로 당신이 나에게 바라는 바를 전해주시오. 그대여, 어느 땅에서건 당신이 부르면 나는 즉시 달려갈 것이요."

이졸데는 한숨을 내쉬며 말했다.

"트리스탄, 나에게 그대의 위스당을 남겨줘요. 어떤 훌륭한 개보다도 위스당을 명예롭게 보호받을 수 있게끔 잘 보호해 줄게요. 위스당을 볼 때마다 당신 생각을 하겠어요. 그러면 난 슬픔을 조금은 덜 수 있어요. 그대, 나는 푸른 벽옥 반지가 있어요. 그것을 나의 사랑의 증표로 받아줘요. 그 반지를 오른손에 끼세요. 결코 당신의 소식을 전하는 자가 당신 편에서 왔다고 해도, 그가 어떤 말을 하고 어떤 일을 하든지 그자가 나에게 그 반지를 보여주지 않는 한 나는 그를 믿지 않을 거예요. 하지만 내가 그 반지를 보자마자 당신이 나에게 시키는 일이라면 어떠한 권력도, 왕의 보호도, 내가 하는 일을 막을 수는 없을 거예요. 그것이 지혜 있는 일이든 열정이든 말예요."

"이졸데, 나는 당신에게 위스당을 주겠소."

"트리스탄, 그 대신에 이 반지를 끼세요."

그리고는 두 사람은 입을 맞췄다.

반면 예배당에 연인들을 남겨둔 채 오그랭은 지팡이에 의지하여 뭉까지 갔다. 그는 거기서 은회색 다람쥐모피, 쥐색 모피, 흰 담비모피, 명주와 자줏빛 양탄자 빨간색의 양탄자, 백합꽃보다 더 흰 장신구, 거기다 금으로 마구를 단 의장마를 구입했다. 그 의장마는 위풍당당하게 걸었다. 사람들은 은자가 오랫동안 모아온 돈을 이상스럽고 멋진 것을 구입하는데 뿌리는 것을 보고는 비웃었다. 하지만 그 노인은 의장마 위에 화려한 피륙들을 싣고 이졸데에게 갔다.

"여왕, 당신의 옷이 누더기가 되었구려. 귀에 아방튀르에 가는 날, 당신이 더 아름다워 보이도록 이 선물들을 받으시오. 나는 그 사람들이 당신을 혐오하지나 않을까 걱정이 되오. 나는 이러한 옷감을 고르는데 어설픕니다."

 그렇지만 왕은 코르누아유 사람들에게 그날로부터 3일 후에 귀에 아방튀르에서 왕이 왕비와 화해할 거라고 소리치도록 시켰다. 귀부인들과 기사들은 무리를 지어 그 모임에 참석하기로 했다.

모두들 여왕 이졸데를 다시 보고 싶어 했다. 모두들 그녀를 사랑하고 있었는데, 아직 살아남은 세 명의 반역자들만은 그녀를 좋아하지 않았다.

그러나 세 명 중 한 명은 나중에 칼에 찔려 죽게 되고, 다른 한 명은 화살에 관통되어 죽게 되고, 나머지 다른 한 명은 물에 빠져 죽을 것이다.

페리니, 르 프랑, 르 블롱은 숲에서 임무관을 지팡이로 때려눕힐 것이다. 그래서 아주 지나친 사람들을 증오하는 신은 연인들의 원수를 갚을 것이다.

모이기로 정해진 날에 귀에 아방튀르에 초원은 휘장이 쳐지고 남작들의 화려한 막사들로 장식되어 멀리서도 빛나는 듯 보였다.

숲 속에서 트리스탄은 이졸데와 함께 말을 타고 갔다. 계략에 빠지지나 않을까 두려워서 그는 누더기 옷 속에 쇠사슬 갑옷을 갖춰 입었다. 갑자기 숲 입구에 두 사람이 모습이 나타났다. 그리고 멀리서는 기사들에게 둘러싸여 마크 왕이 오고 있었다.

"이졸데, 자, 당신의 주인, 왕이 왔구려. 그의 남작들과 병사들도 왔소. 그들이 우리 쪽으로 오고 있소. 잠시 후면 우리는 더 이상 얘기를 나눌 수가 없소. 강하시며 영광이신 신께 내가 당신을 간청하리라. 내가 정녕 당신에게 편지를 보낼 수 없게 된다면 내가 당신에게 요구했던 대로 해주오!"

트리스탄이 말했다.

"트리스탄, 내가 녹벽옥 반지를 받게 되는 순간 탑도, 벽도, 강한 성도 내가 당신의 뜻대로 움직이는 것을 어느 누구도 막을 수는 없을 거예요."

"이졸데, 신이 당신을 기뻐 받으시기를!"

그들이 타고 있는 두 마리의 말은 나란히 걸어갔다. 트리스탄은 이졸데 쪽으로 말을 끌어당기고는 그녀를 두 팔로 꼭 껴안았다.

"그대여, 나의 마지막 소원을 들어주오. 당신은 이 나라를 떠나요. 적어도 며칠 동안은 기다려요. 왕이 나를 어떻게 분노로, 또는 선하게 대할지 알 수 있을 만큼 기다렸다가 나를 숨겨줘요……! 나는 혼자뿐이잖아요. 누가 나를 반역자들로부터 지켜주죠? 나는 무서워요! 임무관 오리는 당신을 남몰래 유숙시켜줄 거예요. 밤에 무너진 창고까지 남몰래 들어가세요. 누가 나를 학대하는지를 전하러 페리니를 당신에게 보내겠어요."

"이졸데, 누가 감히 그렇게 하겠소. 내가 오리의 집에 숨어 있으리다. 누구든지 당신에게 모욕을 준다면 그는 나의 원수가 될 것이오!"

양편은 서로 인사를 나누기 위해 더 가까이 다가섰다. 그

들 앞에서 활을 쏠 수 있는 거리에 이르자 왕이 용감하게 리당의 디나와 함께 말을 타고 다가갔다. 기사들은 트리스탄을 다시 만나게 되었다. 이졸데의 의장마의 고삐를 쥔 채로 트리스탄은 왕에게 인사를 하고 이렇게 말했다.

"왕이여, 나는 당신에게 금발의 이졸데를 돌려주겠소. 백성들 앞에서 내가 당신의 궁정에서 내 무죄를 증명할 수 있도록 나에게 결투를 하도록 허락해 주기를 바라오. 결코 나는 죄가 있음을 인정받지 못했소. 내가 결투로서 무죄를 증명할 수 있게 해주시오. 내가 패배하면 유황 속에다 화형 시키십시오. 승리하게 되면 나를 당신 곁에 거두어 두든지, 당신이 원치 않는다면, 나는 먼 나라로 떠날 것이오."

아무도 트리스탄의 도전을 받아들이지 않았다. 그러자 이번에는 마크가 이졸데의 의장마의 고삐를 잡았다. 그리고는 그것을 디나에게 맡기고 나서 옆으로 나서서 의견을 들으려 했다.

디나는 즐겁게 왕비에게 아주 정중하게 예의를 갖춰 영광을 돌렸다. 그는 화려한 빨간 피륙으로 만든 왕비의 옷을 벗겼다. 그러자 무릎까지 내려오는 섬세한 속옷과 무명으로 된 커다란 겉옷 아래로 그녀의 우아한 몸이 드러났다.

은자는 자신의 돈을 절약하지 않고 썼던 것이다. 그녀의 치마는 화려했으며, 그녀의 온몸은 우아하며 은희색 눈을 하고 있었으며, 그녀의 깨끗한 머리칼은 햇살처럼 빛났다.

반역자들은 옛날처럼 아름답고 존경받을 만한 왕비를 보자, 화가 나서 왕에게로 말을 타고 달려갔다. 그 순간에 니콜의 공작 앙드레는 왕을 믿게 하려 애쓰고 있었다.

"폐하, 트리스탄을 당신의 곁에 다시 받아 주소서. 당신은 트리스탄 덕분에 보다 더 존경받는 왕이 될 것입니다."

그는 말했다.

그리고 조금씩 그는 왕의 마음을 누그러지게 했다. 그러나 반역자들은 그 의견을 반대하려고 왔던 것이다. 그들은 이렇게 말했다.

"왕이시여, 우리가 당신에게 충심으로 하는 조언을 들으십시오. 혹자는 왕비를 중상모략하고 있는데 그것은 틀린 말입니다. 우리는 당신과 그녀를 화해시키려 합니다. 하지만 트리스탄과 함께 그녀가 궁정에 돌아오게 되면 사람들은 다시 그 얘기들을 할 것이오. 차라리 트리스탄이 당분간 멀리 가둔다면, 언젠가 틀림없이 그를 다시 부를 날이 올 것입니다."

마크는 남작들을 시켜서 트리스탄에게 곧바로 떠나라고 명했다. 그러자 트리스탄은 이졸데 쪽으로 가더니 그녀에게 안녕을 고했다. 트리스탄과 이졸데는 서로를 쳐다보았다. 이졸데는 모여 있는 사람들 때문에 부끄러워서 얼굴이 붉어졌다.

그러나 왕은 왕비에 대한 연민으로 마음이 감동되어 처음으로 자신의 조카에게 말했다.

"그 누더기 차림으로 그대는 어디로 갈 것인가? 내 보고에서 금이든, 은이든, 다람쥐모피든, 진주빛 피륙이든 네가 원하는 것을 갖고 가도록 하라."

트리스탄이 말했다.

"왕이여, 나는 단 한 푼도 받지 않을 것이오. 내가 할 수 있는 일은 프리즈의 부유한 왕을 기쁜 마음으로 섬기는 일이오."

그는 길을 되돌아가서 바다를 향해 내려갔다. 이졸데는 아주 오랫동안 그의 멀어지는 뒷모습에서 눈을 떼지 못했다.

화해의 소식에 어른, 아이, 남녀노소 할 것 없이 도시를 벗어나서 무리를 지어 이졸데를 만나러 달려갔다. 트리스탄의

유배 때문에 커다란 비탄에 잠겨있던 그들은 다시 만난 여왕에게 잔치를 베풀었다.

무명을 깔고 무명으로 장식된 길로 왕과 남작, 왕손들은 옷감들이 스치는 소리를 내며 행진을 했다.

그곳에 와 있는 모두를 위해 궁궐의 문이 열렸다. 부자들과 거지들 모두 앉을 수가 있었고 먹을 수도 있었다.

그날을 축하하는 뜻으로 마크는 100명의 노인들을 축하하기 위해 100명의 노예를 해방하였으며, 왕은 20명의 참석자들에게 검과 쇠사슬 갑옷을 주어 무장을 시켰다. 그렇지만 밤이 오자 트리스탄은 이졸데와 약속한 대로 임무관 오리의 집으로 몰래 들어갔다. 오리는 무너진 창고 안에다 비밀리에 트리스탄을 유숙시켰다.

반역자들을 조심하기를!

13
빨갛게 단 쇠의 재판

> 그녀는 얼굴이 창백해지며,
> 비틀거리면서 숯불로 다가갔다.
> 모두들 말이 없었다.
> 쇠는 빨갛게 달아 있었다.
> 그때에 그녀는 맨 팔을 숯불에……

드노알랑, 앙드레, 공도인느는 자신들은 안전하다고 스스로 생각했다. 아마도 트리스탄은 바다를 건너 너무나도 먼 나라에서 질질 끌려가는 생활을 하고 있기 때문에 자기들 근처에는 올 수 없다고 생각했다. 그래서 사냥을 하던 어느 날, 사냥개들이 짓는 소리를 들은 왕이 잡목이 우거진 숲 한가운데에 말을 매어 놓았을 때, 그 세 사람은 모두 왕에게로 말을 타고 갔다.

"왕이여, 우리들의 말을 들으시오. 당신은 왕비를 재판도 하지 않고 유죄라고 인정했소. 그것은 잘못된 일이오. 오늘 그녀를 재판도 없이 용서했으니, 다시 잘못한 것이 아닙니까? 그녀는 결코 무죄를 인정받을 수 없소. 이 나라의 남작들은 그 두 번의 실수에 대해 비난하고 있소. 차라리 그녀 자신이 신의 재판을 받도록 요구하시오. 만일 그녀가 결백하다면, 정말로 죄를 범하지 않았다고 성인들의 유골 위에 맹세한다는 것이 그녀에게 부담될 일이 아니지 않소? 결백하다면 불에 달궈진 쇠를 잡는 것이 무슨 부담이 되겠소? 이러한 관습이 있으니, 이런 쉬운 시험을 통해 지난 의심들이 영원히 사라지게 될 것이오."

마크는 화가 나서 대답했다.

"코르누아유의 영주들, 하나님이 그대들을 파멸시키기를! 그대들은 끝없이 나의 치욕만을 찾으려 하는 도다! 그대들 때문에 나는 조카를 내쫓고 말았소. 또 그대들은 무엇을 요구하려는 건가? 아일랜드로 왕비를 내쫓으란 말이오? 그대들의 새로운 비난은 무엇이란 말이오? 그 옛날의 비난에 반대하여 트리스탄은 그녀를 지키기 위해 몸을 던지지 않았던가? 그녀의 무죄를 증명하려고 트리스탄은 그대들에게 결투를 청했고 그대들은 모두 그의 말을 들었소. 그런데 왜 그에게 대항하여 방패와 창을 겨누지 못했소? 영주들, 그대들은 나에게서 그 권리를 얻지는 못하오. 그러니 그대들 때문에 추방된 그를 내가 다시 부르지나 않을까 걱정하오!"

그러자 겁쟁이들은 두려움에 떨었다. 그들은 트리스탄이 돌아와서 자신들이 창백해질 때까지 몸에서 피를 뽑는 모습을 상상한 것이다.

"폐하, 우리는 당신의 충성스런 신하로서 마땅히 당신의 영예를 위하여 당신에게 충심 어린 간언을 드리는 바이오. 하지만 앞으로는 말을 않겠으니 노여움을 푸시오. 우리에게 당신의 평화를 내리소서!"

하지만 마크는 활모양의 안장에서 일어섰다.

"반역자들, 내 땅에서 나가버려! 그대들은 이제 나와 평화로울 수 없다. 그대들 때문에 난 트리스탄을 추방했다. 이번에는 그대들이 내 나라에서 떠나라!"

"좋소. 훌륭하신 폐하! 우리들의 성은 기어오르기 힘겨운 바위 위에 있으며, 말뚝들을 박아 아주 강하게 닫아놓았소!"

그리고는 인사도 하지 않고 그들은 되돌아갔다.

블러드 하인드(사냥개)와 사냥꾼들을 기다리지도 않고 마크는 말을 탱타젤 쪽으로 몰아 궁정의 층계를 올라갔다. 그때 여왕은 급하게 바닥을 울리고 있는 왕의 발자국 소리를 들었다.

그녀는 일어나서 그를 맞으러 나갔다. 그녀는 평상시처럼 왕의 칼을 받았다. 그리고는 허리가 땅에 닿을 정도로 몸을 숙였다. 마크는 손으로 그녀를 붙잡고는 일으켜 세웠다.

이졸데가 마크의 시선과 마주치도록 올렸을 때, 그녀는 분노로 일그러진 귀티 나는 그의 얼굴을 보았다. 그는 광포해져서 그녀를 불더미 앞에 있게 했던 때와 같은 표정이었다.

'아! 트리스탄이 발각되었구나! 왕이 그를 붙잡은 걸까!'

그녀는 그렇게 생각했다.

그녀의 가슴은 얼어 오그라드는 듯 했다. 아무 말 없이 그녀는 왕의 발치에 쓰러졌다. 그는 그녀를 당겨서 가슴에 안고는 부드럽게 입을 맞추었다. 그녀는 조금씩 생기가 돌았다.

"그대, 그대여. 얼마나 당신이 고통스럽겠소?"

"폐하, 저는 두려워요. 저는 당신이 너무 노한 것을 보면 무서워요!"

"그렇소. 나는 오늘 사냥에서 화가 나서 돌아온 것이오."

"아! 폐하, 만일 사냥꾼들이 당신을 슬프게 했다면, 사냥의 불만을 그토록 심각하게 생각하는 것이 합당한 일일까요?"

마크는 그 말에 웃음이 나왔다.

"아니오, 이졸데. 사냥꾼들이 나를 화나게 한 것이 아니라, 세 놈의 반역자들이 나를 화나게 한 것이오. 그들은 오래 전부터 우리를 미워하고 있소. 당신도 그들을 알 거요. 앙드레, 드노알랑, 공도인느, 나는 그들을 내 나라에서 쫓아버렸소."

"폐하, 그들이 저에 대해 무슨 나쁜 말을 했나요?"

"무슨 상관이 있겠소? 나는 그들을 추방했소."

"폐하, 누구나 자신의 생각을 말할 권리는 있어요. 하지만 난 나에게 향하는 비난을 알 권리가 있어요. 그리고 내가 당신이 아니라면 누구에게서 그런 걸 알 수 있겠어요? 이 나라에서는 나 혼자만이 이방인이에요. 폐하, 당신을 제외하고는 나를 지켜줄 사람은 아무도 없어요."

"좋소. 그러니까 그들은 그대를 맹세하게 한 후, 뜨거운 불의 증거로 무죄를 증명하는 것이 적합하다고 주장들을 하오. 그들은 이런 말을 합니다. '왕비는 스스로 그 재판을 요구하지 않았습니까? 자신이 스스로 결백하다고 하는 사람에게는 그 증명은 손쉬운 일입니다. 그녀에게 무엇이 부담되겠습니까……? 신은 진정한 재판관입니다. 신은 옛날의 비판을 영원히 없애버릴 것입니다.'라고 말이오. 이것이 그들이 주장하는 바요. 하지만 그것들을 못 들은 척 그냥 내버려둡시다. 내가 당신에게 말했듯이 그들을 쫓아버렸으니 말이오."

이졸데는 전율을 느끼며 왕을 바라보았다.

"폐하, 그들에게 다시 당신의 궁정으로 돌아오도록 요구하소서. 나는 맹세로서 무죄를 증명하겠어요."

"언제 말이오?"

"열 번째 날이요."

"그 기한은 너무 가깝잖소, 그대여!"

"너무 멀지 않은 것뿐이에요. 그러나 나는 아르튀르 왕에게 나의 주인 고뱅, 지르플레, 가령(직급) 케, 그리고 그의 기사들 중 100명과 함께 당신의 나라에 이르기까지 당신의 왕국의 경계인 강둑 위에 있는 블랑슈 랑드로 말을 타고 오도록 청해 주십시오. 거기, 그들 앞에서 나는 그 맹세를 하고 싶어요. 하지만 당신의 남작들만 있는 앞에서는 싫어요. 왜냐하면 내가 맹세하자마자 당신의 남작들은 또 나에게 새로운 증명을 보이도록 당신에게 요구할 테니까요. 그렇게 되면 우리의 고통은 영원히 끝이 없을 거예요. 하지만 만일 아르튀르와 그의 기사들이 그 재판을 보증하게 된다면 그들은 더는 용기가 없을 거예요."

아르튀르 왕에게 보낼 사자들의 전위대들이 카르뒤엘로 서둘러 가는 동안 이졸데는 은밀하게 자기의 하인인 충성스런 페리니를 트리스탄에게 보냈다. 페리니는 사람들의 왕래가 잦은 오솔길을 피해서 숲으로 달려갔다.

그렇게 해서 그는 임무관 오리의 오두막에 이르렀다. 오래 전부터 트리스탄은 그곳에서 소식을 기다리고 있었다.

페리니는 트리스탄에게 우발적인 사건들, 즉 새로운 반역행위, 재판의 기한, 정해진 시간과 장소를 알려주었다.

"나리, 왕비께서 당신에게 정해진 날에 순례자의 옷을 입고 아주 능숙하게 변장해서 아무도 당신을 알아보지 못하도록 해서 오라고 요구하셨어요. 무장도 하지 말고 당신은 블랑슈 랑드로 가야 해요. 재판 장소에 가기 위해서는 배를 타고 강을 건너야만 합니다. 반대편 강둑, 거기에 아르튀르 왕의 기사들이 있을 테니 당신은 거기서 그들을 기다리세요. 틀림없이 그 때에 당신은 그녀에게 도움을 줄 수 있을 겁니다. 왕비님은 재판 날을 두려워하고 있어요. 그렇지만 그녀는 하나님이 돌보아주시리라 믿고 있어요. 신은 이미 문둥병자들의 손에서 그녀를 구해 주었으니까요."

"착하고 친절한 친구 페리니, 왕비에게 돌아가게. 나는 내 뜻대로 할 것이라고 그녀에게 말하게."

그런데 페리니가 탱타젤로 돌아갈 때, 페리니는 숲에서 예전에 잠든 채로 있던 연인들을 발견하여 왕에게 그들을 고발했던 임무관을 알아보았다. 그가 술에 취해 있던 어느 날, 그는 자신의 반역행위에 대해 자랑을 늘어놓았던 것이다. 그 사람은 땅에다 깊은 구덩이를 판 다음에 그 깊은 구덩이로 이리와 멧돼지들을 빠트리기 위해 나뭇가지들을 덮었다.

그는 왕비의 시종이 그에게 달려드는 것을 보고는 도망치려 했다. 하지만 페리니는 그를 함정 쪽으로 몰아넣었다.

"이 밀정놈, 왕비를 팔아먹은 밀정놈, 왜 도망치려 하느냐? 거기 서라, 너의 무덤 옆에 말야. 네 스스로 네 무덤을 정성 들여 판 게로구나!"

그의 지팡이가 윙윙 소리를 내면서 공중에서 소용돌이쳤다. 그 지팡이와 반역자의 머리가 동시에 부서졌다. 충복, 페리니는 발로 그의 몸을 차서 나뭇가지로 덮어놓은 웅덩이 속으로 밀어 넣었다.

재판을 하기로 정해진 날 마크 왕, 이졸데, 코르누아유의 기사들은 블랑슈 랑드까지 말을 타고 갔다. 이어서 반대편 강둑을 따라 모여 있는 멋진 행렬들이 강 앞에 있는 곳에 이

르렀다. 아르튀르의 남작들은 번쩍거리는 깃발로 그들에게 인사를 했다.

그들 앞에, 높다란 제방 위에 앉은 가난한 어떤 순례자는 법의로 몸을 감싸고, 그 법의에 조개껍질들을 매단 채 나무로 만든 쪽박을 내밀며, 가늘고, 애달픈 목소리로 동냥을 부탁했다.

덩굴에 주는 섬 덕분에 코르누아유의 배들은 가까이 다가갔다. 배들이 육지에 가까이 다다르게 되었을 때, 이졸데는 자신을 둘러싸고 있는 기사들에게 요구했다.

"영주들이여! 어떻게 내가 이 진흙탕 속에 내 긴 옷을 더럽히지 않고 굳은 땅에 갈 수 있을까요? 누구 지나가는 행인이 나를 도와주어야만 해요."

기사들 중 한 명이 순례자를 소리쳐 세웠다.

"이보게, 자네의 법의를 쓸어 올리고 물로 내려가게. 왕비를 붙들어주게. 하지만 당신은 쇠약해 보이니 진창길에 넘어지지 않도록 조심하게."

그 순례자는 왕비를 팔로 안았다. 왕비는 그에게 아주 낮은 목소리로 말했다.

"친구!"

그리고 나서 다시 작은 소리로 말했다.

"모래 위에 넘어지도록 나를 내버려두세요."

강둑에 이르자 그는 비틀거리다가 왕비를 팔로 꼭 껴안은 채 넘어져버렸다. 시종들과 사공들이 노와 갈고리를 쥐고서 그 보잘것없는 사람을 악착스럽게 뒤쫓았다.

"그 사람을 그냥 둬요. 아마 긴 순례여행 때문에 몸이 허약해서일 거예요."

이졸데가 말했다.

그리고는 아주 잘 세공된 금반지를 풀어서 순례자에게 던졌다.

아르튀르의 이동달집 앞에는 니세산 명주로 만든 화려한 양탄자가 푸른 풀밭 위에 펼쳐져 있었고, 보석상자와 유물함에서 꺼낸 성유골들이 그곳에 이미 배열되어 있었다. 옛 영주 고뱅과 지르플레, 그리고 가령 케가 그것들을 지키고 있었다.

이졸데는 신께 기도를 드린 다음 목과 손에서 패물을 뽑아 그것들을 가엾은 거지들에게 나누어주었다. 그녀는 주홍빛 외투와 멋진 어깨장식을 벗어 그것들도 주었다. 벽옥빛의 화려한 신발도 주었다. 그녀는 단지 소매가 없는 튜닉만을 걸치고 맨팔과 맨발로 두 명의 왕 앞으로 나아갔다.

그 둘레에는 남작들이 그녀를 말없이 응시하고 있었다. 그들은 울고 있었다. 성유골들 옆에는 벌겋게 달아오른 숯불이 타고 있었다. 몸을 떨면서 그녀는 성유골 쪽으로 오른손을 내밀고는 말했다.

"로그르의 왕, 그리고 당신 코르누아유의 왕, 그리고 당신 고뱅 폐하, 케 기사, 지플레 님, 그리고 성체와 이 세상에 존재하는 모든 성체로서 내 보증인이 되실 모든 분들이시여! 나는 결코 여성의 배에서 출생한 남자 중 나의 주인인 마크 왕, 그리고 방금 전에 여러분이 보는 앞에서 넘어졌던 가엾은 순례자를 제외하고는 나를 안아 본 적이 없음을 맹세해요. 마크 왕이여. 이 맹세면 온당한가요?"

"그렇소, 왕비. 신이 진정한 재판을 선언해주실 지어다!"

"아멘."

이졸데가 말했다.

그녀는 얼굴이 창백해지며, 비틀거리면서 숯불로 다가갔다. 모두들 말이 없었다. 쇠는 빨갛게 달아 있었다. 그녀는 맨팔을 숯불에 넣었다. 그리고 쇠막대기를 잡고, 그것을 쥔 채로 아홉 발자국을 걸었다. 쇠막대기를 던져버리고 나서 그녀는 팔을 십자가 모양으로 편 다음 손바닥을 펼쳤다. 모두들 그녀의 살이 능금나무의 능금보다 더 멀쩡한 것을 보았다.

그러자 모든 사람들의 가슴에서 신을 향한 커다란 찬양소리가 울리는 듯 했다.

14
밤 꾀꼬리의 목소리

"우리의 인생은 서로가 얽혀 있고,
짜여 있어요. 그리고 나,
나는 어떻게 살 수 있을까요?
내 몸은 여기에 있고
당신은 내 마음을 가지고 있는데."

트리스탄은 임무관 오리의 오두막집에 돌아와서 지팡이를 던져두고 순례자의 법의를 벗었다. 그러자 그는 마음속으로 분명하게 마크 왕에게 맹세했던 날, 그리고 코르누아유에서 멀리 떠나야 할 날이 왔다는 것을 알아 차렸다.

어째서 아직도 그가 지체하는 걸까? 이졸데는 자신의 무죄를 증명했고, 왕은 그녀를 소중히 여겼다. 필요한 경우에 아르튀르는 보호자로서 그녀를 데려갈 수도 있었다. 앞으로는 어떠한 반역행위도 그녀를 해코지할 수 없게 되었던 것이다.

그런데 트리스탄은 왜 더 오랫동안 탱타젤의 주변에서 방황하는 것일까? 트리스탄의 행동은 자신의 생명, 임무관의 생명, 그리고 이졸데의 안전을 위태롭게 한 셈이다.

분명 떠나야만 했다. 그가 자신의 팔에 안겨서 이졸데의

아름다운 육체가 전율하고 있는 것을 느꼈던 것은 순례자의 옷을 입고 신분을 숨긴 채 블랑슈 랑드에서 그녀를 안았던 일이 마지막이었다.

다시 트리스탄은 3일을 지체했다. 그는 이졸데가 살고 있는 나라에서 멀어질 수가 없었다. 하지만 나흘째가 되던 날, 그는 자신을 유숙시켜 주었던 임무관에게 작별인사를 했다.

그리고는 고르브날에게 이렇게 말했다.

"좋으신 선생, 다음 숲에서 기다리세요. 즉시 그곳으로 갈게요."

"어디로 가려오? 광기요. 그대는 끊임없이 죽음만을 찾아다니려 하오?"

그러나 이미 트리스탄은 자신 있게 뛰어올라서 말뚝이 쳐진 울타리를 뛰어 넘었다. 그는 깨끗한 대리석 층계 옆에 있는 큰 소나무 밑으로 갔다.

이제 샘물에 잘 잘려진 나무지저깨비들을 던진들 무슨 소용이 있을까? 이졸데는 더 이상 돌아올 수도 없는 것을!

부드럽고 조심성 있는 걸음으로 이전에 이졸데가 걸었던 오솔길을 통해 그는 감히 성으로 다가갔다.

이졸데는 자기 방에서 잠들어 있는 마크 왕의 품안에서 밤을 새웠다. 갑자기 십자형의 유리창이 반쯤 열리더니, 그곳에서 달빛이 아른거리면서 웬 밤꾀꼬리의 목소리가 들려왔다.

이졸데는 방을 환희롭게 하며 울려오는 목소리를 듣고 있었다. 그 목소리는 애처롭게 커지고 있었다. 그 목소리는 잔인한 마음이나 살인자의 마음이 아니라 애처로운 소리여서 이졸데의 마음은 감동을 받았다. 이졸데는 생각했다.

'이 멜로디는 어디서 오는 걸까……?'

갑자기 그녀는 알아 차렸다.

'아! 트리스탄이구나! 이렇게 모로와 숲 속에서 그가 나를 즐겁게 해주려고 노래하는 새들을 흉내 내고 있구나. 그는 떠나면서 마지막 인사를 하려고 왔구나. 얼마나 슬플꼬! 크나큰 슬픔으로 여름이 끝나갈 때, 작별할 때 우는 밤꾀꼬리처럼, 그대, 난 더 이상 그대의 목소리를 들을 수 없단 말인가!'

그 멜로디는 더 강렬하게 진동하고 있었다.

'아! 그대는 무엇을 요구하는 거예요? 내가 갈까요? 아니오. 은자 오그랭, 그리고 맹세한 언약을 생각해 보세요. 가만히 있어요. 죽음이 우리를 노리고 있어요……. 아니 죽음이 내게 무슨 상관있을까? 당신은 나를 부르고, 당신은 나를 원하고 있으니, 내가 가리라!'

그녀는 왕의 팔을 풀었다. 그리고 거의 알몸인 왕의 몸에 회청색 솜을 넣은 망토를 내려 덮어 주었다. 그녀는 옆방을 통과해야만 했다. 그 방에는 밤마다 10명의 기사들이 교대로

지키고 있었다.

즉 다섯 명이 잠자는 동안 다른 다섯 명은 무장을 하고 문과 유리창 앞에 있거나, 밖에 숨어 있기도 했다. 그런데 우연히도 그들은 모두 잠들어 있었다. 다섯 명은 침대 위에, 다섯 명은 바닥에 잠들어 있었다.

이졸데는 널려 있는 그들의 몸을 타 넘어 문의 빗장을 들어 올렸다. 문고리에서 소리가 났다. 그러나 매톤자들은 아무도 깨어나지 않았다. 그녀는 문턱을 넘었다.

그러자 노래하던 사람은 노래를 딱 멈췄다.

나무 밑에서 말 한마디 없이 그는 이졸데를 가슴에 꼭 안았다. 두 사람의 팔은 서로의 몸을 경직될 정도로 꼭 껴안았다. 새벽이 오기까지 끈으로 꿰매진 것처럼 그들은 포옹한 상태에서 떨어질 줄 몰랐다.

왕과 매복자들에도 불구하고 연인들은 자신들의 환희와 사랑을 나누었다.

그 하룻밤은 연인들을 미칠 지경으로 만들었다 며칠이 흘렀다. 왕이 탱타젤을 떠나 생 뤼뱅에서 사법회의를 열러 갔을 때, 트리스탄은 오리의 집으로 되돌아갔다가 아침이면 달

빛을 이용하여 과수원을 통해 규방에까지 슬며시 들어가곤 했다.

그러던 어느 날 어떤 하인이 그를 발견하고는 앙드레, 드 노알랑, 공도인느를 찾으러 갔다.

"영주들이여, 여러분께서 추방했다고 믿고 있는 짐승이 소굴로 돌아왔소."

"누구라고?"

"트리스탄 입죠."

"넌 언제 그 자를 보았느냐?"

"오늘 아침에요. 저는 그 자를 잘 압니다요. 그리고 당신들은 내일 새벽에도 그자가 검을 차고, 한 손에는 활을 들고, 다른 손에는 두 개의 화살을 들고 오는 것을 보게 될 것입니다요."

"어디서 그 자를 볼 수 있겠느냐?"

"제가 알고 있는 창가에서 입죠. 하지만 만일 제가 여러분께 그를 보게 해주면 얼마를 주시렵니까?"

"은 30마크를 주지. 너는 제법 부유한 평민이 될 게다."

"그러면 들어보소서. 여왕의 방에서 볼 수 있는데, 그 방을 내려다 볼 수 있는 좁은 창문이 있어요. 그 창으로 볼 수 있는데, 왜냐하면 그 창은 벽에서 아주 높은 곳에 있는 창이에요. 그러나 방을 가로질러 커다란 커튼이 쳐져 있어서 그

창문을 가리고 있어요. 내일 당신들 세 사람 중 한 분이 조용히 과수원 안으로 들어오소서. 그래서 긴 가시나무의 나뭇가지를 자르고 쇠꼬챙이로 나뭇가지를 집어서 커튼의 천에 끼워야 합니다. 그래서 살며시 그 간격을 넓힐 수 있어요. 영주님들, 만일 벽지 뒤에서 당신들이 제가 말했던 사실을 보지 못하게 된다면 내 몸을 화형에 처해도 좋아요."

앙드레, 공도인느, 드노알랑은 그들 중 누가 먼저 그 광경의 재미를 볼 것인지 격론을 벌였다. 마침내 먼저 공도인느에게 그 재미를 보도록 결정했다. 그들은 각기 히어져 갔다. 그 다음 날 새벽에 그들은 다시 만났다.

"내일 새벽에 트리스탄을 주의하십쇼. 멋진 나리들!"

그 다음 날 아침 아직 컴컴한 밤에 임무관 오리의 집을 떠난 트리스탄은 가시나무들이 늘어선 숲 아래로 기어서 성으로 접근했다. 숲에서 나오자 그는 숲 속의 빈터를 보았다.

그런데 마침 그는 영주의 저택에서 나오고 있는 공도인느를 보았다. 트리스탄은 가시덩굴 속으로 다시 뛰어 들어갔다. 그리고 그는 매복하여 숨었다.

"아! 신이여! 저기 앞으로 가고 있는 자가 내가 그를 처치하기에 유리한 순간이 오기 전에는 나를 알아차리지 못하도록 하소서!"

검을 움켜쥐고 트리스탄은 그를 기다렸지만 공교롭게도 공도인느는 다른 길로 해서 멀어져 갔다. 트리스탄은 실망하여 숲에서 나와 활시위를 당겨 목표를 겨냥했다. 유감스럽게도! 그 사람은 이미 사정거리 밖에 있었다.

그 순간 멀리서 살금살금 검은 의장마를 타고 조용히 오솔길을 내려오고 있는 드노알랑이 보였고, 그 앞으로 두 마리의 커다란 토끼 사냥용 개가 오고 있는 것을 보았다.

트리스탄은 사과나무 뒤에 숨어서 그를 노리고 있었다. 트리스탄은 그 자가 잡목림 속에서 멧돼지를 찾으려고 개들을 몰아대고 있는 것을 보았다. 그러나 개들이 멧돼지 굴에서 멧돼지를 내쫓기도 전에, 개들의 주인은 어느 의사도 치료할 수 없을 만큼의 상처를 입고 말았다.

드노알랑이 자기 옆에 이르게 되었을 때 트리스탄은 법의를 벗어 던지고는 뛰어 올라, 적 앞에 우뚝 섰다. 반역자는 도망치려 했으나 헛일이었다. 그 자는 소리 지를 여유도 없었다.

"네놈이 나를 이렇게 했지!"

그는 말에서 굴러 떨어졌다. 트리스탄은 그의 머리를 잘랐다. 그리고는 그의 얼굴 주위에 늘어져 있는 장식 끈들을 끊어서 그것들을 자신의 견장에 넣었다. 그는 그것들을 이졸데에게 보여주어 그것으로 그녀의 마음을 즐겁게 해주고 싶었다.

아, 슬프게도! 그는 생각했다.

'공도인느가 왜 온 걸까? 그는 도망을 쳤었지. 나도 그자에게 똑같은 대가를 치르도록 해줘야겠구나!'

그는 칼을 닦은 다음에 다시 칼집에 꽂았다. 그리고는 나무줄기를 끌어다 시체를 덮었다. 피투성이의 시체를 내버려둔 채, 그는 머리에 두건을 두르고 이졸데가 있는 곳으로 갔다.

탱타젤의 성에 공도인느는 트리스탄보다 앞서 도착했다. 이미 그는 높은 창문에 기어 올라가 커튼 속에 가시나무 막대기를 넣어 가만히 천 자락을 양쪽으로 사이를 벌려놓고는, 그 틈사이로 잘 가려진 방을 엿보았다.

처음에는 페리니 외에는 아무도 없었다. 잠시 후에 브랑지앙이 나타났다. 그녀는 아직 빗을 들고 있었는데, 방금 전에 이졸데의 금발머리를 빗긴 참이었다.

이졸데가 들어오고, 그리고 나서 트리스탄이 들어왔다. 트리스탄은 한 손에는 버드나무로 만든 활을 들고 있었고, 다른 손에는 두 개의 화살을 들고 있었다. 그는 사람의 머리카락으로 짜서 만든 긴 끈 두 개를 쥐고 있었다. 트리스탄은 법의가 땅에 끌리도록 입고 있었다. 잠시 후, 트리스탄은 그 법의를 벗었다. 그러자 그의 멋진 몸매가 드러나 보였다. 금발의 이졸데는 몸을 숙여 인사를 했다. 그녀가 다시 그를 향해 머리를 들면서 몸을 일으켰을 때, 그녀는 벽지에 투영된 공도인느의 머리 그림자를 보았다.

트리스탄이 그녀에게 말했다.

"당신 이런 멋진 끈을 본 적 있소? 이건 드노알랑의 머리로 짠 끈이오. 내가 당신의 원수를 갚았소. 그 자는 이제 더 이상 방패와 활을 사지도 팔지도 못할 것이오!"

"잘 하셨어요. 기사, 하지만 그 활을 겨누세요. 제발요, 나는 활시위를 당기는 것이 쉬운지 보고 싶어요."

트리스탄은 놀라서 약간은 그 의도를 알아차리고는 활을 겨누었다. 이졸데는 두 개의 화살 중 하나를 잡고, 그것을 화살 오늬에 끼웠다. 줄이 잘 됐는지를 보고는 나지막하고 재빠른 목소리로 말했다.

"나는 내 기분을 해치는 뭔가를 보았어요. 잘 겨냥해요, 트리스탄!."

트리스탄은 자세를 잡은 다음 고개를 들고 커튼의 아주 높은 곳에 있는 공도인느의 머리의 그림자를 보았다.

"신께서 이 화살을 인도하시기를!"

그는 그렇게 말하고는 사냥감을 향해 몸을 돌려서 활을 당겼다. 그 긴 화살은 공중에서 휙 소리를 냈다.

쇠 황조롱이도, 제비도 그렇게 빨리 날 수는 없었다. 화살은 반역자의 눈을 관통하여 사과의 살을 뚫듯이 그의 뇌를 관통하고는 멈췄다. 그리고는 두개골에 박혀서 파르르 떨었

다. 소리도 지르지 못하고 공도인느는 쓰러져서 말뚝 위로 떨어졌다.

그러자 이졸데는 트리스탄에게 말했다.

"도망쳐요, 지금. 그대여! 당신이 그를 보았듯이 반역자들은 당신의 은신처를 알고 있는 거예요! 앙드레가 따라 올 거예요. 그자는 당신의 은신처를 왕에게 고해바칠 거예요. 임무관의 오두막에 당신이 있는 것이 이제는 안심할 수 없어요! 트리스탄, 도망쳐요! 페리니를 시켜서 왕이 이 일을 모르도록 시체를 숲 속에 숨기겠어요. 하지만 당신은, 이 나라에서 도망쳐요. 당신의 평안과 나의 평안을 위해."

트리스탄이 말했다.

"어찌 내가 그리 살 수 있겠소?"

"그래요. 그대, 트리스탄! 우리의 인생은 서로가 얽혀 있고, 짜여 있어요. 그리고 나, 나는 어떻게 살 수 있죠? 내 몸은 여기에 있고 당신은 내 마음을 가지고 있는데."

"이졸데! 나는 떠나겠소. 어느 나라로 갈지는 모르오. 하지만 만일 당신이 녹벽옥 반지를 다시 보게 되면, 당신은 그것을 가진 사람 편으로 내가 당신에게 요청하는 일을 해 주겠소?"

"네. 당신도 알다시피, 내가 녹벽옥 반지를 다시 보게 된다면, 궁정도, 강한 성도, 왕의 보호도 당신의 뜻을 따르는 것을 막지 못할 거예요. 그것이 열정이거나 지혜이기를!"

"친구, 베들레헴에서 태어나신 신께서 당신에게 감사의 표를 해주시기를."

이졸데가 말했다.

그러자 트리스탄이 말을 받았다.

"이졸데, 신이 그대를 지켜주시기를!"

15
아주 멋진 방울

"나에게 자신의 기쁨을 주고,
자신은 비참을 다시 당하기를
마다하지 않았구나! 하지만
이렇게 있는 것이 합당한데,
나는 당신이 고통을 받는 것만큼
고통을 받고 싶어요."

트리스탄은 귀공작 질랭의 나라에 있는 갈르로 몸을 피했다. 그 공작은 젊고, 힘이 있으며 온화한 사람이었다.

공작은 마치 주인을 모시듯 트리스탄을 환대하여 맞아주었다. 트리스탄을 명예롭고 즐겁게 해주었기 때문에 트리스탄은 아무런 불편 없이 지낼 수 있었다.

그러나 그 모험도 축제들도 트리스탄의 고뇌를 가라앉혀 주지는 못했다.

젊은 공작의 옆에 앉아 있던 어느 날, 트리스탄의 마음은 너무나 고통스러웠다. 그러나 그 고통의 원인이 뭘지는 모르지만 무엇인가를 갈망하고 있었다.

공작은 그의 고통을 달래주려고 트리스탄의 방으로 좋아

하는 놀이기구를 가져다주라고 명했다. 그 놀이기구는 다름 아닌 개였는데, 마법의 주문을 외우면 슬플 때에도 그의 눈과 마음을 즐겁게 해주는 신비로운 개였다.

귀족적이며, 화려한 자줏빛 천으로 덮인 테이블 위에 공작의 애견 크뤼가 앉아 있었다. 그 개는 마술에 걸린 개로 아발롱 섬에서 공작에게 선물로 보내온 개였다. 어떤 요정이 그에게 사랑의 선물로 보내주었던 것이다.

어느 누구도 자연과 미를 묘사하는데 있어서 그만큼 능숙할 수 없을 정도로 개는 말을 잘했다. 개의 털은 미묘한 색조로 칠해져 있었는데 어찌나 훌륭하게 조화가 되었던지, 그 색깔을 형용할 수 없을 정도였다. 개의 목덜미는 눈보다 더 하얀 것 같았고, 엉덩이는 클로버의 이파리보다 더 녹색이었고, 허리의 한쪽은 진홍색만큼이나 붉었고, 다른 쪽은 아침노을처럼 노랗고, 배는 청금석처럼 푸르고, 등은 장미빛이었다. 그러나 더 오랫동안 보고 있으면, 모든 색깔이 눈에서 춤을 추듯이 어른거리다가 변하곤 했다. 차례로 흰색, 녹색, 노란색, 푸른색, 자줏빛, 어두운 색 또는 시원한 색으로 변했다.

개의 목에는 금사슬이 달려 있고, 그 사슬에는 방울이 달렸는데, 방울이 어찌나 명랑하고, 맑고 부드럽게 울리는지, 그 울리는 소리를 들으면 트리스탄의 마음은 감동을 받아서

마음이 가라앉고, 고통도 눈 녹듯이 사라져버리곤 했다. 이 졸데 때문에 견뎌야 하는 그토록 심한 비참함도 이제는 생각나지 않게 되었다. 왜냐하면 방울은 대단한 효력이 있었다. 방울이 울리는 소리를 들을 때면 아주 감미롭고, 아주 유쾌하고, 아주 맑아져서 모든 고뇌가 마음에서 눈 녹듯이 사라져버리는 듯 했다.

마법의 주문에 감동한 트리스탄은 마술에 걸린 그 귀여운 짐승을 쓰다듬었다. 그 짐승은 그에게서 모든 슬픔을 가져갔다. 손의 촉감을 통해 옷은 금란으로 짠 천보다 더 부드러움을 느꼈다. 트리스탄은 그것이 이졸데에게 멋진 선물이 될 거라고 생각했다. 그렇지만 어떻게 하랴? 공작 질랭은 다른 어떤 것보다도 프티 크뤼를 사랑하고 있었다. 아무도 공작 질랭에게 계략을 쓰든, 간청을 하든 그것을 얻을 수는 없다.

어느 날 트리스탄이 공작에게 말했다.

"공작님, 당신에게 아주 무거운 조세를 요구하는 거인 위르강 르 벨뤼에게서 당신의 나라를 구해 준다면 그 사람에게 당신은 무엇을 주시렵니까?"

"나는 승리자에게 내 보물 중에서 가장 소중한 것을 간직하도록 선택하게 하겠소. 하지만 어느 누가 감히 그 거인과 결투를 하려 하겠소!"

"여기 아주 멋진 소식이 있소. 하지만 그 선한 일은 나라에서 절대로 우연한 일만은 아니지요. 파뷔의 모든 금을 위해 나는 거인을 무찌르려는 욕망을 포기할 수 없소."

트리스탄이 말했다.

공작 질랭이 다시 말했다.

"그러면 동정녀에게서 탄생한 예수님이 당신과 동행하며, 당신을 죽음으로부터 지켜주시기를……!"

트리스탄은 위르강 르 벨뤼를 그 거인의 은신처에서 상대하게 되었다. 두 사람은 오랫동안 격렬하게 싸웠다. 결국 용맹이 힘을 능가했다. 날렵한 칼이 무거운 곤봉을 이긴 것이다. 트리스탄은 거인의 오른손을 잘라서 공작에게 그것을 바쳤다.

"공작님, 당신이 약속했던 보상대로 나에게 프티 크뤼, 당신의 마술에 걸린 개를 주십시오!"

"친구, 왜 그대는 그것을 요구하오? 그건 나에게 남겨주오. 차라리 내 누이와 내 땅의 절반을 가지시오."

"공작님, 당신의 누이는 아름답고, 당신의 땅은 기름집니다. 하지만 내가 우르강 르 벨뤼와 싸웠던 것은 바로 마술에 걸린 당신의 개를 얻기 위해서였소. 당신의 약속을 기억하십시오!"

"그러면 개를 가지시오. 하지만 그대가 나에게서 내 눈의 기쁨과 마음의 즐거움을 빼앗았다는 것을 알아두오!"

트리스탄은 개를 갈르 출신의 음유시인에게 맡겼다. 그 음유시인은 지혜롭고 꾀많은 자였다. 트리스탄은 그에게 개를 코르누아유로 데려가서 여왕에게 보내라고 시켰다. 음유시인은 탱타젤에 이르러 개를 비밀리에 브랑지앙에게 맡겼다. 이졸데는 아주 기뻐하며 보상으로 음유시인에게 금 10마크를 주었다.

그리고는 왕에게 자신의 어머니인 아일랜드의 여왕이 그 소중한 선물을 보냈노라고 말했다. 이졸데는 금은 세공사를 시켜서 금과 보석으로 정교하게 장식을 박아 넣은 개집을 만들었다. 그녀는 어디로 가든지 트리스탄에 대한 추억으로 그 개를 가지고 다녔다. 그리고 그녀는 개를 볼 때마다 슬픔, 고뇌, 회한을 마음에서 지워져버리곤 했다.

그녀는 처음엔 그 놀라운 일을 알아차리지 못했다. 그녀가 비록 개를 물끄러미 바라보는 행복감을 발견했다고는 해도, 트리스탄이 그녀에게 보낸 개이기 때문에 그래서 자신의 고통을 잠재우는 친구에 대한 생각 때문이라고 생각했다.

하지만 어느 날 그녀는 그것이 마법의 주문이며, 방울소리만이 자신의 마음을 즐겁게 한다는 것을 알게 되었다.

"아! 트리스탄이 불행하거늘 내가 위안을 받는 것이 좋은 일일 수 있을까? 그는 마술에 걸린 개를 간직할 수 있었으련만, 그래서 모든 고통을 잊을 수도 있었을 텐데. 멋진 기사도 정신으로 그는 나에게 개를 보내고, 나에게 자신의 기쁨을 주고, 자신은 고통스러움을 마다하지 않았구나! 하지만 이렇게 있는 것이 합당한데, 트리스탄, 나는 당신이 고통을 받는 것만큼 고통 받고 싶어요."

그녀는 마술의 방울을 들고 마지막으로 그 방울이 울리게 했다. 그리고는 조용히 방울을 떼어놓았다. 그런 다음에 열려 있는 창문을 통해 바다에 던져버렸다.

16
흰 손의 이졸데

"나의 누이의 손은 금란위에서
금실을 얼마나 빨리 왔다갔다
하게 하는지! 틀림없이 아름다운 누이인
흰 손의 이졸데를 당신은 취할 권리가 있소!"

연인들은 서로가 살수도 죽을 수도 없는 처지가 되었다. 서로가 떨어져서 산다는 건 삶도 아니요, 죽음도 아니었다. 하지만 그것은 삶인 동시에 죽음이기도 했다.

바다로든, 섬으로든, 루누와로든 트리스탄은 자신의 비참함을 떨쳐버리고 싶었다. 그는 루누와의 자기 나라로 다시 돌아갔다.

로알 르 프와 트낭은 눈물과 애정으로 그곳에서 아들을 맞이했다. 하지만 자기 나라에서 마음의 평화를 누리며 사는 것을 견딜 수 없었던 트리스탄은 공작 영지와 왕국으로 모험을 찾아 돌아다녔다. 루누와에서 프리즈로, 프리즈에서 가부와로, 독일에서 스페인으로 떠돌아다니면서 그는 많은 영주를 섬겼고, 많은 무공을 쌓았다.

유감스럽게도! 2년 동안 그에게는 코르누아유의 소식을 들을 수 없었다. 어떠한 친구도, 어떠한 소식도 들려오는 것이 없었다.

그때 그는 이졸데가 자신으로부터 멀어졌으며, 그녀가 자신을 잊고 있다고 생각했다.

그러던 어느 날 그는 고르브날과 단둘이서 말을 타고, 브레타뉴 땅에 들어섰다. 그들은 황폐화된 광야를 가로질러 가고 있었다. 곳곳마다 무너진 벽이며, 거주민이 없는 마을들, 불을 놓아 개간한 밭들밖에는 보이지 않았다. 그들이 탄 말은 재와 숯덩이들을 밟으며 갔다. 인적이 없는 광야에서 트리스탄은 이런 생각을 했다.

'나는 지쳤고 기진맥진해. 모험이 무슨 소용이 있단 말인가? 내 사랑은 멀리 있으니, 그녀를 결코 볼 수 없을 테지. 2년 전 이래로 그녀는 나를 여러 나라로 떠돌게만 한 것일까? 그녀로부터는 소식이 없구나. 탱타젤에서 왕은 그녀를 명예롭게 하고 그녀를 섬기겠지. 그녀는 즐겁게 살고 있겠지. 분명히 마술에 걸린 개의 방울이 그 역할을 잘 수행하고 있을 테니! 그녀는 나를 잊은 거야. 그녀에겐 슬픔도 옛날의 기쁨도 관계없는 일이겠지. 그녀와 비탄에 잠긴 채 여러 나라를 떠도는 나의 슬픔과 무슨 관계가 있을꼬. 이번에는 내가 나를 잊고 있는 그녀를 결코 잊을 수가 없는 걸까?'

2주 동안 트리스탄과 고르브날은 들판을 지나서 사람도, 닭도, 개조차도 보지 못한 채 여러 도시를 지나갔다. 사흘째 되던 날, 오후 3시에 그들은 어떤 언덕에 가까이 가고 있었다.

　그 언덕 위에는 오래된 예배당이 서 있었고, 아주 가까운 곳에 은자의 집이 있었다. 은자는 직물로 짠 의복을 입지 않고, 염소가죽으로 옷을 만들어 입고 있었으며, 거기에다 양털 누더기를 걸치고 있었다.

　땅에 무릎을 꿇고 팔꿈치가 벗겨진 채로 은자는 마리 마들랜느에게 몸에 이로운 기도를 자신에게 품게 해달라고 기도하고 있었다.

　은자는 트리스탄과 고르브날을 환대했다. 그 동안 고르브날은 말들을 매어놓았고 트리스탄의 무장을 풀어주었다.

　은자는 먹을 것을 내놓았다. 은자는 그들에게 갓있는 요리는 전혀 주지 않았고, 설탕물, 재와 함께 반죽한 보리떡을 주었다. 식사를 한 후에 밤이 오고, 그들 모두 불가에 앉았을 때, 트리스탄은 이 땅이 어찌하여 폐허가 되었는지 물었다.

　그러자 은자가 말했다.

　"좋으신 기사, 오엘 공작이 차지한 땅은 바로 브레타뉴 땅이라오. 전에는 목장과 경작지로 된 아름다운 나라였지요. 여기는 물레방아들이, 저기는 사과나무들, 전답들이 있었지요. 그러나 낭트의 리올 백작이 이곳을 공격했어요. 그의 마량 징발병들은 곳곳에 불을 지르고 곳곳에서 먹을 것들을 없애버렸지요. 그의 신하들은 오랫동안 부유하게 살았다오. 그래서 전투가 벌어진 것이지요."

"형제여, 왜 리올 백작이 이렇게 당신의 영주 오엘을 멸시했습니까?"

트리스탄이 물었다.

"나리, 나는 당신에게 전쟁의 동기를 말씀드리리다. 리올은 오엘 공작의 봉신이었어요. 그런데 백작은 공작의 딸을 아내로 맞으려 했지요. 그러나 그녀의 아버지인 공작은 그녀를 봉신에게 주는 것을 거절했고, 리올 백작은 그녀를 강제로 빼앗아가려 했던 것이지요. 많은 사람들이 그 반목 때문에 죽음을 당하기도 했어요."

트리스탄이 물었다.

"오엘 공작은 아직 싸움을 계속하고 있소?"

"나리, 간신히 버티고 있다오. 하지만 그의 마지막 성인 카래 성은 아직 남아있어요. 왜냐하면 그 성의 성벽은 강하고, 오엘 공작의 아들 카에르댕은 훌륭한 기사로 그의 마음은 강하기 때문이오. 하지만 적들은 그들을 압박하여 굶주리게 하고 있어요. 그러니 그들이 얼마나 오랫동안 저항할 수 있겠소?"

트리스탄은 카래 성이 얼마나 멀리 있는지 물었다.

"나리, 2마일밖에는 안되오."

그들은 헤어져서 잠이 들었다. 아침에 은자가 디사의 노래를 부르고 나서, 그들은 보리와 재로 만든 빵을 나누어 먹은 후, 트리스탄은 그 정직한 사람과 작별을 하고 카래 성 쪽으로 말을 타고 갔다.

그가 닫혀 있는 성벽 아래에 멈췄을 때, 그는 순시를 도는 한 무리의 사람들을 보았다. 공작이 물었다. 오엘은 아들 카에르댕과 함께 그 순시병들 가운데 있었다. 그는 트리스탄을 알아보았고, 트리스탄은 그에게 말했다.

"저는 트리스탄이라고 하오. 마크, 코르누아유의 왕이 저의 삼촌입니다. 저하, 저는 당신의 봉신들이 당신에게 폐를 끼쳤다는 것을 알고 왔소. 그래서 저는 당신을 섬기고자 왔소."

"애석하게도! 트리스탄 기사, 그대 갈 길을 가시구려. 하나님이 당신을 축복해 주시기를! 어떻게 당신을 이 안에 맞아들일 수 있겠소? 우리는 이제 살 수도 없을 지경이오. 밀도, 잠두콩도, 그것을 대신할 보리도, 아무것도 없소이다."

"그게 무슨 상관있습니까? 저는 2년 동안 풀뿌리와 사냥해서 잡은 고기로 숲에서 살았소. 내가 그 생활을 잘할 수 있다는 걸 알아주십시오. 그러니 이 문을 열도록 명하십시오."

트리스탄이 이렇게 말하자 아들 카에르댕이 말했다.

"그를 맞아들이소서. 아버지, 그는 그럴만한 용기가 있는 것 같습니다. 그가 우리의 재산과 우리의 아픔을 함께 나누도록 하소서."

그들은 트리스탄을 영예롭게 맞아 들였다. 카에르댕은 튼튼한 성벽과 방책을 두른 요새를 두어 측면에서 공격을 지원하게끔 잘 만들어진 훌륭한 탑으로 자신의 손님을 안내했다.

그 측면 요새에는 사수들이 매복해 있었다. 그는 장방형으로 되어 있어서 숨어서 공격자에게 활을 쏠 수 있게 된 홈에서, 트리스탄에게 리올 백작이 구축해 놓은 막사와 닫집들을 보도록 했다.

그들이 성의 문간에 돌아왔을 때 카에르댕이 트리스탄에게 말했다.

"좋은 친구, 나의 어머니와 누이가 있는 방에 올라가 봅시다."

두 사람은 손을 맞잡고 규방으로 들어갔다. 어머니와 딸은 장식용 침대 위에 앉아 금은 장식으로 된 잉글랜드 풍의 옷을 입고 있었다.

그녀들은 베틀가를 부르고 있었다.

'흰 가시나무 아래서 바람을 맞으며 앉아 있는 미녀 도에트는 그토록 늦게 오고 있는 친구 도온을 얼마나 기다리며,

얼마나 애석해 하는지'하는 노랫말이었다.

트리스탄이 그녀들에게 인사를 하자 그녀들도 인사했다. 그러고 나자 두 명의 기사들은 그녀들 옆에 앉았다.

카에르댕은 어머니가 수를 놓아 준 스톨라(겉옷 위에 목 뒤로 걸쳐서 몸 양쪽으로 늘어뜨리는 장식 천)를 보여주면서 말했다.

"좋은 친구 트리스탄, 보시오. 내 어머님이 얼마나 훌륭한 솜씨가 있는가를, 어머니가 이것으로 가난한 수도원들에게 도움을 주기 위해 스톨라와 제복들을 얼마나 훌륭하게 장식

할 줄 아시는지를! 그리고 내 누이의 손이 금란 위에서 금실을 얼마나 재빠르게 오가게 하는지! 틀림없이 아름다운 누이 흰 손의 이졸데를 당신은 취할 권리가 있소!"

그러자 트리스탄은 그녀의 이름이 이졸데라는 것을 알고는 미소를 지으며 더 부드러운 표정으로 그녀를 바라보았다.

그런데 리올 백작은 카래 성으로부터 3마일 지점에 야영지를 구축하고 있었다.

그리고 오래 전부터 오엘 공작의 병사들은 리올 백작을 공격하지 못한 채, 더 이상은 방책을 감히 넘어가지 못하고 있었다.

하지만 그 다음 날부터 트리스탄과 카에르댕 그리고 열두 명의 기사들은 카래 성에서 나와 쇠사슬 갑옷을 입고, 투구를 졸라매고 전나무 숲으로 말을 타고 달려서 적들의 막사 가까운 곳까지 갔다. 그리고는 세심한 주의를 기울이며 돌진하여 강제로 리올 백작의 짐수레를 탈취했다.

그들은 그날부터 수없이 계책을 변화시키면서 잘 지키지 못하는 적의 막사들을 전복시키고, 리올 백작의 호위대를 공격하여 그의 병사들을 주눅 들게 하며 그들을 죽였다. 그들은 포획물 없이 카래 성에 돌아오는 적이 한 번도 없었다.

트리스탄과 카에르댕은 서로 간에 애정과 신뢰를 갖기 시

작했다. 그들은 서로 우정과 동지애를 맹세했고, 그 맹세를 어겨본 적이 없었다.

그들이 기사도와 무훈 정신에 대해 이야기하면서 기마행렬로 돌아오는 동안, 카에르댕은 종종 자신의 소중한 친구에게 자신의 누이 흰 손의 이졸데를 착하고 아름답다고 칭찬을 해댔다.

어느 날 아침 막 동이 틀 무렵, 매복해 있던 한 병사가 급히 탑에서 내려와 소리를 지르며 방마다 뛰어 다녔다.

"영주님들, 여러분은 너무 잠을 많이 잤어요! 일어들 나세요! 리올 백작이 공격해 와요!"

기사들과 시민들은 무장을 하고 성벽으로 달려갔다. 그들은 광야에서 투구들이 번쩍거리고 삼각기들이 나부끼고 있는 것을 보았다. 리올의 모든 군대가 멋진 행렬로 전진하고 있었다.

오엘 공작과 카에르댕은 즉시 문 앞에서 첫 번째 결전을 펼치고 있었다. 활의 사정거리에 이르자 그들은 말에 편자를 박았다. 그리고 낮은 곳을 향해 시위를 당겼다. 화살은 4월에 내리는 비처럼 그들 적군의 머리 위로 떨어졌다.

그러나 트리스탄은 매복자들과 마지막으로 잠이 깼기 때문에 그들과 늦게야 무장을 했다. 그는 견장을 졸라매고, 꼭 끼는 가죽 각반을 차고, 금으로 만든 충각을 들었다. 그는 갑옷을 입고 바람구멍이 난 투구를 썼다. 그는 말에 올라타고는 광야까지 말을 몰았다. 그는 방패를 가지고 나타났다.

그는 이렇게 외쳤다.

"카래인들이여!"

마침 오엘 공작의 병사들은 후방으로 물러나려는 참이었다. 그 때에 쓰러진 말들과 마음 아파하는 가신들의 난장판 같은 광경, 젊은 기사들에 의해 주도되는 격투, 그들의 발에 밟혀서 피투성이가 되어버린 풀밭은 볼만한 광경이었다.

모든 사람들 앞에서 카에르댕은 리올 백작의 동생인 용감한 기사를 보면서 용기 있게 멈추어 섰다. 두 사람의 창과 창이 맞부딪쳤다. 그 낭트인은 카에르댕에게 타격을 주지도 못한 채 창을 부러뜨리고 말았다. 카에르댕은 단번에 더욱 확실하게 상대방의 방패를 네 쪽으로 갈라 버리고는 창을 그의 옆구리에 꽂았다. 창은 부르르 떨리면서 기류(자명기, 인기 따위의 중요한 기와 함께 그 위에 달던 좁고 긴 띠 같은 것.)에까지 닿았다. 그 기사는 안장의 앞쪽으로 떨어져 버렸다.

동생이 외치는 소리에 리올 백작은 재갈(말의 입에 가로 물리는 쇠로 된 물건.)을 내버려 둔 채 카에르댕을 향해 창을 던졌다. 그러나 트리스탄이 그를 막아섰다. 트리스탄과 리올 백작이 맞닥뜨렸을 때, 리올의 창은 트리스탄이 탄 말의 가슴팍에 닿는가 싶더니 살 속에 박혔다. 말이 풀밭에 쓰러졌

다. 트리스탄은 즉시 다시 일어나서 손으로 칼을 잡았다. 트리스탄이 말했다.

"겁쟁이 같으니라고, 말에게 상처를 입히다니! 너는 이 결투장에서 살아남지 못하리라!"

"내가 보니 그대는 허풍쟁이군!"

트리스탄은 공격을 피하고, 팔을 들어 힘을 가하여 리올의 투구 위를 칼날로 내리쳤다. 리올의 투구는 주위가 오목하게 되어 있었다. 그는 코웃음을 쳤다. 칼날은 그 기사의 어깨에서부터 말의 허리까지 가볍게 스쳤다. 말이 비틀거리는가 싶더니 넘어졌다. 리올도 말에서 떨어졌다가 다시 일어섰다.

두 사람 모두 말에서 내린 채 구멍이 나고 금이 간 방패를 들고, 쇠사슬 갑옷의 이음새가 헤어진 채로 서로 싸움을 독려하며 기습을 노렸다.

마침내 트리스탄이 리올의 투구의 철반 위를 내리쳤다. 그 둥근 부분은 약해졌다. 그리고 그 타격이 어찌나 강했던지, 백작은 무릎이 꿇려지고 손으로 땅을 짚고 말았다.

"일어나게, 봉신. 운이 없게도 이 들판에 왔으니 너는 죽어야만 해!"

트리스탄이 그에게 외쳤다.

리올은 다시 일어났다. 그러나 트리스탄은 다시 일격을 가하여 그를 쓰러뜨렸다. 투구에 금이 가더니 투구 안까지 찢어졌고, 그의 머리가 드러났다. 리올은 자비를 베풀어 달라고 간청하면서 목숨만은 살려달라고 빌었다. 트리스탄은 그의 칼을 빼앗았다. 트리스탄은 칼을 잡았다. 왜냐하면 사방에서 낭트인들이 자기들의 영주를 구하러 왔기 때문이다. 그러나 이미 그들의 영주는 다시 외치고 있었다.

리올은 오엘 공작의 감옥으로 가겠다고 약속했다. 그리고 오엘 공작에게 새로이 봉신이 되겠다는 충성의 맹세를 할 것이며, 불타버린 도시와 마을들을 복구하기로 약속했다. 그의 명령에 따라 전투는 진정되었고, 그의 군대는 물러갔다.

승리자들이 카래 성으로 들어서자 카에르댕이 아버지에게 말했다.

"전하, 트리스탄을 부르십시오. 그리고 그를 떠나지 말도록 만류하소서. 그는 훌륭한 기사입니다. 그리고 이 나라는 그러한 무공을 갖춘 기사가 필요합니다."

봉신들의 조언을 듣고 난 뒤 오엘 공작은 트리스탄을 불렀다.

"친구, 나는 당신을 이토록 사랑하게 될 줄 몰랐소. 당신이 내 땅을 지켜주었으니 당신에게 은혜를 갚고 싶소. 내 딸 흰 손의 이졸데는 공작 가문에서 태어났소. 그녀를 취하시오. 당신에게 내 딸을 주겠소."

"전하, 그렇게 하겠소."

트리스탄이 대답했다.

아! 왜 그가 그 대답을 했을까? 그러나 그는 나중에 자기가 한 말 때문에 죽게 될 것이다.

낮이 되자 혼례일이 정해졌다. 공작은 친구들과 함께 왔고, 트리스탄은 자신의 친구들과 왔다. 신부는 미사노래를 불렀다. 수도원의 문가에 있는 모든 사람들 앞에서 성당의 법에 따라 트리스탄은 흰 손의 이졸데와 결혼했다. 결혼식은 성대하고 화려하게 치러졌다.

밤이 오자 트리스탄의 부하들이 트리스탄의 옷을 벗기면서, 그의 긴 옷의 아주 좁은 소매를 당기면서 들어 올렸다. 그런데 그의 손가락에서 녹벽옥으로 된 반지가 떨어졌다. 금발의 이졸데의 반지였다. 반지는 바닥에 떨어지면서 맑은 소리를 냈다.

트리스탄은 반지를 보았다. 그러자 옛사랑이 다시 떠올랐고, 트리스탄은 자신의 가증스러운 죄를 깨달았다.

그는 금발의 이졸데가 자기에게 그 반지를 주었던 날이 떠올랐다. 그것은 숲에서였다. 자기 때문에 금발의 이졸데는 모진 고생을 했다. 그리고 또 다른 이졸데 옆에 누운 그는 모로와 숲의 오두막집을 떠올렸다. 그가 내심 자기를 배반한 금발의 이졸데를 비난해서 그랬던 걸까? 아니다.

그녀는 트리스탄때문에 온갖 비참함을 견디고 있었는데, 트리스탄 혼자만이 그녀를 배반했던 것이다.

하지만 그는 또한 자기의 아내, 착하고, 아름다운 흰 손의 이졸데에게 동정심을 갖고 있었다. 두 명의 이졸데는 불행한 시기에 그를 사랑했던 셈이다. 두 여자 모두에게 그는 거짓 맹세를 한 것이다.

그렇지만 흰 손의 이졸데는 자기 옆에 누워서 한숨짓는 그의 소리를 듣고 놀랐다. 그녀는 약간은 부끄러워하며 잠자코 있다가 마침내 그에게 말했다.

"사랑하는 기사, 제가 당신에게 뭔가 기분을 상하게 해드렸나요? 왜 당신은 제게 키스도 한 번 안 하는 거죠? 제가 무엇을 잘못 했는지 말해 주세요. 제가 할 수 있는 일이라면 잘 고쳐보겠어요."

"이졸데, 화내지 마오. 나는 맹세를 했소. 이전에 어떤 나라에서 나는 괴물을 쓰러뜨렸소. 그리고 나는 죽어가고 있었소. 나는 성모 마리아를 떠올리고는 성모 마리아에게 약속을 했소. 성모 마리아의 은혜로 괴물로부터 구출되어 내가 언젠가 아내를 맞는다면 일 년 동안 나는 아내를 포옹하고 키스하지 않겠다고 말이오……."

트리스탄이 말했다.

"그런 것이라면 진정 참고 기다리겠어요."

흰 손의 이졸데는 말했다. 그러나 아침에 하녀들이 결혼한 여인들의 가슴 옷을 그녀에게 맞춰 주었을 때, 그녀는 씁쓸하게 미소 지으며 자신은 그런 옷을 입을 자격이 없다고 생각했다.

17
카에르댕

"귀부인, 참으로 슬픈 흰 꼬리 수리의
노래처럼 정말로 슬픈 노래군요!
흰 꼬리 수리는 죽음을 알리기 위해
노래를 부른다고 하지 않습니까?
왜냐면 나는 당신에 대한 사랑 때문에
죽을 지경이니까요!"

그로부터 며칠 후, 오엘 공작, 그의 가신들과 모든 수렵꾼들, 트리스탄, 흰 손의 이졸데, 카에르댕은 함께 숲으로 사냥을 하러 성을 나섰다. 좁은 길로 트리스탄과 카에르댕은 나란히 말을 타고 가고 있었다. 카에르댕은 트리스탄의 왼쪽에서 오른손으로 흰 손의 이졸데의 말고삐를 잡고 있었다.

그런데 말이 물구덩이에 빠졌다. 그 바람에 말의 발굽이 물을 솟구치게 했다. 이졸데의 옷 아래에서 어찌나 물이 세게 솟구쳤는지 그녀는 물을 흠뻑 뒤집어썼고 무릎 위까지 찬기를 느꼈다. 그녀가 가볍게 외쳤다. 그녀는 웃음을 터뜨리면서 말에 박차를 가해 말을 뛰어오르게 했다. 어찌나 말이 높이 뛰었던지 카에르댕은 그녀 뒤에서 그녀를 다시 잡고 물었다.

"누이, 왜 웃은 건요?"

"내게 무슨 일이 일어났는지 생각해 본 거야. 난 그 물이 나에게 솟구쳐 오를 때, 나는 물에게 이렇게 말했어. '물아, 넌 그 용감한 트리스탄보다 용감하지는 못할 걸!' 그것 때문에 웃은 거야. 하지만 동생, 내가 너무 말을 많이 했어. 난 그것 때문에 깨달았어."

카에르댕은 너무도 놀라 그녀를 재촉했으므로, 그녀는 드디어 결혼의 진실을 그에게 말했다.

그때 트리스탄은 그들을 다시 만났고, 세 사람은 조용히 사냥터까지 말을 타고 갔다. 그곳에서 카에르댕은 트리스탄을 불러서 말했다.

"트리스탄, 누이가 결혼생활의 진실을 고백했소. 나는 당신을 둘도 없는 친구와 동지로 여기고 있소. 하지만 당신은 서약을 어기고 내 혈족에게 모욕을 주었소. 차후로 당신이 나에게 바로 말하지 않으면 나는 당신을 경멸할 거라는 걸 알아두시오."

트리스탄이 그에게 대답했다.

"맞소. 나는 당신들을 불행하게 하려 당신들 가운데로 온 셈이오. 그러나 친구이며 형제요, 동지, 나의 비참함을 알아주오. 어쩌면 그대의 마음은 진정이 될게요. 내게 어느 여인보다도 아름다운 다른 이졸데가 있다는 걸 알아주시오. 그녀는 나 때문에 수많은 고통을 겪었으며 아직도 고통을 겪고 있단 말이오. 분명히, 그대의 누이는 나를 사랑하고 있고, 나를 존경하고 있소. 하지만 내가 다른 이졸데에게 선물로 주었던 개를 바라보며 나의 사랑을 기억하고 있소. 내가 그대의 누이를 취한다 할지라도 사랑 때문에 나는 다른 이졸데는 귀하게 생각한단 말이오. 갑시다. 사냥을 그만둡시다. 내가 그대를 인도할 터이니, 나를 따라오시오. 그대에게 내 인생의 비참함을 얘기하겠소."

트리스탄은 길을 되돌아가서 말을 쓰다듬었다. 카에르댕은 발자국을 따라 말을 몰았다. 아무 말 없이 그들은 숲의 가장 깊은 곳까지 달렸다. 그곳에서 트리스탄은 카에르댕에게 자기의 속내 이야기를 했다.

그는 어떻게 바다에서 사랑과 죽음의 미약을 마셨는지를 이야기했다. 기사들과 난쟁이의 반역행위, 이졸데가 장작더미 위로 끌려가고, 나환자들에게 넘겨진 일, 야생의 숲에서의 그들의 사랑, 어떻게 그가 그녀를 마크 왕에게 돌려보냈으며, 어떻게 도망을 시켰는지를 얘기했고, 그녀를 떠나서 어떻게 흰 손의 이졸데를 사랑하고 싶었는지, 금발의 이졸데 없이는 살수도 없고 죽을 수 없는 자신의 심정을 얘기했다.

카에르댕은 말이 없었다. 그는 놀라고 있었다. 그는 분노를 느꼈었지만 이제 그 분노는 사라져가고 있었다.

"친구."

드디어 그가 말했다.

"놀라운 얘기를 들었군요. 당신은 내 마음을 감동시키고, 동정심을 일으켰소. 당신이 그러한 고통을 잘 참았기 때문이오. 하나님이 당신과 그녀를 지켜주시기를! 카래 성으로 돌아갑시다. 내 할 수 있으면 3일 후 당신에게 내 생각을 밝히리다."

탱타젤에 있는 금발의 이졸데는 자기 방에서 트리스탄을 생각하며 한숨지었다. 여전히 그를 사랑하고 있는 그녀는 다른 생각도, 다른 희망도, 다른 욕구도 없었다. 그녀의 온 마음은 모두 트리스탄에게 있었다. 그리고 2년 전부터 그녀는 그에 대해 아무런 소식도 모르고 있었다.

그는 어디에 있는 걸까? 어느 나라에? 그는 혼자 살고 있을까?

금발의 이졸데는 방에 앉아서 구슬픈 사랑의 단시를 읊고 있었다. 그녀는 '귀롱이 어떻게 발각되어, 그 무엇보다도 사랑했던 사람 때문에 죽음을 당했는지, 꾀를 써서 백작이 귀롱의 심장을 자기 아내에게 먹게 했는지, 자기 아내에게 고통을 주었는지'를 읊조렸다.

이졸데는 하프에 음조를 맞추어 조용히 노래를 불렀다. 그녀의 손은 아름답고, 그 단시도 아름다웠으며, 억양은 나지막하고, 목소리는 감미로웠다.

그런데 먼 섬의 부유한 백작, 카리아도가 금발의 이졸데에게 사랑을 바치기 위해 탱타젤에 왔다. 트리스탄이 떠나고 나서 여러 번 그는 이졸데에게 사랑을 청하곤 했다.

그러나 이졸데는 그의 청원을 거절하고, 그의 사랑을 강하게 물리쳤다. 그는 잘 생기고, 자신감이 넘치며, 용감하고 말을 잘하는 기사였지만, 전쟁에서보다는 귀부인들의 방에 있는 편이 더 어울리는 사람이었다.

그는 이졸데가 시를 읊고 있는 것을 보았다. 그리고 그녀에게 웃으며 말했다.

"왕비님, 참으로 슬픈 흰 꼬리 수리의 노래처럼 아주 슬픈 노래군요! 흰 꼬리 수리는 죽음을 알리기 위해 노래를 부른다고 하지 않습니까? 틀림없이 당신의 시가 알려주는 것은 나의 죽음이군요. 왜냐하면 나는 당신을 향한 사랑 때문에 죽을 지경이니까요!"

"좋아요. 나는 내 노래가 당신의 죽음을 의미하기를 원해요. 왜냐고요. 당신은 이곳에 올 때마다 나에게 새로운 고통을 가져다주니까요. 당신은 언제나 트리스탄을 욕되게 하기 위한 흰 꼬리 수리나 부엉이인 셈이니까요. 오늘은 내게 어

떤 나쁜 소식을 또 전할 건가요?"

이졸데가 그에게 말했다.

카리아도가 그녀에게 대답했다.

"당신은 화나셨군요. 그런데 무엇 때문인지 모르겠소. 하지만 당신의 단시에 감동 받아 정말 미칠 것 같군요! 흰 꼬리 수리가 나에게 알려주는 것이 죽음이라고 할지라도, 자, 이 부엉이가 당신에게 나쁜 소식을 가지고 왔소이다. 당신의 친구, 트리스탄은 당신을 잊었소. 이졸데님, 그는 다른 나라에서 아내를 맞았소. 앞으로는 당신은 다른 상대를 찾으셔도 되오. 왜냐하면 그는 당신의 사랑을 잊었기 때문이오. 그는 아주 영예롭게도 브레타뉴의 공작의 딸 흰 손의 이졸데를 아내로 맞았단 말이오."

카리아도는 화가 나서 가버렸다. 금발의 이졸데는 고개를 숙이고 울기 시작했다.

― ※ ―

약속한 3일이 흐르자 카에르댕은 트리스탄을 불렀다.

"친구, 나는 마음속으로 결심했소. 그렇소. 당신이 나에게 진실을 말했다면 당신이 이 나라에서 살기는 힘든 일이오. 그리고 당신을 위해서도 나의 누이 흰 손의 이졸데를 위해서도 좋은 일은 없을 것 같소. 그러니 내 말을 들으시오. 우리 함께 탱타젤로 배를 타고 갑시다. 가서 금발의 이졸데의 말을 들으시오. 당신이 가서 그녀를 다시 만나는 거요. 그리고 당신은 여전히 그녀가 당신을 애타게 원하는지, 당신을 믿고 있는지 알아보는 거요. 만일 그녀가 당신을 잊었다면, 그때엔 당신은 착하고 아름다운 내 누이 흰 손의 이졸데를 더욱 소중히 여겨야만 하오. 나는 당신을 따라갈 것이오. 나는 당신의 둘도 없는 친구이자 동지가 아닙니까?"

"형제여, 옳은 말이오. 사내대장부의 마음은 한 나라 전체의 황금과 같은 가치가 있으니까 말이오."

트리스탄이 말했다.

트리스탄과 카에르댕은 즉시 순례자의 지팡이를 들고 순례자의 법의를 입었다. 그들은 마치 먼 나라로 성체들을 방문하는 순례자인 것처럼 변장했다. 그들은 오엘 공작에게 작별을 고했다.

트리스탄은 고르브날을 데리고 갔고, 카에르댕은 시종 한 명만을 데리고 갔다. 그들은 비밀리에 배를 준비했다. 이들 네 명은 코르누아유 쪽으로 항해를 했다. 바람은 상쾌하고 기분을 좋게 했다. 그들은 어느 날 아침 먼동이 트기 전에 탱타젤에서 멀지 않은, 리당 성 근처에 있는 인적 없는 포구에 상륙했다.

　이른 아침, 그들은 리당을 향해 올라가고 있었다. 그런데 그들은 말을 천천히 몰면서 뒤에서 같은 길을 따라오고 있는 한 남자를 보게 되었다. 그들은 숲으로 몸을 숨겼다. 그러자 그 남자는 그들을 보지 못하고 지나갔다. 왜냐하면 그 사람은 안장에서 얕은 잠이 들어 있었기 때문이었다. 트리스탄은 그를 알아보았다.

　"형제여, 저 자가 바로 리당의 디나이외다. 그는 자고 있소. 분명히 그는 자기의 여자 친구 집에서 돌아오는 걸 거요. 그리고 그는 아직 그녀의 꿈을 꾸고 있소. 그를 깨우는 건 예의가 아니지만 멀리서 나를 따라오시오."

트리스탄이 카에르댕에게 아주 낮은 목소리로 말했다.

트리스탄은 디나를 다시 만나서, 슬며시 말굴레를 잡고는 소리 없이 그의 옆에서 길을 갔다. 드디어 말이 헛걸음을 치는 통에 그는 잠이 깼다. 그는 눈을 뜨고는 트리스탄을 보더니 망설이다가 말했다.

"그대, 그대는 트리스탄! 내가 그대를 만난 이 시간에 신의 축복 있기를! 이 시간을 얼마나 기다렸던고!"

"친구, 신이 당신을 구원하시기를! 이졸데에게서 내게 전할 소식이 있습니까?"

"유감스럽게도! 무정한 소식이오. 왕은 그녀를 어여삐 여겨 그녀를 환대하고 있어요. 하지만 그대가 유형을 떠난 후로 그녀는 당신 때문에 괴로워하며 울고 있다오. 아! 왜 그녀의 옆으로 다시 돌아왔소? 아직도 당신은 당신도 죽고, 그녀도 죽게 하고 싶소? 트리스탄, 왕비를 불쌍히 여기고, 그녀를 평안히 있도록 내버려두오!"

트리스탄이 말했다.

"친구, 나에게 지혜를 좀 빌려주시오. 나를 리당에 숨겨주시오. 내 편지를 그녀에게 가져다주시오. 그리고 그녀를 한 번, 한 번만 볼 수 있게 해주시오."

디나가 대답했다.

"나는 왕비님이 불쌍하오. 그리고 만일 왕비님이 당신에

게 다른 모든 여자들보다 더 소중하게 남아 있는지 내가 안다면 당신의 편지를 전하고 싶소."

"아! 선생, 그녀는 나에게는 모든 여자들보다도 더 소중하게 나에게 남아 있다고, 그리고 그것은 진실일 거라고 전해 주시오."

"그렇다면 나를 따라오시오. 트리스탄, 내가 그대가 바라는 대로 도와주리다."

가신은 리당에 트리스탄, 고르브날, 카에르댕고 그의 시종을 묶게 해주었다. 트리스탄이 하나도 빠뜨리지 않고 자신의 생활의 모험들을 그에게 이야기하고 나자 디나는 궁정의 새로운 소식을 들으려고 탱타젤로 갔다.

그는 그로부터 3일 후에 왕비 이졸데, 마크 왕, 모든 시녀, 시종, 그리고 그의 모든 사냥꾼들이 탱타젤을 떠나 블랑슈랑드 성에 자리를 잡고, 그곳에서 대대적인 사냥을 준비하고 있다는 소식을 트리스탄에게 알려주었다.

그러자 트리스탄은 가령에게 녹벽옥 반지와, 이졸데에게 전해야만 하는 편지를 부탁했다.

18
리당의 디나

"이 숲의 새들아.
너희들의 노래는 나를 즐겁게 하는구나.
생 뤼뱅에 머무르고 싶구나.
새들아, 거기까지 나와 함께 가주렴.
오늘 저녁 나는 너희들에게
멋진 음유시인들을 맞듯이
너희들을 맞아 응숭하게 보상해 줄 테니."

디나는 그래서 탱타젤로 돌아가서 층계를 올라, 방으로 들어갔다. 천개 밑에 있는 마크 왕과 금발의 이졸데는 장기판 앞에 앉아 있었다.

디나는 왕비 옆 나무걸상에 자리를 잡았다. 놀이를 자세히 보기 위한 것처럼 두어 번 장기 알들을 가리키는 시늉을 하면서 그는 장기판 위에 손을 놓았다. 두 번째 손을 놓았을 때 이졸데는 그의 손가락에 있는 벽옥 반지를 알아보았다. 그러자 그녀는 무척 기뻤다. 그녀는 일부러 디나의 팔을 가볍게 툭 쳐서 공작 깃이 떨어지게 했다.

"보세요. 가신, 당신이 놀이를 망쳐 놓았어요. 그래서 나

는 다시 놀이를 시작할 수 없어요."

그녀가 말했다.

마크는 방을 나갔다. 이졸데는 자신의 방으로 돌러가서 디나를 자기에게 가까이 오게 했다.

"친구, 당신은 트리스탄의 심부름으로 온 건가요?"

"그렇습니다. 왕비님, 그는 리당의 내 성에 숨어 있어요."

"그가 브레타뉴에서 아내를 얻은 것은 사실일까요?"

"왕비님, 사람들이 당신에게 한 말은 사실이오. 하지만 그는 당신을 결코 배반하지 않았음이 분명하오. 단 한 날이라도 그는 세상 그 어느 여인보다도 당신을 사랑하는 마음을 떨쳐본 적이 없어요. 만일 당신을 보지 못한다면 그는 죽을 것이오. 단 한 번만이라도 그가 당신과 얘기했던 그 마지막 날 당신이 그와 했던 약속을 당신도 공감하기를 바라고 있었어요."

왕비는 잠시 다른 이졸데를 생각하면서 잠자코 있었다. 마침내 그녀가 대답했다.

"맞아요. 그가 나와 이야기한 마지막 날 나는 말했지요. 나는 그걸 기억하고 있어요. 언젠가 내가 녹벽옥 반지를 다시 보게 되면 탑도, 강한 성도, 왕의 보호도 내가 내 마음대로 하는 것을 막지는 못할 것이라고요. 그것이 지혜이거나 열정이기를……."

"왕비님, 지금부터 이틀 후에 블랑슈 랑드로 가기 위해 탱타젤을 떠나야 하오. 트리스탄은 가시나무 숲길에 숨어 있겠다고 했어요. 그는 당신이 그에게 자비를 베풀기를 바라고 있어요."

"내가 말했잖아요. 탑도, 강한 성곽도, 왕의 보호도 내 뜻대로 하는 나를 막지는 못할 거라고요."

그 다음다음 날 마크의 온 궁정이 탱타젤을 떠날 채비를 하고 있는 동안 트리스탄과 고르브날, 카에르댕과 그의 시종은 법의를 다시 입고 칼과 방패로 무장을 하고 비밀의 길을 통하여 정해진 장소를 향해 떠났다.

숲을 가로질러 있는 두 길은 블랑슈 랑드로 가는 길이었다. 한 길은 아름답고 자갈을 멋지게 깔아놓은 길인데, 그 길을 통해야만 행렬이 지나갈 것 같은 길이었다. 다른 길은 돌투성이의 길로 사람들이 다니지 않는 길이었다.

트리스탄과 카에르댕은 돌투성이의 길가에 두 명의 시종을 매복시켰다. 그들은 그 장소에서 말과 방패를 지키면서 트리스탄과 카에르댕을 기다리기로 했다.

그리고 트리스탄과 카에르댕은 나무 밑으로 슬그머니 들어가서 숲 속에 숨었다. 숲 앞에 있는 길 위에 트리스탄은 개암나무 가지를 꺾어서 내려놓았는데, 그 개암나무들에는 인

동 덩굴이 얽혀 있었다.

오래지 않아 행렬이 그 길 위에 나타났다. 맨 앞에 오는 것은 마크 왕의 무리였다. 질서정연하게 마부들, 요리사들, 술 따르는 사람들이 오고 있었고, 토끼 사냥개와 블러드 하인드를 다루는 하인들이 따랐고, 뒤이어 오른쪽 발에 새를 움켜쥔 매 떼들, 그리고 사냥꾼들, 기사들과 남작들이 질서정연하게 뒤를 이었다.

그들은 그 두 길로 질서정연하게 지나갔다. 금은 세공으로 입힌 빌로드로 마구를 단 말 위에 화려하게 타고 있는 그들은 보기에 좋아 보였다.

뒤이어 마크 왕이 지나가자 카에르댕은 왕의 주변 여기저기에 금 또는 빨간 피륙의 온갖 양탄자를 두른 왕의 신하들을 감탄의 눈으로 바라보았다.

그때 왕비의 행렬이 앞으로 나오고 있었다. 빨래하는 여자들과 나인들이 앞장을 서고, 이어서 여인들과 남작들과 백작들의 딸들이 뒤를 이었다. 그녀들은 차례대로 한 사람씩 지나갔는데, 젊은 기사 한 사람씩 그녀들 각각을 호위하고 있었다.

마지막으로 멋진 의장마가 다가왔는데, 그 의장마는 카에르댕이 이제껏 보았던 어느 말보다도 더 멋져 보였다.

여인은 몸과 얼굴이 아주 성숙해 보였고, 엉덩이는 약간

처져 있고, 속눈썹이 선명하게 보일 정도로 뚜렷했으며, 눈은 웃음을 띠고, 이도 가지런했고 빨간 옷을 입고 있었다. 그리고 금과 옥보석으로 만든 가는 묵주로 반들반들한 이마를 장식하고 있었다.

"왕비로군요."

카에르댕이 낮은 목소리로 말했다.

"왕비요? 아니, 왕비의 하녀 카미유요."

트리스탄이 말했다.

그때 은회색 의장마를 타고 오는 또 다른 아가씨는 1월의 눈보다 더 희고 장미꽃보다도 더 아름다웠다. 그리고 그녀의 맑은 두 눈은 샘물에 비친 별처럼 가늘게 떨고 있는 듯 했다.

"그런데, 내가 보기엔 왕비군요!"
카에르댕이 말했다.
"아, 아니요! 그녀의 충실한 시녀, 브랑지앙이오."
트리스탄이 말했다.

이윽고 마치 햇살이 큰 나무들의 잎사귀 사이로 갑자기 빛나기라도 하는 것처럼, 갑작스럽게 길이 밝아지면서 금발의 이졸데가 나타났다. 그리고 앙드레 공작이 그녀의 오른쪽에서 말을 타고 오고 있었다. 하나님이 그를 저주하시기를!

그 순간 가시나무 숲에서는 꾀꼬리와 종달새의 노래가 시작되었다. 트리스탄은 새들의 노래를 흉내 내어 그 곡조로 자신의 모든 애정을 표현하고 있었던 것이다. 이졸데는 트리스탄이 전하고자 하는 뜻을 알아차렸다. 그녀는 땅위에 인동 덩굴이 힘차게 얽혀 있는 개암나무 가지를 알아보았던 것이다. 그리고는 마음속으로 이렇게 생각했다.

'자, 우리에게서 가구려. 그대, 나 없이는 그다가 없고, 그대 없인 내가 있을 수 없으니.'

그녀는 의장마를 멈추고, 말에서 내려, 벽옥으로 장식된 개집을 싣고 있는 여자용의 순한 말 쪽으로 갔다. 그 말 위에는 붉은 피륙의 양탄자로 만든 안장이 되어 있었는데 프티-크뤼라는 개가 누워 있었다.

그녀는 개를 가슴에 안고는 손으로 어루만지며 흰 담비 모피로 된 외투로 개를 감싸고는 몇 번이고 쓰다듬었다. 그리고 나서 성자의 유골함 안에 개를 다시 넣고는 가시나무 숲 쪽을 돌아보면서 큰 소리로 말했다.

"숲의 새들아. 너희들의 노래는 나를 즐겁게 하는구나. 나는 너희들에게 이 숲을 준다. 나의 주인 마크가 블랑슈 랑드까지 말을 타고 갈 동안 나는 나의 성, 쌩 뤼뱅에 머무르고 싶구나. 새들아, 거기까지 나와 함께 가주렴. 오늘 저녁 너희들에게 멋진 음유시인들을 맞듯이 너희들을 맞아 융숭하게 보답해 줄 테니."

그런데 불행한 일이 일어났다. 왕의 행렬이 지나가고 있는 그 시간, 저쪽 다른 길에는 고르브날과 카에르댕의 시종이 주인들의 말을 지키고 있었는데, 블레리라 불리는 무장의 한 기사가 갑자기 그곳에 나타난 것이다.

그 자는 멀리서 고르브날과 트리스탄의 방패를 알아보았다.

'내가 뭔가 본 것 같은데? 고르브날, 그리고 또 한 사람은 트리스탄.'

그는 그렇게 생각했다.

그는 말에 박차를 가하여 그들이 있는 쪽으로 달려갔다. 그리고는 외쳤다.

"트리스탄."

하지만 이미 두 시종은 길을 되돌아서 달아나 버린 후였다. 그들을 추격하는데 나선 블레리는 다시 소리쳤다.

"트리스탄, 서시오. 나는 그대의 무공과 겨뤄보고 싶으니!"

그러나 시종들은 돌아보지도 않았다. 그러자 블레리가 외쳤다.

"트리스탄, 서라. 나는 금발의 이졸데의 이름으로 그대에게 간청하는 바이니!"

그는 세 번이나 금발의 이졸데의 이름을 대며 간청했다. 그러나 헛일이었다. 그들은 사라져버렸고, 블레리는 그들의 말들 중 한 마리만 따라가 붙잡아서 데리고 갔다.

그가 쌩 뤼뱅에 이르렀을 때, 이졸데는 막 그 성에 유숙하러 들어온 참이었다. 그는 왕비가 혼자 있게 되었을 때 이졸데에게 말했다.

"왕비님, 트리스탄이 이 나라에 있습니다. 탱타젤에서 이어지는 길 중 사람이 안 다니는 길에서 그를 봤습니다. 그는 달아나 버렸습니다. 나는 그에게 멈출 것을 금발의 이졸데의 이름으로 간청하며 소리쳤지만 그는 겁에 질려서 차마 나에게 가까이 오지 못했습니다."

"기사님, 당신은 거짓말과 광기로 말하시는군요. 어떻게 트리스탄이 이 나라에 있을 수 있겠어요? 왜 그가 당신 앞에서 도망치겠어요? 그가 내 이름으로 간청하는더 서지 않을 이유가 어디 있겠어요?"

"하지만 왕비님, 나는 그를 보았습니다. 그러한 징표로서 나는 그의 말들 중에 한 마리를 붙잡아 왔습니다. 자, 마구를 단 말을 보십시오. 저쪽 마당에 있습니다."

그러나 블레리는 이졸데가 화났다는 것을 알게 되자 슬펐다. 왜냐하면 그는 트리스탄과 이졸데를 좋아했던 것이다. 그는 자신이 한 말을 후회하면서 그녀와 헤어졌다.

그러자 이졸데가 울면서 말했다.

"불행하게도! 내가 너무 오래 살았어요. 트리스탄이 나를 비웃고 멸시할 때까지 내가 살았다니! 옛날 같으면 내 이름으로 간청하면 적이라 한들 그가 공격을 했겠어요? 그는 건장한 몸을 가진 기사인 걸요. 그가 블레리 앞에서 달아난 것은, 내 이름을 듣고도 서지 않았던 것은, 아! 다른 이졸데가 그의 마음을 사로잡은 때문이로구나! 왜 그는 돌아오지 않았을까? 그는 나를 배반하고, 그것도 모자라서 나를 모욕하다니! 이전에 내가 겪은 고통으로도 충분치 않단 말인가? 그러면 이번에 만일 돌아오기만 한다면 이번에는 흰 손의 이졸데에게 모욕을 주리라!"

왕비는 믿을만한 페리니를 불러서, 그에게 블레리가 그녀에게 전해주었던 얘기를 했다. 그리고 이렇게 덧붙여 말했다.

"친구, 탱타젤에서 쌩 뤼뱅까지 이어지는 버려진 길로 가

서 트리스탄을 찾아봐요. 그리고 그에게 전해요. 나는 그를 경멸하고 있다고요. 그리고 트리스탄은 너무 비겁해서 나에게 가까이 오지 못하는 거라고요. 왜냐하면 내가 집달리와 시종들을 시켜서 그를 추격할까봐 겁나기 때문이라고 말예요."

페리니는 돌아가서 결국 트리스탄과 카에르댕을 만났다. 그리고 그녀는 왕비의 메시지를 전했다.

"형제여, 그게 무슨 말인가? 네가 알다시피 우리가 우리들의 말조차도 없는 이상 어떻게 블레리 앞에서 도망을 치겠는가? 고르브날과 시종이 말을 지키고 있었는데, 우리는 그들이 약속했던 장소로 돌아오지 않아서 아직도 우리는 그들을 찾고 있는 중일세."

그 순간, 고르브날과 카에르댕의 시종이 돌아왔다. 그들은 그들이 당한 일을 고백했다.

"페리니, 좋은 친구, 너의 주인에게 급히 돌아가게. 가서 내가 안녕과 사랑을 전한다고 전하게. 그리고 내가 그녀에게 맹세한 약속을 결코 저버리지 않는다고 전해 주게. 그녀는 나에게는 세상 모든 여자들보다도 소중하다고 말이야. 그리고 그대를 나에게 보낸 것은 그녀의 사랑을 전함인 걸로 알겠다고 전하게. 그러면 나는 여기서 그대가 돌아오기를 기다리겠네."

그렇게 하여 페리니는 이졸데에게로 돌아가서 자신이 본

일과 들었던 일을 그녀에게 이야기했다. 하지만 그녀는 믿지 않았다.

"아, 페리니, 너는 내 친구요, 충신인데 내 아버지는 나를 섬기도록 모든 아이 중에서 너를 주었거늘, 하지만 마술사인 트리스탄이 거짓말로 꾀고 선물로 유혹하여 너를 매수한 게로군. 너 또한 나를 배반하다니, 꺼져버려!"

페리니는 왕비 앞에 무릎을 꿇었다.

"왕비님, 잔인한 말을 듣는군요. 제 생애에 이보다 괴로운 일은 없어요. 하지만 저는 상관없어요. 왕비님, 저는 저의 주인 트리스탄을 모욕하는 당신 때문에 슬퍼요. 그리고 그런 사실을 너무 늦게 알게 되다니 후회스러워요."

"사라져 버려, 난 너를 믿을 수 없단 말야! 너도 역시, 나를 배반했어!"

트리스탄은 이졸데의 사랑한다는 소식을 가져오기를 오래도록 기다렸지만 페리니는 오지 않았다.

아침에 트리스탄은 커다란 누더기 법의로 치장했다. 그는 빨간색과 호도물감으로 여기저기 군데군데에 얼굴을 칠했다. 그래서 그는 문둥병 때문에 피부가 썩어든 환자처럼 보였다. 그는 양손에 동냥을 거두어들이는데 쓰는 나뭇결이 있는 나무로 만든 굽이 달린 큰 잔과 나병환자의 따르라기를 들었다.

그는 쌩 뤼뱅 거리로 들어섰다. 그리고는 목소리를 달리하여, 모든 사람들에게 거짓말을 했다. 이졸데만은 그를 알아볼 수 있을까?

그녀는 마침내 성에서 나왔다. 브랑지앙과 그녀의 하녀들, 시종들, 집달리들이 그녀와 동행하고 있었다. 그녀는 성당으로 통하는 길로 접어들었다. 나병환자들은 시종들을 뒤따르며, 따르라기 소리를 내며 애달픈 목소리로 애원했다.

"왕비님, 동냥 좀 하세요. 당신은 내가 얼마나 곤궁한지를 모르십니다!"

이졸데는 그의 멋진 몸과 신장을 보고는 그를 바라보았다. 그녀는 몹시 슬펐지만 그에게 시선을 주지 않으려고 고개를 떨어뜨렸다. 나환자는 그녀에게 애원했다. 그의 애원은 애처롭게 들렸다. 그는 그녀의 뒤를 질질 따라갔다.

"왕비님, 내가 감히 당신께 가까이 간다면 화를 내시겠지요. 불쌍히 여기소서. 나는 정말로 동정을 받을 만합니다!"

하지만 이졸데는 시종들과 집달리들을 불렀다.

"이 문둥병자를 내쫓아요!"

그녀가 그들에게 말했다.

시종들은 그를 쫓으며 때렸다. 그는 그들에게 반항하여 소리쳤다.

"왕비님, 불쌍히 여기소서!"

그러자 이졸데는 웃음을 터뜨렸다. 그녀의 웃음소리는 그녀가 성당에 들어갈 때까지 아직도 울리고 있었다. 그녀가 웃는 소리를 듣고는 그 나환자는 가버렸다.

수도원의 중앙 홀에서 몇 걸음이나 옮겼던가! 하지만 그녀의 사지는 힘이 빠지고 있었다. 그녀는 무릎이 꺾이더니 머리는 뒤로 젖혀져서 바닥에 부딪쳤다.

같은 날 트리스탄은 의식을 잃기라도 할 것처럼 낙담하여 디나와 작별을 했다. 그리고 그의 배는 브레타뉴로 출발할 준비를 갖추었다.

아, 슬프게도! 오래지 않아 이졸데는 후회하게 되었다. 리당의 디나에게서 트리스탄이 슬퍼하며 떠났다는 것을 알게 되었을 때, 그녀는 페리니가 그녀에게 진실을 말했었다고 믿기 시작했다.

트리스탄은 도망치지 않았고 자신의 이름으로 간청하지도 않았는데, 자신이 큰 실수로 그를 내쫓은 꼴이 되었다고 생각하기 시작했다.

'어쩌면! 내가 당신을 쫓아내다니, 당신, 트리스탄, 그대! 앞으로 당신은 나를 증오하겠군요. 그리고 당신을 정말로 만날 수가 없겠군요. 정말로 당신은 나의 뉘우침도 모를 테고요. 내 회한에 대한 자그마한 보증으로 어떤 징벌이라도 받고 싶고, 당신에게 어떤 벌이라도 받겠다고 말하고 싶군요!'

그녀는 생각했다.

그날부터 자신의 실수와 광기를 스스로 벌하기 위해 금발의 이졸데는 고행자가 입는 말총내의를 자신의 맨 살에다 입었다.

19
미쳐버린 트리스탄

"그대의 팔로 나를 너무나 꼭 안아서,
그 포옹으로 우리 두 가슴이 부서지고
우리들의 영혼이 떠나가도록!
행운의 나라로 나를 데려가 줘요.
아무도 다시 돌아올 수 없는 나라,
위대한 악사들이 끝없이
노래를 부르는 나라로."

    트리스탄은 브레타뉴로 다시 돌아가서 카래 성에서 오엘 공작과 흰 손의 이졸데를 만났다. 모두들 그를 반갑게 맞이했다. 그런데 금발의 이졸데는 그를 박대했었던 것이다. 다시 말해 그에게 그보다 더 괴로운 일은 없었다. 오래도록 그는 그녀로 인해 번민을 거듭했다.

    그러던 어느 날 그는 그녀를 다시 만나야겠다는 생각이 들었다. 그녀는 다시 집달리와 시종을 시켜서 그를 비참하게 때리도록 시킬지도 모를 일이었다. 그녀와 멀어지면 그는 분명 죽는다는 것과 죽음이 가까워진다는 것을 알고 있었다. '날마다 천천히 죽느니 보다 오히려 단번에 죽는 것이 나으

리라!' 괴로움 속에 사는 사람은 죽은 사람과 마찬가지다. 트리스탄은 죽고 싶었다. 그는 죽음을 원했다.

하지만 적어도 이졸데에 대한 사랑 때문에 죽었다는 것을 알게 되면, 그녀가 그것을 알게 된다면 그는 더 행복하게 죽을 수 있을 것 같았다.

그는 친구들, 심지어 그의 소중한 친구 카에르댕이나, 그 어느 누구에게도 알리지 않고 카레 성에서 몰래 떠났다. 그는 초라한 옷차림으로 걸어서 출발했다. 왜냐하면 어느 누구도 대로 위를 걸어가는 불쌍한 거지를 주의해서 보는 사람들은 아무도 없기 때문이다. 그는 바닷가에 닿을 때까지 걸었다.

항구에 커다란 배 한 척이 나타났다. 이미 뱃사람들은 돛을 달고, 먼 바다로 항해하기 위하여 돛을 올렸다.

"영주들이여, 신이 당신들을 지켜주시기를, 그리고 당신들은 다행히도 항해할 수 있으니! 당신은 어느 나라로 가실 건가요?"

"탱타젤로."

"탱타젤로! 아! 영주님들, 나를 데려다 주세요."

그는 배에 탔다. 순풍에 닻이 부풀어 올랐다. 배도 물결 위로 미끄러져 가기 시작했다. 5일 밤낮 동안 배는 코르누아유로 곧장 나아가서 여섯째 날 탱타젤의 항구에서 닻을 내렸다.

항구의 저쪽 너머로 성이 바다 위로 우뚝 서 있었다. 그 성은 사방으로 잘 막혀 있어서 누구든지 하나의 철문으로만 들어갈 수가 있었다. 거기에다 두 명의 병사가 문을 밤낮으로 지키고 있었다. 어떻게 그곳에 들어갈 수 있을까?

트리스탄은 배에서 내려 제방 둑에 앉았다. 그는 지나가는 한 남자로부터 마크가 성에 있으며 막 대법정을 주재한다는 것을 알았다.

"그런데 왕비는 어디에 있소? 브랑지앙은요, 그녀의 아름다운 하녀 말이오?"

"그녀들은 탱타젤에 있다오. 최근에 내가 그녀들을 본 걸요. 이졸데 왕비는 평소처럼 슬퍼 보였어요."

이졸데의 이름에 트리스탄은 한숨 지며 어떤 계략으로도, 어떤 무훈으로도 이졸데를 다시 만날 수 없으리라 생각했다. 왜냐하면 왕이 그를 죽일 것이기 때문…….

"하지만 나를 죽인들 무슨 상관이란 말인가? 이졸데, 나는 당신에 대한 사랑으로 죽어야만 하지 않겠소? 하지만 당신, 이졸데, 당신이 내가 여기 있는 것을 안다면 내게 한마디만이라도 해주겠소? 당신의 집달리들을 시켜 나를 내쫓지는 않으려는지요? 그래요, 나는 어떤 계략을 시도하고 싶소……. 나는 미친 사람으로 가장하려고 하오. 그 미친 짓은 대단히 지혜로운 일일 것이오. 그러한 것이 나보다 더 멍청한 홀딱 빠진 사람으로 취급할 것이오. 그러한 것이 그의 집

에서 더 미친 사람으로 믿게 할 것이오."

털이 북실북실한 성직자가 입는 긴 옷을 입고, 큰 두건을 두른 한 낚시꾼이 그곳으로 왔다. 그를 보자 트리스탄은 멀리서 그에게 손짓으로 불렀다.

"이보게, 내 옷과 자네의 옷을 바꾸지 않겠는가? 그대가 입은 긴 튜닉을 나에게 주게. 그 옷이 내 마음에 쏙 드는군."

낚시꾼은 트리스탄의 옷을 쳐다보고는 자기의 옷보다 더 좋다고 생각했다. 그래서 그는 즉시 옷을 바꾸고 기분이 좋아 재빨리 가버렸다. 그때 트리스탄은 그의 멋진 금발머리를 깎았다. 그는 머리에 십자가 모양을 그어서 머리를 짧게 깎았다. 그는 얼굴에 자기 나라에서 가져온 신비의 약초로 만든 액체를 발랐다. 그러자 이내 그의 얼굴의 색깔과 모습이 어찌나 우습게 변했던지, 세상에 어느 누구도 그를 알아볼 수 없을 정도였다.

그는 울타리에서 밤나무의 새싹을 하나 뽑았다. 그리고는 그것으로 곤봉을 만들어서 그것을 목에 걸었다. 그리고 맨발로 성을 향해 곧장 걸었다.

문지기는 그가 분명히 미쳤다고 생각하고는 그에게 말했다.

"가까이 와봐. 그래 너는 그토록 오랫동안 어디에 머물렀었나?"

트리스탄은 목소리를 가장하여 대답했다.

"몽의 신부 결혼식에 갔지. 그는 내 친구거든. 그는 베일로 가린 임신한 수녀와 결혼했거든. 브장송에서 몽까지 모든 신부들, 사제들, 수사와 서품 받은 성직자들이 그 혼례에 초청받았지. 그래서 모두들 광야에서 막대기와 지팡이를 들고, 큰 나무 그늘 아래서 뛰기도 하고 춤도 추고, 즐기고 있어. 그런데 난 여기에 오려고 그들과 헤어진 거야. 왜냐고? 난 오늘 왕의 식사 시중을 들어야 하니까."

문지기가 그에게 말했다.

"기사, 위르강 르 벨뤼의 아들이여. 그러면 들어가거라. 너는 그 사람처럼 키가 크고 털투성이로군. 너는 네 아버지를 많이 닮았어."

그가 곤봉을 다루면서 마을 안으로 들어갔을 때, 하인과 시종들이 그가 지나가는 곳마다 몰려들었다. 그리고는 이리처럼 그를 쫓아다녔다.

"미친 사람 좀 봐! 우! 우! 우! 우!"

그들은 그에게 돌을 던지며, 막대기로 그를 괴롭혔다. 그러나 그는 깡충거리면서 머리를 내밀고는 그들이 하는 대로 내버려두었다. 사람들이 그의 왼쪽을 공격하면, 그는 몸을 돌렸고, 그러면 사람들은 그의 오른쪽을 때리곤 했다.

그의 뒤로는 몰려든 군중들이 따라다녔고, 그들의 조소와 야유소리의 한가운데 그는 이졸데의 옆에 있는 이동닫집 아

래에 마크 왕이 앉아 있는 문가에 이르렀다.

트리스탄은 문으로 다가갔다. 그는 곤봉을 목에다 늘어뜨리고 들어갔다.

왕이 그를 보고는 말했다.

"오, 멋진 친구로군. 그를 가까이 오게 하라."

목에 곤봉을 늘어뜨린 그가 왕 앞으로 인도되었다.

"친구, 환영하네!"

트리스탄이 이상하게 변성된 가짜 목소리로 대답했다.

"폐하, 모든 왕들 가운데서 선하시고, 고귀하신 폐하, 당신을 보고 내 마음이 애정으로 녹아내리고 있음을 느끼오. 멋진 폐하, 신이 당신을 보호하시길!"

"이보게, 그대는 이 안에서 무엇을 얻고자 왔는고?"

"이졸데요. 내가 너무나 사랑했던 이졸데요. 나는 누이가 있어요. 아주 아름다운 누이 브뤼노를 당신에게 데려왔소. 이졸데는 당신을 싫증내고 있으니 흥정해 보자는 거죠, 헤헤, 이를테면 교환하는 거요. 내가 당신께 내 누이를 드리고, 당신은 나에게 이졸데를 주시오. 나는 그녀를 취하고 당신을 사랑으로 섬길 것이오."

왕은 웃음을 터뜨리면서 미친 사람에게 말했다.

"내가 너에게 왕비를 준다면, 너는 왕비를 데려다가 뭘 하려는가? 그녀를 어디로 데려가려고?"

"저 높은 곳, 하늘과 구름사이에 있는 나의 멋진 유리 성이오. 햇빛은 나의 집을 통과하고, 바람은 나의 집을 흔들리게 할 수 없죠. 나는 그곳에 있는 유리와 온갖 장미꽃들로 장식된 나의 집으로 왕비를 데려갈 거요. 태양이 떠오르는 아침엔 온통 반짝거리는 내 집으로."

왕과 기사들은 서로 중얼거렸다.

"멋있게 미친 걸, 멋진 말솜씨라니!"

그는 양탄자에 앉아서 애정 어린 눈으로 이졸데를 바라보았다.

"이보게. 어디로부터 너에게 그런 희망이 오는가? 내 아내가 너 같은 흉측스러운 미친 자를 마음에 두기라도 할 듯싶은가?"

"폐하, 나는 그럴 권리가 있고말고요. 나는 그녀를 위해 많은 일을 했다니까요. 내가 미쳐버린 것도 바로 그녀 때문이라니 까요."

"그러면 도대체 너는 누구란 말이냐?"

"나는 트리스탄이오. 그토록 여왕을 사랑했던 사람, 죽을 때까지 그녀를 사랑할 사람, 트리스탄이란 말이오."

그 이름을 들은 이졸데는 한숨을 내쉬더니 얼굴색이 변했다. 그녀는 화가 나서 말했다.

"사라져버려, 누가 너를 이 안에 들어오게 했단 말이냐?

244

꺼져라! 이 못된 미친 놈 같으니라고!"

미친 사람은 그녀가 화가 나 있다는 것을 알고는 이렇게 말했다.

"이졸데 왕비님, 당신은 그날을 기억하지 못하시오? 모로의 독이 묻은 칼로 상처를 입고 바다에서 하프를 든 채 당신 나라의 해변으로 내가 밀려갔던 날을 말이오? 당신은 나를 치료해 주었소. 이제는 기억하지 못한단 말인가요, 왕비님?"

이졸데가 대답했다.

"여기서 나가, 미친 놈. 너의 장난도 마음에 안 들거니와 너도 마음에 들지 않아."

그 대답이 끝나자마자 그 미친 사람은 남작들을 향해 몸을 돌리고는 문 쪽으로 그들을 내쫓으면서 이렇게 소리쳤다.

"미친놈들아, 여기서 나가! 이졸데와 담판을 해야겠으니 나만 남고 모두들 나가란 말이야. 나는 그녀와 사랑을 나누려고 이 안에 왔어."

왕은 웃고 있었고, 이졸데는 얼굴이 빨개졌다.

"폐하, 이 미친놈을 쫓아버리소서!"

하지만 그 미친 사람은 이상한 목소리로 다시 말했다.

"이졸데 왕비님, 내가 당신의 나라에서 죽인 그 큰 용이 생각나지 않나요? 내 바지 속에 그 괴물의 혀를 감추었소. 그리고 그 괴물의 독이 온몸에 퍼져 늪가에 쓰러졌고, 그때에 나는 얼마나 훌륭한 기사였던가……! 그리고 죽기만 기다리고 있었는데 당신이 나를 구해주었잖아요."

이졸데가 대답했다.

"닥쳐라. 너는 기사들을 욕되게 하는구나. 넌 태어날 때부터 한낱 미치광이일 뿐이야. 너를 바다에 던져버리지 않고 그 대신 여기에 너를 데려온 뱃사람들에게 저주가 있어라!"

그 미친 사람은 웃음을 터뜨리더니 계속해서 말했다.

"그대 이졸데여, 당신은 당신이 내 칼로 나를 죽이려 했던 욕실이 생각나지 않는다고요? 당신을 진정시켰던 금발머리 이야기는요? 그리고 내가 어떻게 그 비겁한 가신으로부터 당신을 보호했는지를?"

"입 닥쳐. 몹쓸 이야기꾼 같으니라고! 왜 당신은 그따위 당신 생각들을 뜬금없이 주절거리러 여기에 온 거냐. 분명히 너는 어젯밤에 술에 취해서 그 취기가 그런 생각을 하게 한 거야."

"그건 사실이지. 나는 취했다오. 그 약 때문에 이 취기는 없어질 수가 없는 거요. 그대 이졸데여, 먼 바다에서 그토록 날씨가 좋고 그토록 무덥던 날 생각나지 않나? 당신은 목이 말랐었지. 당신은 생각나지 않는단 말이오? 우리는 두 사람 모두 같은 컵으로 술을 마셨고, 그 때부터 난 늘 취해 있었고, 못된 취기도……."

이졸데는 자기 혼자만이 알고 있는 이야기를 미치광이가 하는 것을 듣고는 자신의 망토 속에 얼굴을 묻은 채 일어나서 가버리려 했다. 하지만 왕은 다시 만류하여 자기 옆에 앉혔다.

"잠깐만 기다리시오. 이졸데, 우리 끝까지 그 미친놈의 말들을 들어봅시다. 미치광이, 자네는 어떤 직책을 맡을 수 있는가?"

"나는 왕들과 백작들을 섬겼다오."

"정말로 자네는 개를 데리고 사냥할 줄 아는가? 새들도?"

"분명히 말씀드리지만 나는 숲에서 사냥하는 것이 마음에 들면 개들을 데리고 새떼 속에서 날아다니는 두루미들을 잡을 수 있어요. 나의 블러드 하인드들만 있으면 백조며, 갈색 또는 흰색 거위들, 야생의 비둘기들을 사냥할 수 있고, 활로 아비새와 안락해오라기 새들도 사냥할 수 있다니까요!"

모든 사람들은 순진하게 웃었다. 왕이 물었다.

"그러면, 형제, 자네가 강가에서 사냥을 할 때 무엇을 잡을 수 있지?"

"내가 발견하는 것이면 무엇이든 잡을 수 있죠. 나의 참매를 데리고 숲의 이리들, 커다란 곰들을 잡고, 나의 큰 매를 데리고는 멧돼지를, 나의 매를 데리고는 노루와 사슴을, 나의 새매를 데리고 여우들을, 나의 황조롱이 새로는 토끼를, 그리고 내가 묵고 있는 숙소로 돌아가면 나는 곤봉을 잘 다루며 시종들과 함께 깜부기불을 나누고, 검을 다루고, 음악으로 노래하며, 여인들을 사랑하고, 잘 잘려진 나무지저깨비들을 시냇물에 던지죠. 정말로 내가 멋진 음유시인이 아니란 말이오? 오늘 내가 지팡이를 다룰 때 당신들은 보았을 거요."

그리고 그는 곤봉으로 자신의 주위를 두들겼다.

"여기서 꺼져. 코르누아유의 남작들! 왜 아직 여기들 있는 거냐? 아직 식사를 못했나? 아직 배가 안 부르냐?"

그가 소리쳤다.

왕은 미친 사람 때문에 기분이 전환되어서 임무관을 불러서 남작들과 시종들을 쫓도록 했다.

"폐하, 나는 지루하고 기분이 나빠요. 방에 가서 쉬도록 허락해 주세요. 나는 그 미친 소리들을 더 오래도록 듣지 못하겠어요."

이졸데가 왕에게 말했다.

그녀는 자리에서 물러나 자기 방으로 가서 깊은 생각에 잠겼고, 침대에 앉은 채 큰 비탄에 빠졌다.

"가엾게도! 왜 내가 세상에 났던가? 마음이 무겁고 슬프도다. 브랑지앙 나의 자매, 나의 인생은 너무도 아리고 너무도 고달파서 차라리 죽는 것이 낫겠구나! 저기 어떤 미친놈이

머리를 짧게 깎고, 하필이면 이 시간에 저 안에 와 있어. 그 미친놈, 곡예사는 음유시인이거나 점쟁이야. 그 자는 이런저런 나의 존재와 내 생활을 알고 있으니. 너와 나, 그리고 트리스탄을 제외하고는 모르는 얘기들을, 그는 그것들을 알고 있어. 마법과 마법의 주문으로 저 거지가……."

브랑지앙이 대답했다.

"트리스탄, 실제로 그 사람이 아닐까요?"

"아니야. 트리스탄은 잘 생겼고 기사들 중에서 가장 훌륭한 기사잖아. 그런데 저 사람은 흉하고 기형이야. 신의 저주가 있기를! 그 자가 태어난 시간에 저주 있기를! 깊은 물속에 그 곳에 그자를 익사시키지 않고 그를 실어온 버에 저주 있기를!"

"진정 하세요. 왕비님, 당신은 아주 잘 알고 있잖아요. 오늘 저주를 내릴지 추방할 것인지를! 그런데 당신은 어디서 그런 재능을 배웠나요? 어쩌면 그 남자는 트리스탄의 심부름을 온 자가 아닐까요?"

"믿을 수 없어. 나는 그 자를 본 적이 없어. 하지만 브랑지앙, 그를 찾으러 가줘. 그에게 말해. 그를 아는지 알아봐."

브랑지앙은 그 미친 사람이 의자에 앉은 채 혼자 있는 방으로 갔다. 트리스탄은 그녀를 알아보고는 곤봉을 내려놓았다. 그리고 그녀에게 말했다.

"브랑지앙, 신실한 브랑지앙, 나는 신의 이름으로 당신에게 간청하오. 내게 동정심을 가져주오!"

"비열한 미치광이. 어떤 악마가 내 이름을 당신에게 가르쳐 주었단 말이오?"

"친구, 오래 전부터 난 알고 있었소! 최근까지 나의 두목이었던 금발의 두목에 의해서 말이오. 이 머리에서 정신이 나간 것이라면, 그 이유는 당신, 바로 당신 때문이오. 내가 먼 바다에서 마신 약을 지켜야만 했던 사람은 바로 당신 아니오? 나는 큰 더위를 못 이겨 은으로 된 잔에 그것을 마셨소. 그리고 나는 그것을 이졸데에게 내밀었고, 당신만이 그 사실을 알고 있소. 친구, 당신은 그걸 기억하지 못한단 말이오?"

"못해요."

브랑지앙이 대답했다. 그녀는 몹시 혼란스러워 이졸데의 방 쪽으로 달려갔다. 하지만 그 미친 사람은 그녀의 뒤를 따라 달려들면서 소리쳤다.

"동정심을!"

그는 들어갔다. 이졸데를 본다. 그는 이졸데에게 달려들었다. 그는 팔을 내밀고 그녀를 가슴에 안으려 했다.

그러나 수치스럽고 고뇌의 땀으로 젖은 그녀는 뒤로 물러섰다. 그녀가 그의 접근을 피하는 것을 본 트리스탄은 수치심과 분노로 몸을 떨었다. 그는 이졸데에게서 물러서서 문

250

가까이로 가서 여전히 가성의 목소리로, 하지만 정상적인 말투로 말했다.

"분명히 나는 너무 오래 산 거야. 이졸데가 나를 냉대하고, 사랑하지 않고 나를 천한 놈으로 취급하는 날을 맞다니! 아! 이졸데, 정말로 사랑했던 이졸데가 나를 잊다니! 이졸데, 흘러나와서 넘치는 샘물이 넓고 깨끗한 물결로 흐르는 것은 정말로 아름답고 소중한 것이오. 그 샘이 마르는 날, 그 샘은 더 이상 아무런 가치도 없소. 사랑도 그렇게 배반하는 것이로군."

이졸데가 대답했다.

"형제, 나는 당신을 보고 있어요. 나는 의심하오. 무서워요. 나는 몰라요. 트리스탄이라고 인정할 수가 없어요."

"이졸데, 내가 트리스탄이오. 그토록 당신을 사랑했던 트리스탄이란 말이오. 우리들의 침대 사이에 밀가루를 뿌려놓았던 난쟁이가 생각나지 않는단 말이오? 내가 뛰어오를 때 내 상처에서 흐른 핏방울을, 내가 당신에게 보냈던 선물, 마술 방울을 단 개, 프티 크뤼를? 내가 시냇물에 던졌던 잘 다듬어진 나무지저깨비들이 생각나지 않는단 말이오?"

이졸데는 그를 쳐다보더니 탄식했다. 그녀는 무슨 말을 해야 하고, 무엇을 믿어야 하는지 알 수가 없었다. 그녀는 그가 모든 것을 잘 안다는 것을 알았다.

그러나 그가 트리스탄이라고 고백하는 것은 미친 짓일 수도 있었다.

트리스탄이 그녀에게 말했다.

"이졸데, 나는 당신이 내게서 멀어지려 하는 것을 잘 아오. 그리고 난 당신의 배반을 비난하는 것이오. 하지만 그대, 나는 당신이 나를 사랑했던 날들을 알고 있소. 그것은 깊은 숲 속, 나뭇잎으로 만들었던 오두막집, 당신은 아직도 내가 당신에게 위스당을 주었던 날을 기억하고 있소? 아! 그 개는 언제나 나를 사랑했는데, 나를 위해 금발의 이졸데와 헤어져야겠구나! 그 개는 어디 있소? 당신은 개를 어떻게 했소? 위스당, 적어도 그 개는 나를 알아볼 거요."

"위스당이 당신을 알아볼 거라고요? 당신은 얼토당토않은 말을 하는군요. 트리스탄이 떠난 이후로 위스당은 저 쪽 개집에 있어요. 그런데 가까이 가는 사람은 누구를 막론하고 덤벼들어요. 브랑지앙, 위스당을 나에게 데려다 줘."

브랑지앙이 개를 데려왔다.

"자, 오너라. 위스당, 너는 나의 것이다. 내가 다시 너를 거두어들이마."

트리스탄이 말했다.

위스당은 그의 목소리를 듣자 브랑지앙의 손에서 갑작스럽게 줄을 빠져나와 달려 나오더니 자기 주인에게 달려갔다.

252

그리고는 그의 발 아래로 구르며 그의 손을 핥고, 기쁨에 짖었다.

미친 사람이 소리쳤다.

"위스당, 내가 너에게 고통을 겪게 했구나! 축복 있기를! 너는 내가 그토록 사랑했던 여인보다 더 나은 환대를 하는구나. 그녀는 나를 알아보려고 하지도 않는데, 오로지 헤어지던 날 눈물과 키스로 이전에 나에게 준 그 반지만을 인정하려 하는 건가? 작은 벽옥 반지를 나는 늘 끼고 다녔거늘. 가끔 내가 괴로울 때 반지에게 조언을 구했고, 가끔은 내 뜨거운 눈물로 그 녹벽옥 반지를 적시곤 했거늘."

이졸데는 반지를 보았다. 그녀는 팔을 활짝 벌렸다.

"자, 내가 여기 있어요! 나를 안으세요. 트리스탄!"

그러자 트리스탄은 가성의 목소리를 그만두었다.

"친구, 어떻게 그토록 오래도록 못 알아보오? 위스당보다 더 오랫동안 말이오? 이 반지가 뭐 그리 중요하오? 당신은 우리들의 지난날의 사랑만을 기억하는 것이 나에게는 더 행복한 일이라는 것을 생각지 못한단 말이오? 내 목소리야 무슨 상관이 있소? 당신이 들어야하는 소리는 바르 내 마음의 소리란 말이오."

이졸데가 말했다.

"그대, 어쩌면 나는 당신이 생각하는 것보다 더 빨리 알아들었을지도 몰라요. 하지만 우리는 계략으로 둘러싸여 있어요. 다시 말해 내 면전에서 당신이 잡혀서 죽게 될 위험을 무릅쓰고 개처럼 내 욕망만을 따를 수 있겠어요? 나는 나 자신을 지키고 당신을 지키고 있던 거예요. 당신의 과거의 생활도, 당신의 목소리도 심지어 그 반지까지도 나에게는 아무 것도 해줄 수 없어요. 왜냐고요. 그건 마법사의 못된 장난일 테니까요. 하지만 나는 반지를 보았어요. 내가 반지를 다시 보자마자 나는 정신이 혼미해졌는데, 당신이 나에게 원하는 것이 무엇인지, 그것이 지혜인지, 광기인지 내가 어떻게 확실히 알 수 있겠어요? 지혜이든 광기이든, 어쨌든 난 여기

있잖아요. 나를 안으세요, 트리스탄!"

그녀는 친구의 가슴에서 정신을 잃었다. 그녀가 다시 의식을 회복했을 때 트리스탄은 그녀를 안고 그녀의 눈과 얼굴에 키스했다. 그는 커튼 밑으로 그녀와 함께 들어갔다. 그는 가슴에 이졸데를 안았다.

하인들은 누추한 개집의 개처럼 그를 방의 층계 밑에 유숙하게 했다. 그는 조용히 그들의 비웃음과 그들의 야유를 참았다. 그러나 가끔 그녀의 모습과 그녀의 아름다움을 다시 접하게 되면 그는 그 누추한 거처에서 이졸데의 방으로 가곤 했다.

그러나 며칠이 흐른 후 두 명의 시녀가 그의 속임수를 짐작했다. 그들은 앙드레에게 사실을 알렸다. 앙드레는 규방 앞에 잘 무장된 세 명의 밀정을 배치시켰다. 트리스탄이 문을 넘어가려고 할 때, 그들이 소리쳤다.

"돌아가. 미친놈, 네 짚단 위에 가서 누워!"

"뭐라고요! 훌륭한 기사님들, 나는 오늘 밤 왕비님을 안으러 가야만 하는데 그러면 안 되나요? 그녀가 나를 사랑하고 있고, 나를 기다리고 있다는 걸 당신들은 모르나요?"

미친 사람이 말했다.

트리스탄은 곤봉을 휘둘렀다. 그들은 겁이 나서 그가 들어오게 내버려두었다. 그는 이졸데를 가슴에 안았다.

255

"나는 벌써 도망쳐야만 했소. 곧 발각되고 말 테니 도망쳐야만 하오. 그리고 절대로 돌아올 수가 없을 거요. 죽음이 내게 다가오고 있소. 당신으로부터 멀리 떨어지게 되면 난 그리움으로 죽을 것이오."

"그대, 그대의 팔로 나를 너무나 꼭 안아서, 포옹으로 우리 두 가슴이 부서지고 우리들의 영혼이 떠나가도록 해주오! 당신이 옛날에 말했던 행운의 나라로 나를 데려가 줘요. 아무도 다시 돌아올 수 없는 나라, 위대한 악사들이 끝없이 노래를 부르는 나라로, 나를 데려가 줘요!"

"그럽시다. 나는 그대를 산 자들의 행운의 나라로 데려갈 것이오. 때가 가까워지고 있소. 우리는 이미 온갖 비참한 일들과 기쁜 일들을 겪지 않았소? 시간이 되었소. 모든 일이 끝나게 될 때 내가 그대를 부른다면 이졸데, 당신은 오겠소?"

"트리스탄, 나를 불러줘요. 내가 갈 거라는 걸 당신이 잘 알잖아요!"

"이졸데! 신이 그대에게 보상해 주시기를!"

그가 문턱을 넘어섰을 때 밀정들은 그에게 달려들었다. 그러나 미친 사람은 웃음을 터뜨리며 곤봉을 휘둘렀다. 그리고는 이렇게 말했다.

"멋진 나리들, 그대들이 나를 쫓겠다고, 그런들 무슨 소용

있겠는가? 나는 이제 여기에 있지 않을 것을, 내7- 그녀에게 약속했던, 수정으로 지어지고, 장미꽃으로 장식된, 햇빛이 빛나는 아침이면 빛을 발하는 집을 예비하러, 멀리로 내 귀부인이 나를 보냈으니!"

"그러면 꺼져버려, 미친놈아!"

하인들은 소리를 질렀다. 그러자 미치광이는 서두르지 않고 춤을 추면서 가버렸다.

20
죽음

> 그녀는 약간 몸을 노출시키고는
> 트리스탄 옆에 누웠다.
> 그의 입과 얼굴에 키스하고는
> 그를 꼭 안았다. 몸과 몸을 얹고,
> 입과 입을 대고 그녀는 숨을 거두었다.
> 그녀는 친구의 고통을 위해 죽었다.

트리스탄은 소 브레타뉴로 돌아가자마자 카래 성의 좋은 친구인 카에르댕을 도와주기 위해 베달리라 불리는 기사와 싸웠다. 트리스탄은 베달리와 그의 형제들이 파놓은 함정에 빠졌다. 트리스탄은 그 7형제를 죽였다. 그러다 자신도 창에 찔려서 상처를 입었는데 창에는 독이 묻어 있었다.

그는 간신히 카래 성까지 돌아와서 상처를 치료했다. 많은 의사들이 왔었지만 아무도 그를 독으로부터 치료하지 못했다. 의사들도 그 독을 알 수조차 없었다. 그들은 독을 뽑아내는데 무기력한 사람들이었다. 그들은 독의 뿌리를 뽑아서 없애려 했지만 헛일이었다. 그들은 약초를 뜯어다가 약을 만들었지만 트리스탄은 더욱 약해져만 갈 뿐이었다. 독은 그의

온몸에 퍼져갔다. 그는 창백해지며 뼈가 드러나기 시작했다.

그는 자신이 생명을 잃게 될 것을 느꼈다. 그는 죽어야만 한다는 것을 깨달았다. 그러자 그는 금발의 이졸데를 다시 보고 싶었다. 하지만 어떻게 그녀에게 갈 수 있겠는가? 그는 한숨만 지을 뿐이었다. 파고드는 독은 더욱 그를 괴롭혔다. 그는 죽음만을 기다리고 있었다.

그는 자신의 고통을 알리기 위해 비밀리에 카에르댕을 불렀다. 왜냐하면 그 두 사람 모두 신실한 사랑으로 서로 사랑하고 있었다. 그는 카에르댕만을 남기고 모두들 탁으로 나가게 했다. 심지어 옆방에서도 아무도 듣지 못하도록 했다. 그의 아내인 이졸데는 이상하게도 마음속으로 기뻤다. 그러나 무척이나 혼란스러워서 그들의 대화를 듣고 싶었다. 그녀는 방 밖에서 트리스탄의 침대에 닿아 있는 칸막이의 벽에 몸을 기댔다. 그녀는 들었다. 얘기를 엿들은 것이다. 아무도 그녀를 놀라게 하지 않으려고 충신들 중 한 명이 밖이 매복해 있었다.

트리스탄은 다시 힘을 모았다. 그는 다시 몸을 일으켜서 벽에 기댔다. 카에르댕은 그의 곁에 앉았다. 그리고는 두 사람 모두 함께 조용히 울었다.

그렇게 빨리 단절되는 그들의 위대한 우정과 사랑, 그들은 그것을 한탄하고 있었다.

"좋은 친구, 나는 외국 땅에 있소. 나는 부모도, 당신을 제외하고는 친구도 없소. 이 나라에서는 당신만이 나에게 기쁨과 위안을 줄뿐이오. 내 생명을 잃고라도 금발의 이졸데를 만나고 싶소. 하지만 무슨 수를 써서 나의 바람을 그녀에게 알릴 수가 있겠소? 아! 그녀에게 갈 수 있는 심부름꾼이 있다면, 그녀는 올 수도 있으련만! 그토록 그녀는 나를 사랑하거늘! 카에르댕, 우리의 우정, 당신의 어진 마음, 친구로서 좋은 친구! 나는 당신에게 그것을 바라오. 나를 위해 그 모험을 해 주오. 당신이 나의 전할 말을 가져간다면, 나는 당신의 가신이 되어 세상 어느 남자보다도 당신을 사랑할 것이오."

트리스탄이 말했다.

카에르댕은 트리스탄이 울고 있는 모습, 슬퍼하고 있는 모습, 한탄하고 있는 모습을 보았다. 카에르댕의 마음은 연민의 정으로 약해졌다. 그는 사랑으로 부드럽게 대답했다.

"좋은 친구, 그만 우시오. 내 당신이 원하는 대로 다 하리다. 믿어주오, 친구. 당신에 대한 사랑으로 나는 죽음을 무릅쓰고라도 모험을 시작하겠소. 어떠한 슬픔도, 어떠한 걱정도 내가 내 능력을 따라 하는 일을 방해하지는 못할 것이오. 당신이 전하고 싶은 말이 무엇인지 말하시오. 나는 떠날 준비가 되었소."

트리스탄이 대답했다.

"친구, 고맙소! 그러면 내 바람을 들어보시오. 이 반지를 지니시오. 이건 그녀와 나 사이의 정표요. 당신이 그 나라에 도착하게 되면 상인으로 행세하시오. 그리고 그녀에게 비단 피륙들을 선물로 주어 그녀가 그 반지를 보도록 해 주시오. 그러면 즉시 그녀는 계책을 생각해내서 당신에게 비밀리에 말해 줄 거요. 그러면 그녀에게 내 마음의 안녕을 전해주고, 나에게 전할 말이 무엇인지 물어보시오. 만일 오지 않는다면 나는 죽을 거라고 말해 주시오. 우리들의 지난날의 기쁨, 수많은 고통, 슬픔, 즐거움, 우리들의 신실하고 애정 어린 사랑의 고통을 그녀가 기억하기를! 우리가 바다에서 함께 마셨던 미약을 기억하기를! 아! 우리가 마신 것은 죽음이었구나! 내가 그녀만을 사랑한다고 했던 맹세를 기억하기를! 나는 그 약속을 지켰으니!"

칸막이 뒤에서 흰 손의 이졸데가 그 말들을 들었다. 그녀는 거의 실신할 지경이었다.

"서둘러주시오, 친구. 그리고 빨리 나에게 돌아와 주시오. 만일 당신이 지체하면 당신은 나를 더 이상은 볼 수 없을 것이오. 40일을 기한으로 정하고 금발의 이졸데를 데려오시오. 당신의 누이에게는 당신의 출발 사실을 비밀로 하고 당신은 의사를 부르러 간다고 하시오. 내 배를 타고, 두 개의 돛을 가지고 가시오. 하나는 흰색, 하나는 검은색으로요. 만일 당신이 다시 이졸데를 데리고 돌아온다면 돌아오는 길에 흰 돛을 달고, 만일 그녀를 데려오지 못하면, 검은 돛을 달고 항해하시오. 친구, 난 더 이상 당신에게 할 말이 없소. 신이 당신을 인도하시길, 그리고 당신이 건강하게 돌아오기를 바랄 뿐이오!"

그는 한숨을 지으며, 울면서 비탄에 빠졌다. 카에르댕도 함께 울면서 트리스탄에게 키스를 하고는 작별을 고했다.

바람이 불기 시작하자 그는 뱃길을 떠났다. 뱃사람들은 노를 저으며 닻을 올렸다. 순풍으로 항해를 시작했다. 그들의 뱃머리는 출렁이는 물결을 갈랐다. 그들은 화려한 상품들을 싣고 갔다. 희귀한 색깔들로 염색된 비단 양탄자들, 아름다운 투르산 피륙들, 프와투산 포도주들, 스페인산 큰 매들을 싣고 항해했다.

카에르댕은 계략을 써서 이졸데 가까이에 접근할 생각을 하고 있었다. 8일 밤낮을 그들은 물살을 가르며 코르누아유로 향해 최대의 속도를 냈다.

여자가 화가 나면 오뉴월에도 서리가 내리는 법이다. 가장 사랑하는 여자가 있으며, 또한 가장 잔인하게 복수하려는 여인이 있는 것이다. 여자들의 사랑이란 빨리 오지만 그녀들의 증오도 빨리 오는 법이다. 일단 적개심을 품게 되면 우정보

다 더 냉혹한 것이 사랑이다. 여인들은 사랑을 완화시킬 줄은 알지만 증오는 차마 못 참는 법이다.

칸막이에 기대 선 흰 손의 이졸데는 모든 말을 엿들었다.

그녀가 그렇게도 트리스탄을 사랑했더란 말인가……!

그녀는 마침내 자신은 다른 사람의 사랑의 대용물이었다는 것을 알았다. 그녀는 엿들은 말들을 마음에 품었다. 다시 말해 그녀가 어느 날이든 할 수만 있다면, 그녀는 자신이 세상에서 가장 사랑하는 것에 대해 참으로 복수를 할 생각이란 말인가!

그러나 그녀는 하는 척 하지만은 않을 것이다. 누군가 문을 열자마자 그녀는 트리스탄의 방으로 들어갔다. 그리고 적개심을 감추면서 그를 계속해서 간호했고, 그에게 친절히 대했다. 그가 한 연인에게 어울리는 것처럼, 그녀는 그에게 사랑스럽게 말했다. 그녀는 그의 입술에 입을 맞추고, 그에게 그를 치료할 수 있을 의사를 데리고 곧 카에르댕이 돌아올 것인지 물었다. 하지만 그녀는 여전히 복수할 기회를 찾고 있었다.

카에르댕은 항해를 계속했다. 그렇게 하여 그는 탱타젤의 항구에 닻을 내렸다. 그는 손에 커다란 참 매를 들고 있었다. 그는 진귀한 색깔의 양탄자와, 잘 조각된 잔을 가지고 있었다. 그는 그것을 마크 왕에게 선물했다. 그리고 왕에게 시종이나 일행들에 대한 어떠한 피해도 염려할 것 없이 이 나라에서 거래할 수 있도록 하기 위해 통행을 보장해 달라고 정중하게 요구했다. 그래서 왕은 궁정의 모든 신하들 앞에서 그에게 그것을 허락했다.

그러자 카에르댕은 잘 세공된 금반지를 이졸데에게 선물했다.

"왕비님, 이 금은 좋은 금입니다."

그가 말했다.

그는 자기 손가락에서 트리스탄의 반지를 뽑아서 패물들 옆에 놓았다.

"보시지요, 왕비님. 이 금반지는 더 화려한 것입니다. 하지만 이 금반지는 훨씬 비쌉니다."

이졸데는 그 녹벽옥 반지를 알아보고는 가슴이 떨리며, 안색이 변했다. 그리고 그녀는 곧 듣게 될 말이 두려웠다. 그녀는 금반지를 더 잘 살펴보고, 에누리를 하기 위한 것처럼 카에르댕을 십자형의 유리창이 있는 곳으로 따로 불렀다.

카에르댕은 그녀에게 짤막하게 말했다.

"왕비님, 트리스탄은 독이 묻은 칼에 상처를 입어서 곧 죽게 됩니다. 그는 당신만이 그에게 위안을 줄 수 있다며 당신을 부르고 있어요. 그는 당신이 함께 겪었던 많은 고통과 괴로움을 기억하기를 바라고 있답니다. 이 반지를 간직하세요.

그가 당신에게 준겁니다."

이졸데는 기운이 빠져서 대답했다.

"친구, 나는 당신을 따라가겠어요. 내일 아침에 당신의 배를 출범시킬 준비를 해 주세요!"

그 다음 날 아침, 이졸데는 매로 사냥하고 싶다고 말했다. 그리고 그녀는 개와 새들을 준비하도록 시켰다.

그러나 매복해 있던 앙드레 공작이 그녀를 따라나섰다. 그들이 들판에 이르렀을 때, 바닷가에서 멀지 않은 곳에서 꿩이 날아올랐다. 앙드레는 그 꿩을 잡으려고 매를 놓아주었다. 날씨는 맑고 좋았다. 매는 날아가더니 사라져 버렸다.

이졸데가 말했다.

"앙드레, 보세요. 매가 저 쪽에 앉았군요. 항구에 내가 본 적이 없는 배의 돛대 위예요. 저 배는 누구의 배인가요?"

"왕비님, 어제 당신에게 금반지를 선물한 브레타뉴 상인의 배입니다. 매를 다시 잡으러 저 배로 가지요."

앙드레가 말했다.

카에르댕은 배에서 둑 위로 작은 갑판 같은 판자를 던지고 있다가 이졸데를 만나러 갔다.

"왕비님, 제 배 안에 들어가시지요. 당신에게 나의 멋진 물건들을 보여드리겠습니다."

"기꺼이 들어가지요."

이졸데가 말했다

그녀는 말에서 내려 판자 위를 통과하여 곧장 배 안으로 들어갔다. 앙드레가 그녀를 따라가려고 갑판 위로 올라가려 했다.

하지만 카에르댕은 뱃전에 서 있다가 노를 들어 그를 세게 후려쳤다. 앙드레는 비틀거리다가 바다 속으로 떨어졌다. 그는 다시 배에 매달리려 했다. 카에르댕은 그를 다시 노로 때려서 물밑으로 처박으며 소리쳤다.

"죽어라. 반역자놈! 네 놈이 트리스탄과 이졸데에게 고통을 겪게 했던 모든 악에 대한 보상이다!"

그렇게 신은 연인들을 그토록 괴롭혔던 반역자들의 원수를 갚아주었던 것인가! 그 네 명 모두 죽었다. 그넬롱, 공도인느, 드노알랭, 앙드레.

닻이 올려지고, 돛대가 세워지고, 돛을 달았다. 아침의 신선한 바람이 시라우드(돛대 꼭대기에서 양 뱃전에 쳐서 돛대를 고정시키는 밧줄)에서 살랑거리고 있었고, 돛의 천을 부풀게 했다. 항구를 빠져나와 멀리서 보면 햇빛을 받아 온통 하얗게 보이며 빛나고 있는 먼 바다를 향해 항해를 했다.

카레 성에 있는 트리스탄은 점점 쇠약해져 가고 있었다. 그는 이졸데가 오기만을 갈망하고 있었다. 그 무엇도 그에게는 위안이 되지 않았다. 그가 아직 살아 있다면 그건 그녀를

기다리고 있는 일 때문일 것이다.

  날마다 그는 바닷가에서 배가 돌아오는지, 돛의 색깔이 무엇인지 살펴보러 가곤 할뿐이었다. 더 이상 그의 마음에는 어떠한 다른 욕망도 없었다. 그는 즉시 팡마르슈의 절벽 위로 올라갔다. 어찌나 그곳에 오래 있었던지 태양이 지평선에 닿아 있을 때까지도 그는 멀리 바다를 바라보고 있었다.

  사랑하는 사람들에게 고통스럽고, 가엾은 이야기는 시작되고 있었다. 이미 이졸데는 가까이 오고 있었다. 벌써 팡마르슈의 낭떠러지가 멀리서 우뚝 서 있는 것이 보였다. 배는 더 경쾌하게 앞으로 나아갔다.

  폭풍이 거세지더니 똑바로 돛을 때려서 배가 제자리서 맴돌게 했다. 뱃사람들은 바람 부는 쪽의 뱃전으로 달려갔다. 그들의 의향과는 반대로 배는 후진을 했다. 바람이 미친 듯이 몰아쳤다. 물결은 더 거세게 일렁거렸고, 대기는 어두움이 짙어졌으며, 바다는 검어지고, 질풍 같은 장대비가 내리고 있었다.

  시라우드 밧줄과 아딧줄(돛의 양끝을 팽팽하게 당기는 줄)이 끊어지자 뱃사공들은 닻을 내리고 바람이 부는 대로, 파도가 치는 대로 지그재그로 항해를 할 수밖에 없었다. 그들은 자신들에게 닥친 불행으로 선미에 고정시킨 배를 감아 올리는 것을 잊고 있었다.

불행은 배를 따라다녔다. 파도는 배에 부딪치며 배를 싣고 갔다.

이졸데가 소리쳤다.

"아, 슬프구나! 야속하게도! 신은 내가 트리스탄을 한 번만, 다시 한 번만이라도 보는 것을 원치 않는구나. 신은 내가 이 바다에 빠져 죽기를 원하고 있어. 트리스탄, 내가 당신과 다시 한 번만이라도 이야기를 나눌 수 있다면 나는 죽어도 한이 없을 거예요. 트리스탄, 내가 당신이 있는 곳까지 가지 못한다면 신이 그걸 원치 않기 때문이에요. 그건 나의 최악의 고통이고, 내가 죽는 건 아무것도 아니에요. 신이 내 죽음을 원하기 때문이며, 나는 죽음을 받아들이겠어요. 하지만 친구, 당신이 그걸 아신다면 당신도 죽으리라는 걸 나는 잘 알아요. 우리의 사랑은 당신은 내가 없이는, 당신이 죽을 수 없고, 당신이 없으면 내가 죽을 수 없는 그런 식이에요. 내가 죽게 됨과 동시에 내 앞에서 당신도 죽게 되리라는 걸 알아요. 아, 슬퍼라! 트리스탄, 내가 바라는 건 당신의 품에서 죽어서 당신의 묘지에 매장되는 거예요. 하지만 우리는 죄를 지었어요. 나는 곧 혼자 죽게 될 거예요. 당신이 없이 바다 속으로 사라질 거예요. 아마도 당신은 내가 죽는 것을 모르겠지요. 당신은 내가 가길 기다리면서 더 살게 되겠지요. 신이 원한다면, 당신은 완치될 수도 있을…… 아! 어쩌면 내가

죽고 나면 다른 여자를 사랑할 지도 모르죠. 당신은 흰 손의 이졸데를 사랑하게 될지도! 당신의 생각이 어떤 것인지 나는 모르겠어요. 트리스탄, 나는 당신이 죽었다는 것을 안다면, 더 살지 않을 거예요."

"트리스탄, 우리의 마음이 하나 되기를, 아니면 내가 당신을 치유하기를, 또는 우리 두 사람 모두 같은 슬픔으로 죽게 되기를!"

이렇게 금발의 이졸데는 슬퍼했다. 고통은 그렇게 계속되었다. 하지만 5일이 지나자 폭우가 가라앉았다. 카에르댕은 트리스탄이 멀리서도 색깔을 알아볼 수 있도록 돛대의 맨 꼭대기에다 즐거운 마음으로 흰 돛을 달아 올렸다.

카에르댕은 어느덧 브레타뉴를 보고 있었다. ……아, 슬프게도! 폭풍우가 거의 사그라지고 고요가 찾아들자 바다는 조용하고 아주 잔잔해졌고, 바람은 돛이 부푸는 것을 멈추게 했다. 뱃사람들은 바람 불어오는 쪽을 향해 지그재그로 항해했다. 멀리에서 그들은 행인을 알아보았지만 폭풍우는 그들의 배를 실어갔다. 그래서 그들은 배를 뭍에 댈 수가 없었다.

사흘째 되던 날 밤, 이졸데는 자신의 옷을 피로 물들인 큰 멧돼지의 머리를 늘어진 옷자락으로 잡아 당겨야겠다고 생각했다. 그리고 그녀는 이제는 살아 있는 친구를 다시 보지 못할 것이라는 것을 알아차렸다.

트리스탄은 너무 약해졌기 때문에 그때부터 다시 팡마르슈의 절벽 위에서 지켜볼 수가 없었다. 그래서 오래 전부터 해변에서 먼 곳에 틀어박힌 채 오지 않는 이졸데 때문에 울고 있었다. 애달프고 지쳐버린 그는 슬픔에 잠겨 한숨지었다. 그리고 불안해졌다. 그리움 때문에 그는 거의 죽을 것 같았다.

 드디어 바람은 시원해지며 흰 돛이 나타났다. 그러자 흰 손의 이졸데는 복수를 한다.

 그녀는 트리스탄의 침대 쪽으로 가서 말했다.

 "그대여, 카에르댕이 와요. 나는 바다에 있는 그의 배를 보았어요. 배는 어렵사리 오고 있어요. 나는 그 배를 알아볼 수 있었어요. 그가 당신을 치료할 약을 가져왔는지!"

 트리스탄은 전율했다.

 "착한 그대여, 당신은 그의 배를 확인했소? 그러면 그 돛이 무슨 색인지 나에게 말해주오."

 "나는 똑바로 보았어요. 그들은 돛을 펼쳐서 아주 높이 달았어요. 바람이 없으니까요. 돛은 아주 검은색이었어요."

 트리스탄은 벽 쪽으로 몸을 돌리고 말했다.

 "더 이상 내 생명을 지탱할 수 없겠구나."

 그는 이졸데의 이름을 세 번 소리쳐 불렀다.

 "이졸데, 이졸데, 나의 사랑 이졸데!"

"이졸데, 내 사랑!"

네 번째 이 말에서 그는 숨을 거두었다.

그러자 집에서는 기사들과 트리스탄의 친구들이 울음을 터뜨렸다. 그들은 그를 침대에서 들어내서 화려한 양탄자 위에 눕히고, 수의로 그의 몸을 덮었다.

바다 위에서는 바람이 일어나서 돛의 한가운데를 때리고 있었다. 바람은 배를 뭍에까지 밀어 올렸다. 금발의 이졸데는 뭍에 내렸다. 그녀는 거리마다에서 들려오는 커다란 애곡 소리를 들었으며, 수도원과 예배당에서 종이 울리고 있는 소리를 들었다. 그녀는 사람들에게 무슨 종소리인지, 무슨 울음소리인지 물었다.

한 노인이 그녀에게 말했다.

"귀부인, 우리는 큰 고통을 겪고 있어요. 충신이요, 용사인 트리스탄이 죽었어요. 그는 도량이 넓고, 괴로움도 잘 견뎠습죠. 이건 이 나라에 떨어진 정말로 최악의 불행입니다."

이졸데는 그 말을 듣고는 한마디 말도 할 수가 없었다. 그녀는 궁정을 향해 올라갔다. 그녀는 어깨 장식을 벗고 걸어갔다. 브레타뉴인들은 그녀의 모습을 찬탄하여 바라보았다. 그들은 그렇게 아름다운 여인을 본 적이 없었다.

"이 여인은 누구지? 어디서 온 걸까?"

자신이 일으켰던 나쁜 짓으로 미치다시피 된 흰 손의 이졸

데는 트리스탄의 시체 옆에서 큰 소리로 울부짖었다. 그리고 얼마 후 다른 이졸데가 들어왔다. 그 다른 이졸데, 금발의 이졸데가 그녀에게 말했다.

"부인, 일어나 주세요. 내가 가까이 가게 해 주세요. 당신보다는 내가 더 울 권리가 있으니까요. 내 말을 믿으세요. 내가 그를 더 사랑했으니까요."

금발의 이졸데는 동쪽으로 몸을 돌리고 신에게 기도했다. 그런 후 그녀는 약간 몸을 노출시키고는 트리스탄 옆에 그의 몸과 나란히 누웠다. 그의 입과 얼굴에 키스하고는 그를 꼭 안았다. 몸과 몸을 얹고, 입과 입을 대고 그녀도 그만 그렇게

숨을 거두고 말았다. 그녀는 그의 옆에서 연인의 고통을 위해 죽은 것이다.

마크 왕은 연인들의 죽음의 소식을 듣고 바다를 건너 브레타뉴로 갔다. 그는 두 사람의 관을 만들게 했는데, 이졸데의 관은 옥수로, 또 하나의 관은 녹주석으로 만들었다. 그는 사랑했던 그들의 몸을 배에 싣고 탱타젤로 향했다.

성당의 좌우에다 그는 두 개의 무덤에 그들을 매장했다. 하지만 그날 밤사이에 트리스탄의 무덤에서 초록색의 나무딸기가 솟아났는데, 강한 잔가지들이 돋아나 있었고 향내 나는 꽃이 피었다. 그 나무딸기는 예배당 위로 쑥쑥 자라 올라서 이졸데의 무덤 속까지 들어갔다. 사람들은 나무딸기를 잘랐다.

다음 날 나무딸기는 다시 돋아났는데, 역시 초록색이며, 또한 꽃이 피어 있었고, 생명력이 강했다. 꽃은 다시 금발의 이졸데가 누운 곳으로 뚫고 들어갔다.

사람들은 세 번째로 나무딸기를 잘라버렸다. 그러나 소용없는 일이다.

결국 그들은 마크 왕에게 그 놀라운 나무딸기를 가져갔다. 왕은 앞으로는 나무딸기를 자르지 말도록 명령했다.

옛날의 훌륭한 음유시인들, 즉 베룰과 토마스, 에일라르와 고트프리에는 사랑하고 있는 모든 사람들을 위해서 이 이야기를 한 것이지, 사랑하지 않는 사람들을 위해서 한 것은 아니었다. 그들은 여러분에게 나를 통해 그들의 구원을 알렸다. 그들은 근심하는 사람들, 즐거운 사람들, 고통당하는 사람들, 모든 연인들에게 경의를 표했다. 절개 없음, 불의, 경멸, 고통, 모든 사랑의 죄에 대하여 그들은 바로 이 이야기에서 위안을 찾을 수 있던 것이 아니었을까!

"어여쁜 연인이여 우리도 이와 같으니,
내가 없다면 그대도 없고
그대 없다면 나 또한 없으리!!!"

너무 슬퍼 아름다운
러브 로망의 고전적 원형을 만나다.

사랑은 왜 비극으로 끝나야만 할까? 아름다운 사랑으로 남아 있으면 안 되었을까? 고전 설화는 대개 비극으로 끝난다.

프랑스는 가히 설화의 나라라고 할만하다. 그들은 무척 이야기를 즐긴다. 그들에게는 구전되는 이야기들이 많았다. 로망이란 이름도 그들에게서 연유한다. 4세기경부터 프랑스에 게르만족이 침입을 시작한다. 476년 서로마 제국이 멸망하자 프랑스인의 영토 갈리아는 게르만족 중에서 프랑크족 클로비스가 점령한다. 그는 갈리아 지역을 점령하고 그곳에 메로베 왕족을 연다. 이 프랑크족이라는 이름에서 프랑스라는 국가의 탄생을 엿보게 된다.

로마인들을 몰아낸 프랑크족은 힘은 강했으나 문화에서는 후진성을 면하지 못하고 있었다. 갈리아를 점령했던 로마인들은 문화에 관한한 선진국이었다. 이들은 이 지역을 점령하고 자기 나라의 말을 가지그 들어와 언어를 지배했으니 라틴어이다. 또한 이들은 자기들의 문화를 갈리아에 심어 놓았다.

반면 프랑크족은 힘은 강했으나 그들만의 문화가 없었다. 둔화적으로 열세였던 그들은 갈리아를 정복했으나 오히려 피지배인들의 문화를 받아들였다. 그들은 점차 자신들의 언어인 게르만어를 버리고 라틴어를 배우기 시작했으며, 로마 문화를 답습했다.

로마는 멀찌감치 달아난 후라 로마와의 교류도 끊겼다. 라틴어도 본고장인 로마와의 차단으로 인해 변질되어갔다. 이제는 고전 라틴어는 무너지고 변질된 후기 라틴어의 시대를 맞는다. 이렇게 혼돈과 변화의 와중에서 독자적인 형태를 지닌 언어가 탄생했으니 그 언어가 로망어이다. 로마인들이 전달한 언어인 라틴어이긴 하지만 구어 라틴어에 토대를 두고 본토의 언어인 갈리아 언어와 뒤섞인 언어라고 해야 할 것 같다.

라틴어가 귀족이나 상류층에서 주로 쓰던 언어였다면 구어 라틴어는 민중들의 언어와 섞이면서 로망어로 변화해왔다. 이 로망어의 용도는 바로 그때까지 설화로 떠돌던 이야기들을 문헌으로 옮겨오는 도구가 되었다. 그 설화들은 주로 무훈담이나 연애담이었다. 그러다보니 실제로 일어난 일이라기보다는 그저 떠도는 허구의 이야기들이었다. 물론 역사적인 인물이 주인공으로 등장할 수는 있다. 하지만 그 주인공을 미화하고 과장한 허구였음은 자명하다. 이에 따라 로망어로 쓰인 문헌들은 허구의 이야기를 담고 있었다. 이 이야기들의 전달도구로 쓴 언어가 로망어였기에 오늘날 로망이란 말이 소설이란 말로 쓰이게 되었고, 후일 로맨티즘이란 말도 여기서 유래한다.

켈트인들의 상상의 세계가
아름다운 연애담을 낳다.

〈트리스탄과 이졸데〉의 연애담의 배경도 로망어의 영향을 받았다. 로망어로 이야기된 많은 설화들은 중세의 하늘을 떠돌고 있었다. 프랑스인들의 조상인 갈리아 즉, 켈트족의 설화들은 무훈담과 연애담 등 다양한 이야기들로 입에서 입으로 전해지고 있었다. 그들은 끊임없이 새로운 것을 찾고 싶어 했다. 하나의 이야기가 나오면 또 다른 이야기를 원했다. 늘 새로운 것을 원하는 이들은 무훈가를 좋게 받아들였으나 부패한 글로 만들어 놓았고, 이내 타락시켜버리기까지 했다. 그만큼 그들은 어떤 설화가 있으면 마음껏 상상하여 윤색하고 각색하여 다양한 이야기들을 만들어 냈다.

그들의 다양한 이야기들의 기원은 어떤 것은 역사에서 끌어낸 사건도 있었고, 어떤 것은 십자군 원정의 이야기에서 끌어낸 사건도 있었는데, 그대로 전해지는 것이 아니라 허구적인 옷이 덧입혀져서 유포되었다. 또한 성지에서 전해오는 황당무계한 이야기들도 있었다. 이러한 무훈담은 십자군의 계통으로 분류되고 있다.

이와는 달리 고대문학에서 끌어낸 이야기들도 있었지만 고스란히 고전적인 작품에서 끌어온 것이 아니라 퇴폐기의 황당무계하고 기기묘묘한 작품들에서 빌려온 이야기들이었다. 이러한 이야기 속에는 현실과는 동떨어진 이야기들이 주를 이루었다. 이를테면 알렉상드르 왕이 유리통 안에 몸을 담은 채 바닷속 깊이 내려가기도 하고, 때로는 반은 사자이면서 반은 독수리의 모습을 띤 괴물이 끄는 나무배를 타고 공중으로 날아오르는 이야기를 담은 〈알렉상드르 왕〉과 같은 이야기들이다. 이러한 설화는 고대의 계통으로 분류된다.

이러한 설화들도 있지만 가장 많은 설화를 차지하는 것은 브르타뉴 설화계통이다. 이 설화들은 브르타뉴의 하프를 연주하는 사람들이 북부 프랑스에 퍼트린 이야기에서 끌어낸 이야기들이다. 이것들 역시 황당무계한 이야기들이 많았다. 그럼에도 이 부류에 속하는 이야기들이 가장 독창적인 이야기들이었으니, 〈트리스탄과 이졸데〉의 사랑이야기도 이 계통에 속한다.

이야기를 좋아하는 켈트족, 이들은 5~6세기 계속된 전쟁으로 서방세계에서 밀려나 돌과 산으로 이루어진 변방에서 살고 있었다. 이들은 웨일즈 지방, 코르누아유 지방, 그리고 프랑스의 아르모릭 지방에 거주하고 있었다. 그들은 변방에 살면서 로마의 지배를 거치고, 기독교 문화가 득세할 때에도 거기에 심대한 영향을 받지 않고 몽상적이며 정열적인 영혼을 깊이 간직하고 있었다. 그들의 조상은 아주 오랜 옛날부터 시를 지어낼 줄 알았고, 그들의 삶 자체가 시였다. 그들의 현실 자체가 문학이었고 이야기였던 셈이다.

그들이 만들어낸 이야기들에는 눈에 보이지 않는 세계, 미래의 세계의 괴상한 환영이 등장한다. 등장인물들도 예사롭지 않다. 초자연적인 지식과 능력을 받은 사람이 등장하는가 하면 인간보다 힘이 센 동물이 등장하고, 마술의 남비, 창, 나무, 샘 등이 살아서 움직인다. 이러한 마술적 세계에서 기적이 유일한 법칙으로 작용한다. 인간은 그 세계에서 그의 행동과 원동력이 되는 갖가지 힘에 사로잡혀 정처 없이 헤매지만 인간 자신에게는 아무런 책임이 없다. 생물과 사물에 대한 폭넓은 공감, 저승에 대한 불안과 맹렬한 호기심이 작품의 전편에 스며들어 그러한 정취를 부여하고 있다. 켈트인들은 그야말로 상상력이 풍부하고 문학에 지대한 관심이 많았던 민족이었다.

278

켈트인의 최고의 연애담
〈트리스탄과 이졸데〉가 탄생하다.

이 켈트의 이야기들의 매력은 봉건영주들을 매료시켰고, 봉건영주들은 이제까지 유행했던 단조로운 무훈시를 멀리하고 이야기와 노래, 즉 산문과 운문이 번갈아 나타나는 부드러우면서도 매력적인 켈트인에서 비롯된 모험담과 연애담을 끌어들였다. 1250년 경, 이때 대표적인 작품들 중 모험담으로는 〈원탁의 이야기〉, 신비설화로는 〈성배 찾기 이야기〉, 연애담으로는 단연 〈트리스탄과 이졸데〉가 있다.

특히 연애담을 아름다운 작품의 경지로 끌어올린 작가로 마리 드 프랑스를 빼놓을 수 없다. 그녀는 12세기에 12편의 브르타뉴 〈단시〉를 옮겨 썼다. 그녀는 연애의 흥분, 말없는 헌신, 오랜 세월의 절개 등을 노래했으며, 때로는 사건다운 것조차도 없이 두 남녀의 마음이 결합할 때 느끼는 감미로운 황홀감 등을 이야기한다. 우리가 만날 수 있게 된 아름다운 사랑이야기의 전형 〈트리스탄과 이졸데〉도 그녀의 단시들이 전해져왔기에 가능한 일이었다. 그녀의 단시, 토마의 시편들이 만나 오늘날의 〈트리스탄과 이졸데〉는 탄생했다.

당시 유럽을 지배한 주된 문화는 기독교였다. 기독교는 유일신 사상을 가진 종교로 다른 신이나 허구적인 설화를 배척했다. 따라서 다른 설화들은 발을 붙이기 어려웠다. 그러다가 십자군 전쟁이 끝나는 12세기에 접어들면서 소위 인간들의 이야기가 숨을 얻어 살아나기 시작한다. 이에 힘입어 〈트리스탄과 이졸데〉의 이야기도 12세기 중엽에 프랑스에서 이야기로 엮어진다. 그 애절한 사랑과 죽음의 강렬하면서도 아름다운 이야기는 이제 거의 전(全)유럽에 보급되어 서구 연애문학의 전형이 되었다.

리발랑 왕의 아들로 르누아의 왕자 트리스탄은 태어나기 이전에 아버지를 잃는다. 어머니는 그를 낳고 얼마 안 있어 죽는다. 그리하여 트리스탄은 백부인 콘월(Cornwall)의 왕 마크에게서 키워진다. 태어나면서 슬픈 운명을 가진 그의 삶에는 비극의 종말이 예견된 것이었을까!

최고의 기사로 성장한 그는 아일랜드의 거인 모로를 쓰러뜨리고 조국을 구한다. 이후 백부의 아내가 될 미녀를 찾아 아일랜드에 가서 용을 퇴치한다. 용을 퇴치하다 부상을 입은 그는 그 나라의 공주 금발의 이졸데의 치료를 받는데, 이 여인이 바로 모로의 약혼자였으니, 원수를 외나무다리에서 만난 격이다.

사랑은 이렇게 운명을 부른다. 주인공은 죽지 않듯이 목숨을 구한 그는 금발의 이졸데를 숙부에게 바치기 위해 금발의 이졸데를 데리고 고국으로 돌아가는 배에 오른다. 막상 트리스탄에게 호감을 가졌던 금발의 이졸데는 배에 오르자 트리스탄으로부터 포로처럼 취급을 받는다. 그녀를 무시하는 트리스탄, 분노로 몸을 떠는 금발의 이졸데, 이들 두 사람이 사랑, 죽어서도 사랑해야할 숙명적인 관계라는 질긴 끈으로 묶일 줄을 누가 알았으랴.

목이 마르다. 두 사람은 무척 목이 말랐다. 그들이 물을 찾자 시녀는 아무 생각 없이 물병을 건네주었다. 시녀는 마실 물로만 알고 실수로 마크와 이졸데가 마셔야 할 '사랑의 묘약'을 이졸데에게 건네준 것이다. 목마른 그들은 그 미약을 물인 줄로만 알고 마셨을 뿐이다. 난생처음 만나게 될 마크 왕과 결혼을 해야 할 운명에 처한 딸을 위해 금발의 이졸데의 어머니가 만들어 준 사랑의 미약, 그 미약은 이졸데가 코르누아유의 왕 마크와 첫날 밤 마셔야 할 미약이었다.

그 약을 마시면 처음 본 사람과 사랑에 빠진다. 이졸데가 그 약을 마시고 처음 만난 사람이 트리스탄이다. 그녀는 트리스탄에게 미약을 건네준다. 목마른 트리스탄도 그 약을 마신다. 결국 두 사람이 그 미약을 나눠 마신 것이다.

마치 이브가 선악과를 먹고 남편 아담에게도 주어 에덴동산에서 쫓겨나는 비극을 만난 것처럼, 미약을 나누어 마신 이들에게 사랑하는 순간은 더 없는 열정과 환희이되, 그 사랑이 끝나는 순간에는 더 없는 비극을 기다려야 할 것이다. 사랑은 운명일 수도 있고, 이처럼 어떤 우연일 수도 있다. 결과적으로 사랑은 우연을 가장하여 운명으로 나아가는 것이다. 한 번 맺어진 사랑은 아무리 인간들이 떼어놓고 방해를 하려 해도 끊어지지 않는다. 맺어진 사랑은 운명이니까.

이졸데는 운명적인 사랑에 빠진 트리스탄과 결혼하는 것이 아니라 사회에서 뒤집어 쓴 굴레대로 마크와 결혼하여 왕비가 된다. 하지만 그녀는 연인인 트리스탄을 잊지 못하고 비밀리에 만난다. 그것이 두 사람의 숙명이다. 그러나 둘의 밀회는 오래가지 않아 발각되고, 두 사람은 처형을 피하여 깊은 숲 속으로 도망치게 된다. 결국, 이졸데는 궁정에 남지만 트리스탄은 브레타뉴로 추방당한다.

트리스탄은 낯선 땅으로 간다. 여러 모험을 겪고, 그는 그 나라에 공을 세워 준 덕으로 다른 이졸데, 즉 흰 손의 이졸데를 만나 원치 않는 결혼을 한다. 그는 첫사랑의 금발의 이졸데를 잊으려고 애쓰지만 소용이 없다. 그가 또 다시 독이 든 칼에 상처를 입고 쾌유될 가망이 없을 때 그가 생각한 사람은 금발의 이졸데이다. 치료를 받으면서도 오직 한 번이라도 보고 싶은 사람도 이졸데이다, 그가 간절히 원하는 것도 금발의 이졸데에게 치료를 받는 일이다.

그는 심부름꾼을 보내어 금발의 이졸데를 데려다 달라고 한다. 그는 그의 부탁을 듣고 금발의 이졸데를 데리러가는 친구에게 만일 그녀를 데려오면 흰 돛을, 그녀를 데려 오지 못할 때에는 검은 돛을 올리도록 비밀리에 친구와 약속을 정한다. 그리고는 그는 날마다 바다가 잘 보이는 절벽 위로 나가 금발의 이졸데를 싣고 올 배가 흰 돛을 달고 나타나기를 기다린다. 마침내 기진맥진하여 이제 병상을 떠날 수가 없을 지경에 이르렀을 때, 멀리서 흰 돛을 단 배가 나타난다.

그런데 그의 둘째 아내인 흰 손의 이졸데가 그의 비밀을 알아채고 복수를 하는 것은 바로 이 때이다. '돛은 검은색이에요'라고 여자가 말한다. 트리스탄은 이제 더 이상 목숨을 지탱해 낼 힘이 없다. 금발의 이졸데가 배에서 내렸을 때엔 트리스탄은 이미 숨을 거둔 후이다. 그가 죽은 뒤에 도착한 이졸데는 사랑하는 사람의 시체에 입을 맞추고 자신의 영혼을 놓아버려 슬픔 속에 죽고 만다.

두 연인의 부음을 들은 마크 왕은 급히 바다를 건너와 브리타뉴에 도착한다. 그리고 예배당 양쪽에 둘의 무덤을 만들어 준다. 어느 날 밤 트리스탄의 무덤에서 자란 가시나무 덩굴이 예배당을 넘어 이졸데의 무덤에까지 닿았다. 사람들은 그때마다 여러 차례 가지를 잘라주었지만 가시덩굴은 다시 자라 지붕을 넘어 금발의 이졸데의 무덤을 뚫고 들어가는 것이다. 이 이상한 일은 마크 왕에게 보고되었고, 왕은 다시는 가시덩굴을 자르지 말도록 명한다.

결국 죽어서 영원한 한 몸이 된 이들의 아름다운 사랑은 지금도 많은 연애담의 원형으로 쓰이고 있다.

비극적인 사랑,
슬픔을 동반하고 찾아온 사랑이란 이름

우리가 이 이야기에서 느끼게 되는 중요한 하나의 테마는 숙명적인 사랑이다. 이 연인들은 처음부터 사랑하는 사이는 아니었으나 미약을 함께 마심으로서 숙명적인 사랑의 관계로 변한다. 미약을 마시는 순간은 사랑의 관문을 통과하는 통과의례이다.

사랑, 그것은 숙명이다. 하지만 그 숙명은 잘 생기고, 매력적이며 반면 계략으로 가득 찬 훌륭한 기사 트리스탄의 운명을 바꾸어 놓는다. 종말을 기다리는 트리스탄은 더 이상 영웅이 아니다. 그는 그 사랑의 결과로 왕좌와 명예를 모두 잃고 병석에 누워 죽어 가는 범부에 불과하다. 그가 진정으로 사랑하는 사람을 만나는 일만이 그의 유일한 소망일뿐이다. 그리고 이들의 사랑은 그 어떠한 힘으로도 나눌 수 없다. 이는 사랑의 힘의 위대함을 보여준다. 사랑은 이제 그 무엇에 대해서도 두려움을 느끼지 않는 힘을 부여해 준다.

이 글을 읽게 될 독자들 또한 때로는 트리스탄이 되거나, 때로는 이졸데가 되어 이 이야기가 끝나는 순간까지, 행복감, 슬픔, 마음 조임을 함께 나누게 될 것이다. 진정 이 이야기는 우리가 접할 수 있는 많은 이야기 중 가장 아름답고 슬픈 이야기이다. 사랑이 얼마나 아름다우며, 그 사랑이 죽음과 바꿀 수 있을 때, 얼마나 우리에게 가슴 아린 슬픔과 감동을 주는지 알게 해 준다. 이 이야기는 참으로 순수하면서 지고지순한 사랑의 전설이라 말할 수 있다.

랑송은 그의 문학사에서 이렇게 적고 있다. "소멸되고 죽게 되는 정열, 이는 또한 트리스탄의 모든 전설이기도 한데, 분석되지 않는, 존경이나 찬탄에서 생겨나지도 않는, 트리스탄의 용기나 이졸데의 아름다움에 이르지는 못하지만 트리스탄과 이졸데의 개인 자신에 이르게 되는 열정, 너무나 운명적이며, 너무나 급작스러워서 전사와 그가 호위하는 금발의 약혼녀에게 실수로 인해 쏟아진 미약의 마력만이, 그것을 설명하지 않고 그것을 상징하고 있을 뿐이다."

바그너는 이들의 아름다운 사랑을 악극 〈트리스탄과 이졸데〉로 만들기도 했다. 바그너가 이 소재를 택한 이유는 여러 가지가 있지만 무엇보다도 자신의 연애 경험이 큰 이유였다. 그 당시 친구 부인과 연애 관계를 가진 바그너는 그 괴롭고 쓰라린 심정을 이 작품 속에 승화시켜 숙명적 비극이 담긴 사랑과 지상에서는 해결되지 못할 괴로움을 표현하고자 했다고 한다.

그는 대본을 직접 썼으며 등장인물이나 무대장치는 단순하게 처리하고, 트리스탄과 이졸데의 이룰 수 없는 사랑의 고뇌를 진지하게 표현하였다고 한다. 특히 제2막에서 연인이 부르는 이중창은 사랑의 이중창 가운데서도 걸작으로 꼽히고, 제3막에서 이졸데가 부르는 《사랑의 죽음》은 오페라가수들이 즐겨 부르는 애창곡이다.

순결한 연인들의 사랑, 여인들의 얼음장처럼 차가운 질투, 아름다운 우정과 신의, 정의와 불의, 중세적인 사랑의 기교 등, 사랑의 이야기에 있어야 할 모든 소재들이 이 소설에 들어 있다. 이 소설은 인과관계를 설정하며, 당대의 설화를 모은 것 치고는 소설적 기법에 따라 비교적 밀도 있게 잘 구성된 작품이라고 할 수 있다. 이 소설이야말로 사랑을 소재로 한 소설의 진정한 원형, 이야기의 전개 및 구성 등에 있어서도 완벽하고 훌륭한 텍스트라 할 수 있다.

그리스 신화에서 에로스의 화살이 〈트리스탄과 이졸데〉에 날아와 사랑의 미약이 되다.

사랑의 미약, 사랑할 의도가 없었던 이들이라도 사랑이란 질긴 끈으로 묶어주는 사랑의 미약, 그것은 신들의 시대에도 있었다. 그리스 신화의 에로스가 날리는 화살을 맞으면 그는 영락없이 사랑에 빠진다. 내 의지와는 관계없이 사랑에 빠져서 헤어 나올 수 없다. 그것을 끊어낼 수 있는 것은 죽음 밖에 없다.

"그대 처음 봤던 순간부터 나는 사랑했네." 라고 시작되는 대중가요가 있다. 왠지 모르게 처음부터 호감이 가는 사람이 있다. 그렇다고 해서 상대의 외모가 어느 누구와 비교해도 낫다고도 할 수는 없다. 제 눈에 안경이라고 소위 눈에 콩깍지가 씌워져서 그런 것일 뿐이다.

눈에 콩깍지를 썼던 주인공은 아폴론이라는 신. 그는 제우스의 혈통을 이어받은 신이다. 그는 활로 사냥을 즐기곤 했는데, 주로 토끼, 산양 등, 약한 동물들만 잡곤 했다. 그러던 어느 날 인간에게 공포의 대상이었던 무지하게 큰 뱀인 피톤이란 뱀을 활로 쏘아 죽인 일이 있었다. 그는 그 일로 의기양양한 기분을 유지하고 있었다. 그런 그 앞에 가소롭게도 어린 에로스라는 녀석이 활을 들고 나타나 얼쩡거리니 아폴론이 보기에 얼마나 가소로웠으랴! 아폴론은 무게를 잡고 에로스에게 점잔빼는 목소리로 이렇게 말한다.

"이봐, 꼬마야, 그런 무기는 전쟁할 때나 쓰는 거야. 너 같은 꼬마에겐 위험해. 그러니 필요한 어른에게나 주어라. 난 말이야, 무지하게 큰 독뱀을 화살로 쏘아 죽였단 말이야. 넌 말이야, 그런 위험한 무기를 가지고 놀지 말고 사랑의 불장난이나 하렴."
아무리 꼬마라지만 기분이 나빠진 에로스는 아폴론에게 "치! 당신의 화살은 모든 것을 맞힐지 모르지만 나는 당신을 맞힐 걸."
그리고는 에로스는 두 개의 화살을 끄집어낸다. 하나는 사랑을 샘솟게 하는 화살, 다른 하나는 그 사랑을 거부하게 만드는 화살이다. 사랑을 전하는 화살의 모양은 금으로 만든 화살로 끝이 뾰족하고, 사랑을 거부하는 화살은 납으로 만든 화살로 끝이 무디다.
에로스는 우선 그중에 납화살을 장전하고 강의 신 페네이오스의 딸 다프네라는 님프의 가슴을 향해서, 아폴론의 가슴을 향해서는 금화살을 날린다. 그렇게 화살을 맞은 아폴론은 이제 운명처럼 다프네를 향한 사랑이 뜨겁게 타올라 견딜 수가 없다. 미칠 듯한 사랑의 감정에 견딜 수 없게 된 아폴론은 그 순간부터 다프네를 따라다니기 시작한다.
반면 많은 남성들로부터 구애를 받곤 했던 그녀는 그 순간부터 왠지 모르게 연애라는 감정 자체가 싫어진다. 남자들이 다가오면 마치 바퀴벌레라도 되는 듯 혐오스럽게 느껴졌다. 그래서 그녀는 아버지에게 어떤 남자와도 결혼하지 않고 언제나 처녀로 있게 해달라고 간청한다.
하지만 한 번 타오른 그녀를 향한 아폴론의 사랑은 도무지 어쩔 도리가 없다. 그는 그녀의 흐트러진 모습을 하든, 그녀가 어떤 모습을 하든 무조건 아름답게만 보인다. 그에겐 그녀의 일거수일투족이 마냥 아름답게만 보인다. 그녀가 걸을 때마다 혹시 넘어져서 다치기라도 할까봐 전전긍긍한다. 그야말로 사랑하는 사람으로서 가질 수 있는 모든 감정을 아폴론은 보여준다.
그런 그의 애타는 마음과는 달리 다프네라는 이 무정한 여인은 자꾸만 피한다. 완전히 상사병에 걸릴 지경이 된 아폴론은 다프네를 끈질기게 스토킹하고, 그녀는 그를 피해 도망 다니기 시작한다. 이제 더는 참지 못한 아폴론

은 그녀를 붙잡기 위해 따라간다. 그녀는 그를 피해 온 힘을 다해 달아나기 시작한다. 아폴론은 사랑의 날개를 타고 달리고, 다프네는 공포의 날개를 타고 달린다. 하지만 결국 아폴론이 그녀보다 속력이 빨랐으므로 다프네는 거의 잡힐 위기에 처한다. 그의 거친 호흡소리가 가까이 다가올수록 그녀의 몸에 소름이 돋음을 그녀는 느낀다. 그녀는 죽을힘을 다해 도망치지만 결국 아폴론의 헐떡이는 숨결은 그녀의 목덜미에까지 이른다. 그녀는 기를 쓰고 빠져나가려 하지만 역부족임을 깨닫고는 아버지에게 간청한다―.

"아버지, 제발 살려줘요. 땅을 열어 저를 숨겨주세요. 아니면 이 아름다운 내 모습을 바꿔 주세요……."

그녀의 말이 끝나자마자 그녀의 온 몸은 굳어지기 시작한다. 이제 그녀의 아름다운 가슴은 부드러운 나무껍질로 싸이기 시작하고, 곱게 늘어뜨려졌던 그녀의 머리카락은 나뭇잎으로 변하며, 그녀의 잘 빠진 아름다운 다리는 뿌리가 되어 땅속으로 감춰지기 시작한다. 그녀의 눈이 부시도록 아름다운 얼굴은 가지 끝이 되었지만 여전히 아름답다.

아폴론은 얼어붙은 듯 그 자리에 멈추고는 나무줄기를 만져본다. 그러자 아직도 그녀는 그 나무껍질 속에서 여리게 떨고 있다. 그는 그 나무를 끌어안고 힘껏 키스를 하려한다. 그러나 그녀는 애써 그 입술을 피한다.

그렇게 사랑을 잃은 아폴론의 마음은 천 갈래 만 갈래 찢어지는 듯 했지만 그로서도 별 도리가 없었다. 그럼에도 그는 여전히 에로스의 화살을 맞아 사랑의 감정이 차고 넘쳤으므로 그녀가 변한 나무를 늘 곁에 두기로 한다.

"당신을 사랑하오. 하지만 당신은 이제 나의 아내가 될 수 없으니 당신을 나의 나무로 삼아 영원히 내 곁에 두려하오. 우선 당신으로 나의 왕관을 만들어 쓸 것이며, 당신을 가지고 나의 리라와 화살 통을 장식할 것이오. 그리고 위대한 로마 장군들이 개선행진을 할때 나는 그들의 이마에 그대의 잎으로 엮은 화관을 씌울 것이오. 나는 또한 영원한 청춘을 주재하는 신인만큼 당신은 항상 푸르게 할 것이며, 그 잎이 시들지 않게 할 것이라."

에로스를 업신여겼다가 사랑을 알게 되고 사랑을 거부당한 아폴론의 후예들은 지금도 사랑을 위해 목숨을 걸고, 그 사랑으로 인해 아파하고, 가슴 조이며, 그 사랑을 울고 있다. 지금 이 순간에도 에로스는 누군가의 가슴을 향해 금촉 화살을 날리고, 짓궂게도 누군가의 가슴을 향해 납화살을 날릴지도 모른다.

그럼에도 불구하고 남녀노소 누구나 에로스의 금촉화살을 맞고 싶어하는 마음은 한결같으니 인류가 존재하는 한 언제나 사랑의 갈등, 사랑의 기쁨과 환희, 그리고 얄궂은 사랑의 아픔은 지속될 것이다.

그리스 신화에서 에로스의 화살이 날아와 트리스탄과 이졸데에게서는 사랑의 미약으로 변했다. 그리고 지금 우리가 살고 있는 이 시대에도 에로스의 화살이나 사랑의 미약은 다른 모습으로 찾아와 우리를 사랑이란 굴레를 씌우고 운명의 장난을 하고 있다. 사랑은 이처럼 우리를 운명의 질긴 끈으로 얽어매려 우리를 향해 사랑의 미약을 마시게 하거나 에로스의 화살을 날릴 준비를 하고 있다. 하지만 그 사랑에 빠진 결과는 우리를 결코 기쁘게만 내버려두지 않는다. 온갖 시련과 고통을 줌으로써 사랑의 아름다움을 보여주려 한다.

지금도 사랑을 숙명으로 여기는 이들이 대부분이다. 우연으로 다가와서 숙명으로 만들어 평생을 인연이려니 살아가는 우리들에게도 에로스의 화살과 트리스탄과 이졸데가 나누어 마신 사랑의 미약은 유효하다. 한 번 사랑에 빠져 그 사랑으로 목숨을 내어놓을 만큼 열정적인 사랑을 하는 사람들을 우리는 종종 만날 수 있다. 혼자만이 마신 사랑의 미약일 때 그것은 아

폴론의 짝사랑이 되어 구슬픈 사랑을 노래하게 하지만, 서로 나누어 마신 트리스탄과 이졸데의 사랑의 미약이라면 어떤 모습으로든 그 사랑을 이루어간다.

사랑, 비록 한날한시에 태어난 것은 아니지만 서로 사랑하기에 한날한시에 죽을 수 있다면, 그리고 죽어서도 서로가 나누어지지 않게 만드는 사랑의 미약이 있다면 마셔볼 만한 것 아닐까! 지금 사랑에 빠진 사람들은 트리스탄과 이졸데처럼 결코 어떠한 시련에도 나누어지지 않는 그 아름다운 사랑을 꿈꾸고 있을 것이다.

번역 및 해설

최복현 amourchoi@hanmail.net

- **작　　가** 한국문인협회 회원(시분과). 독서경영사. 신화, 고전 연구 전문가
- **학　　력** 서강대 불어교육학 석사, 상명대학교 불문학박사과정 수료
- **문학경력** 1990년 동양문학〈시 부문〉신인상, 1991년 농민문학〈수필부문〉신인상

■ **저서 및 역서**

- **시　　집** 〈새롭게 하소서(문체부추천도서)〉, 〈맑은 하늘을 보니 눈물이 납니다〉
- **번　　역** 〈해설이 있는 어린왕자〉, 〈도둑일기〉, 〈몽롱한 중산층〉, 〈에로틱 문학의 역사〉, 〈정신적 희롱〉, 〈어린 왕자〉, 〈별〉, 〈틱낫한, 마음의 행복〉, 〈캉디드〉, 〈인간의 대지〉, 〈운명〉
- **에 세 이** 〈행복을 여는 아침의 명상〉, 〈마음을 열어주는 따뜻한 편지〉, 〈마음의 길동무〉, 〈가난한 마음의 행복〉, 〈따뜻한 세상을 만드는 쉼표 하나〉, 〈올댓러브〉, 〈내 삶에 빛이 되어준 아름다운 만남〉, 〈나를 찾아 떠나는 여행-2006 문화관광부 추천도서, 2007 국방부 진중문고 선정〉, 〈특별한 내 인생을 위한 아름다운 반항〉, 〈탈무드의 지혜〉, 〈30분간의 행복 찾기〉
- **자기계발** 〈여유〉, 〈돈 꼴레오네의 문제해결 방식〉
- **소　　설** 〈어느 샐러리맨의 죽음〉

- **인　　문**　〈신화, 사랑을 이야기하다-2007년 거실을 서재로 추천도서〉, 〈신화의 숲에서 사랑을 만나다〉, 〈신화 드라마〉, 〈경작에서 멘토를 만나다-출판문화협회 청소년 추천도서〉, 〈책 숲에서 사람의 길을 찾다〉, 〈도서관에서 찾은 책벌레들〉
- **글 쓰 기**　"최복현의 신화 속 사랑이야기"- 인터넷 세계일보 매주 연재
- **수　　록**　2010년 초등학교 교과서 작품 수록 / 2009년 대구 어린이 도서관 시비 수록
- **강　　의**　현대백화점 문화센터 시 창작 강의. 경희대, 원광대, 동의대학교 사회교육원 등에서 강의. HIS대학교 전주교육장에서 글쓰기 강의. 고전읽기 강독. 그리스 로마 신화 강의. 전남, 전북, 대전 공무원 교육원, 각급 도서관 강사

저자 소개

조제프 베디에(Joseph Bedier, 1864~1938)

프랑스 작가로 중세문학에 조예가 깊었다. 그는 주로 중세문학에 지대한 관심을 가지고 많은 자료들을 수집하여 프랑스 내에서 중세문학에 관한한 최고의 권위자란 평을 들었다. 그는 『트리스탄과 이졸데』를 프랑스어로 편역했을뿐 아니라 『롤랑전』. 중세의 우화들(Fabliaux)을 수집하여 현대 프랑스어로 번역하여 소개하기도 했다.

그는 『트리스탄과 이졸데(Le Roman de Tristan et Iseut)』는 1900년에 발표했다.

그는 이 책을 프랑스인들의 선조라 일컬어지는 켈트족의 전설이라고 밝히고 있다. 12세기 음유시인이라 할 수 있는 토마스(Thomas)와 베룰(Beroul)의 글들 중에서 그가 골라 뽑고 보충하여 재구성했다고 밝히고 있다.

1장은 토마스의 글에서, 2·3·4·5장은 엘리엇 Eilhait d'Oberg의 글을 토대로 해 발췌했고, 6장은 베룰의 글에서, 7·8·9·10·11장도 베룰의 글인데 엘리엇 Eilhart의 글을 토대로 해서 수정을 하기도 했으며, 13장은 돔네이 데 아망즈Domnei des Amanz의 교훈적인 시에서, 14장은 고트프리드 드 스트라스부르그 Gottfried de Strasbourg에서 뽑았고, 15~17장은 토마스에서 차용했고, 18장은 프랑스의 단시를 고쳤으며, 19장은 토마스의 번역을 참조했다고 밝히고 있다. 12세기 무렵 다른 작가들도 〈트리스탄〉에 관한 편역서들을 펴냈지만 단연 조제프 베디에의 이 작품이 가장 내용도 많고, 가장 짜임새가 있는 것으로 평가를 받았다.

〈트리스탄의 이야기〉 바그너(R. Wagner 1854~1859)가 조제프 베디에에 앞서 『트리스탄과 이졸데』라는 제목으로 가극을 발표한 바 있을 정도로 중세문학의 단연 백미라고 할 수 있다.